Barbara Stewen
Herzbub

Barbara Stewen

Herzbub

Kriminalroman

Impressum

Bibliografische Information der Deutschen Nationalbibliothek: Die Deutsche Nationalbibliothek verzeichnet diese Publikation in der Deutschen Nationalbibliografie; detaillierte bibliografische Daten sind im Internet über http://dnb.dnb.de abrufbar.

Die automatisierte Analyse des Werkes, um daraus Informationen insbesondere über Muster, Trends und Korrelationen gemäß §44b UrhG („Text und Data Mining") zu gewinnen, ist untersagt.

© 2024 Barbara Stewen

Titelbild Barbara Stewen
unter Verwendung des Objekts ‚Spiel um die Würde des Menschen', 2010, Lasurtechnik, Öllasuren auf Leinen, weißer Objektständer, Drehmotor. Bildgröße: 70 * 100, Gesamtobjekt in Drehbewegung 154 * 100, © Barbara Stewen VG Bild-Kunst, Köln 2024

Verlag: BoD · Books on Demand GmbH, In de Tarpen 42, 22848 Norderstedt

Druck: Libri Plureos GmbH, Friedensallee 273, 22763 Hamburg

ISBN: 978-3-7597-8303-5

Barbara Stewen wurde in Litauen geboren und wuchs in Westfalen auf. Sie arbeitet als Künstlerin und Autorin.

Sie war Krankenschwester im In-und Ausland und Kriminalbeamtin im Ruhrgebiet. Maltechnik erlernte sie bei dem Surrealisten Arnold Krause (1948-1987) und bildete sich fort in Seminaren bei Markus Lüpertz. Ausstellungen im In- und Ausland folgten, in Frankreich, Polen und Kroatien. In Deutschland war sie in den Werfthallen Bremen, in Hamburg und im Kölner Raum, zum Beispiel im Regierungspräsidium, zu Gast. Die Kunst, das Schreiben und die Lesungen füllen neben der Familie ihr Leben aus.

Veröffentlichungen:

2023 Fremde Schwester, Kriminalroman, Ruhrkrimi Verlag

2021 Puppenräuber, Kriminalroman, Ruhrkrimi Verlag

2019 Fuchsteufelsmord, Ruhrpott-Krimi, Scylla Verlag

2018 Vom Bleiben und Schwinden, Anthologie Bergischer Autoren, Heider Verlag, Bergisch Gladbach

2013 Ein Engel, so gut wie auch schön, Biografie Königin Luise von Preußen, E. Humbert Verlag, Bodenheim.

Inhaltsverzeichnis

Personen der Handlung

- Sonderermittlerin Elisa Fuchs hat böse Vorahnungen.
- Hauptkommissar Max Teufel und Elisa Fuchs sind ein starkes Team. Sie kommen dem Täter gefährlich näher.
- Katharina Jankowski dichtet nicht mehr.
- Sven Jankowski hat kein blütenreines Gewissen.
- Der Erste Hauptkommissar Moritz Marder hat den gefürchteten Marderblick.
- Lou Hollander ist nicht der, für den sich ausgibt.
- Bertha Immengrün hat ein Ferienhäuschen an der Agger.
- Kriminalhauptkommisssarin Eck kommt nicht immer auf den Punkt
- Kriminalhauptkommissar Falke aus Bergisch Gladbach ist Leiter der Soko ‚Blutschnee'.
- Polizeioberkommissarin Barbara Gotthard überzeugt mit sanfter Stimme.
- Polizeianwärter Marc Gilles hat eine große Klappe.
- Rechtsmedizinerin Frau Professorin Dr. Alma Rigens seziert nicht nur mit dem Skalpell.
- Metzger Erich Angstmann rastet schnell aus.
- Zeitungsbotin Mia Angstmann verteilt die letzten Nachrichten.
- Witwe Gusti Küssnacht lässt sich gern verführen.
- Leichenspürhund Rex hat stets die Nase vorn.

Tödliche Kälte herrscht in dieser Novembernacht.

Frostige Windböen fegen über einen verrotteten Parkplatz.

Niemand wird es hören, das verstörend laute Fluchen, das Aufheulen eines Motors und das Knirschen von Scheibenwischern auf vereistem Glas.

Schreie versinken im monotonen Lärm vorbeirasender Fahrzeuge. Die nächtliche Ruhe zersplittert wie Glas. Grelle Lichtkreise von Scheinwerfern huschen im Vorbeifliegen über die schäbigen, von Reif überzogenen Wände des Toilettengebäudes, um im Dunkel der nächsten Kurve zu verschwinden. Für immer. Es geht bergab.

Eisige Stille.

Verhängnisvoller Tanz

Ich tausche nur die Räume,
Ich leb in euch
Und geh durch eure Träume.
Michelangelo

Freitag, der 26. November 2004, 22:40 Uhr. Eine frostige Neumondnacht. Katharina Jankowski befindet sich auf der A4. Sie ist auf dem Weg nach Gelsenkirchen. Völlig erschöpft durch einen Krankenbesuch bei ihrer Mutter in Overath, möchte sie so schnell wie möglich nach Hause.

Hoffentlich hat Sven gute Laune, denkt sie und versinkt in Traurigkeit. Sven ist ihr Mann.

Nach einigen Kilometern macht sich ihre Blase quälend bemerkbar.

Dummerweise habe ich die Raststätte Aggertal verpasst, denkt sie und fährt mit ihrem racing grünen Rover 200 den nächsten Parkplatz an.

Aufatmend entdeckt sie, weit hinten, am Ende des Platzes, ein Toilettenhäuschen. Sie steuert dem von Bäumen und Sträuchern umgebenen Gebäude zu.

Bäume glitzern im Reif. Wie funkelnder Feenstaub im Mondlicht, denkt sie, denn sie ist Lyrikerin, schreibt gerne Gedichte und Geschichten für Geburtstage von Freunden oder auch nur, weil ihr danach ist.

Sie parkt, steigt aus dem Wagen und fixiert aufmerksam das verwaiste Gelände.

War da nicht gerade ein Knistern und Rascheln im Gebüsch? Sie ist keine ängstliche Person, doch bei näherem Hinsehen ist ihr der Rastplatz gar nicht mehr geheuer. Ihr Herz pocht. Unruhe erfasst sie.

Es ist wahrscheinlich nur der Wind in den Sträuchern, beruhigt sie sich, während sie auf das WC zueilt.

Bei näherer Betrachtung der vernachlässigten Sanitärräume zerplatzt die eben noch empfundene Mondscheinidylle endgültig wie eine Seifenblase.

Die schmutzigen Becken der Toilette mit dem durchdringenden Pissoir-Gestank sind ekelig.

Erleichtert reinigt sie sich nach dem Toilettengang die Hände und reibt sie flüchtig an ihrem schwarzen, wollenen Faltenrock trocken. Frierend schlingt sie ihren roten Wollschal enger um die Schultern. Nichts wie weg von diesem Ort.

Schon auf dem Sprung, fährt sie sich hastig noch einmal mit einem Taschenkamm durch ihr langes, mittelblondes Haar. Gewohnheitsmäßig blickt sie kurz in den halb erblindeten Spiegel und erschrickt.

Im fahlen Schein der Glühbirne werden, wie aus dem Nichts kommend, die Umrisse eines Mannes sichtbar.

Unangenehmer Moschus Duft vermischt sich mit dem Gestank des Pissoirs.

Frösteln, Erstarren bis ins Mark. Gänsehaut breitet sich über ihren Körper aus. Sie will fliehen, macht abrupt eine Drehung.

Der furchterregende Mann, groß und muskulös, blockiert den Eingang des Toilettenhäuschens und starrt aus kalten Augen unverwandt auf sie, rückt näher, abschätzig ihre Gestalt taxierend.

Mit schiebenden Schritten drängt er sie weit in den Raum. Viel zu nah, macht er mit höhnischem Grinsen eine Verbeugung, so als wolle er sie zu einem Tanz auffordern, einem verhängnisvollen Tanz.

Sie spürt seinen unangenehmen Atem, der nach Zigaretten stinkt, würgt, und wendet ihr Gesicht ab.

Rasch folgt der Übergriff. Eine Hand zerrt grob an ihrer Umhängetasche, die sie um ihren schmalen Hals geschlungen hat.

Mit weit aufgerissenen Augen weicht sie, schwer atmend, weiter zurück und stürzt mit dem Rücken gegen ein metallenes Waschbecken.

Erstickte Entsetzenslaute, wieder und wieder, gefolgt von hastigen, sich entfernenden Schritten.

Niemand kann sie hören. Kurze, versinkende Schreie im monotonen Lärm vorbeirasender Fahrzeuge. Grelle Lichtkreise von Scheinwerfern huschen im Vorbeifliegen über die schäbigen, von Reif überzogenen Wände des Toilettengebäudes, um im Dunkel der nächsten Kurve zu verschwinden. Für immer. Es geht bergab.
Stille.

Minuten später: Der Knall einer Heckklappe schreckt eine schlafende Spatzenfamilie aus den Bäumen. Sie macht sich zeternd davon.

Verstörend ist ein lautes Fluchen, mehrfaches Aufheulen eines Motors und knirschendes Scharren von Scheibenwischern auf vereistem Glas.

Die Ruhe des einst so friedlichen Rastplatzes zersplittert wie dünnes Glas.

Schlingernd verlässt ein racing grüner Rover das Gelände, schlängelt sich in den Verkehr ein und wird von der Nacht verschluckt.

Fahles Mondlicht taucht das verlassene Gebäude in eiskalten Schimmer. Aufkommende Windböen schleudern Abfälle über den unseligen Platz.

Getränkedosen kollern einen Hang herunter. Eine geöffnete Tüte Marshmallows, wie aus dem Nichts kommend, fliegt hinterher.

Jetzt wirkt der von knorrigen Büschen, besprühten Bänken und umgestürzten Mülleimern umsäumte Ort verkommen und verlassen. Er hütet ein dunkles Geheimnis.

Die Panne

Wer Weg und Ziel nicht kennt, dem weht kein Wind günstig.
Seneca

„ARAC Service, Börgel am Telefon. Was kann ich für Sie tun?"

„Ich stehe auf der A4. Mein Wagen, ein Rover 200, racing grün, hat plötzlich gestottert, geruckt und ist stehen geblieben."

„Tank leer?"

„Ich bin doch nicht blöd!", antwortet der Anrufer brüsk, mit schnarrender Stimme.

„Na, immer mit der Ruhe. Sind Sie Mitglied, Herr ...?"

„Jankowski mein Name. Meine Frau ist Mitglied des Vereins. Ihr gehört das Auto. Ich gebe Ihnen die Kundennummer durch." Er nennt den Zahlencode.

„Wo befinden Sie sich?"

„Ich stehe hier auf dem Haltestreifen der A4, das muss in der Nähe der Abfahrt Engelskirchen sein", schreit der Anrufer in sein Handy.

„Sie haben Glück! In Engelskirchen ist eine Autowerkstatt. Es ist jetzt 23:00 Uhr. Wir schicken einen Abschleppwagen und ..., beruhigen Sie sich bitte. In der Ruhe liegt die Kraft. Atmen Sie tief durch und bleiben geschützt auf dem Seitenstreifen stehen. Vielleicht haben Sie eine Taschenlampe? Schalten Sie auch das Warnlicht des Wagens ein und stellen auf jeden Fall ein Warndreieck auf."

Warndreieck? Der Mann erschrickt, wehrt sich gegen den Gedanken, verdrängt ihn. *Blöder Behördenkram*, denkt er.

„Noch eine Frage, Herr Jankowski. Sind Sie allein im Wagen?"

Der Mann zögert einen Augenblick. „Ja, ich bin allein."

„Wir finden Sie schon. Kann eine halbe Stunde dauern, bis unser Fahrer bei Ihnen ist. Ende".

Der ist aber schräg drauf, denkt Herr Börgel vom Service-Dienst des ARAC.

Trotz der Kälte läuft dem Unbekannten der Schweiß in den Nacken. „Eine halbe Stunde", murrt er, „eine Ewigkeit."

Er sucht in seiner Reisetasche nach seiner schwarzen Wollmütze. Männermützen mag er nicht, läuft lieber im Business Style herum. Hüte oder Kappen trägt er gerne, um Eindruck zu schinden. Doch bei dieser Kälte und der Wunde ... Er fasst an seinen Kopf, fühlt Feuchtigkeit, schaut auf seine Hand und stutzt.

„Blut! Mist, ich darf nicht erkannt werden. Darf keine Blutspuren hinterlassen. Muss unbedingt diese blöde Mütze finden."

Während der hektischen Suche fällt ihm die schwarze Kopfbedeckung aus der Tasche seiner marineblauen Designer Caban-Jacke direkt vor die Füße.

„Na, geht doch", sagt er und zieht erleichtert die Kopfbedeckung tief in sein markantes Gesicht.

Seine Stimme kann, je nach Situation, wohltönend klingen, mit einem schmeichelnden Unterton. Dann hat sie etwas Werbendes. Das kommt bei Frauen gut an.

Und er sieht blendend aus, wenn man Männer aus Zahnpasta Reklamen mag.

Die tiefroten Kratzspuren an seinen Schläfen sind jetzt durch die Mütze fast verdeckt.

Ungeduldig mit den Fingern das Armaturenbrett traktierend, lässt er die vergangenen zwei Stunden Revue passieren: den erregenden Zwischenfall auf der Raststätte Aggertal Süd, seine Flucht über die Berge und dann der Zusammenstoß mit der Unbekannten im Pissoir des Parkplatzes.

Unerwartet hab ich ein Auto für die Flucht und eine dicke Brieftasche ... und jetzt säuft nach ein paar Kilometern die Karre ab. Ich muss verschwinden, die 'Fliege machen', murrt er.

Schon erwägt er loszurennen, das Auto zu verlassen, und verwirft den Plan sofort. Zu Fuß bei der Affenkälte, mit der Tasche und ... Nein.

Mit zitternden Händen zündet er eine Zigarette der teuersten Marke an. Noch ehe die Asche verglüht, nickt er vor Erschöpfung ein.

Er schreckt hoch, als er jäh von Scheinwerfern geblendet wird. Seine Wagentür steht auf.

Elisa Fuchs

Zufälle sind Einfälle des Schicksals, die uns plötzlich und uner-
wartet zufallen.
Monika Kühn-Georg

23:25 Uhr, die gleiche Nacht.

Elisa Fuchs, Sonderermittlerin der Kriminalpolizei, hat es, wie immer, eilig, obwohl sie außer Dienst ist.

Auf dem Weg von Lindlar nach Engelskirchen wird sie nach einer scharfen Kurve plötzlich gezwungen, langsamer zu fahren. Die Warnlampen eines Ab-schleppwagens lassen sie heftig auf die Bremsen ihres Mini Coopers treten.

Oh je, eine Autopanne, da vorne. Das kann dauern, denkt sie. Hoffentlich sind die Fahrbahnen frei, und es gibt kein Unglück mit Verletzten.

Langsam folgt sie dem Abschleppdienst. Sie schaltet ihr Warnlicht ein.

Am rechten Straßenrand wird, vor dem Abschlepp-wagen, ein einsames Fahrzeug sichtbar. Weit und breit ist kein Warndreieck zu erkennen.

„So ein Leichtsinn", schimpft sie, stoppt hinter dem ARAC-Wagen und lässt das Seitenfenster ihres Mini Cooper herunter. Sie beugt sich vor und ruft dem Fah-rer des Abschleppwagens zu:

„Alles in Ordnung? Kann ich helfen? Jemand ver-letzt? Das Fahrzeug da vorne hat kein Warndreieck aufgestellt! Ich würde den Fahrer gerne darauf hinwei-sen."

„Nicht nötig, ich habe ihn schon telefonisch darauf aufmerksam gemacht. Er wird's in der Aufregung ver-gessen haben.

Es ist aber niemand verletzt. Auch habe ich alle Angaben, die ich zur Abwicklung brauche. Der Fahrer hat nur seinen alten Rover abgewürgt. War schon am Telefon aufgeregt, total durch den Wind."

„Okay."

„Seine Personalien sind notiert. Er ist über seine Frau Mitglied unseres Autoclubs. Warum fragen Sie eigentlich nach?"

„Ja, als Polizeibeamtin bin ich halt immer im Dienst. Ist so eine Marotte von mir", lacht Elisa entschuldigend.

„Aha, Polizistin!", kommentiert der Fahrer des Abschleppwagens, fixiert sie kurz, nickt, und poltert dann an der Hydraulik des Anhängers herum. In vorgegebener Entfernung stellt er Warnlichter auf.

„Ja, ja, immer im Dienst", ruft er ihr zu, „das kenn ich, denn irgendwie muss man seine Brötchen verdienen. Eigentlich sind mir diese Nachteinsätze auch lieber. Nicht so viel Verkehr."

„Stimmt, Nachteinsätze sind aber oft gefährlicher", fügt Elisa hinzu.

„Gute Nacht und noch angenehmen Dienst", ruft sie dem Mann zu.

„Danke. Wenn ich den Wagen abgesetzt habe, geht's nach Hause. Dienstende!", brüllt der Fahrer gegen den Motorenlärm an.

„Ja, ich mach mich jetzt auch auf den Weg."

Sie steht inzwischen mit ihrem metallic-grauen Mini hinter dem Abschleppwagen, und kann nicht in das Pannenfahrzeug hineinsehen. Neugierig geworden, fährt sie ein Stück vor und sieht genau hin.

In dem Rover rührt sich nichts, doch die Fahrertür steht einen Spalt breit offen.

Sie zögert. Da ist es wieder, ihr sprichwörtliches, warnendes Bauchgefühl. Normalerweise würde der Fahrer des liegen gebliebenen Fahrzeugs aussteigen, sich bemerkbar machen und dem Pannenhelfer entgegengehen.

Komisch. Vielleicht ist er eingeschlafen, denkt sie, beugt sich noch einmal aus ihrem Wagen und ruft dem Pannendienst zu: „Wo bringen Sie denn den Wagen hin, Herr ..." „Nachtmann."

„Oh, der Name passt ja gut", lacht Elisa, „und wohin bringen Sie den Wagen des Herrn ...?"

„Wenn ich hier alles vorbereitet habe, fahren der Herr Jankowski und der Wagen seiner Frau mit mir auf dem Abschleppwagen in die Autowerkstatt nach Engelskirchen."

„Ach ja, interessant", kontert Elisa. „Was für ein Zufall, ich fahre auch nach Engelskirchen. Hatte auch mal so einen racing grünen Rover", sie zeigt auf das Pannenauto.

„Ja, tolles Auto, aber reparaturanfällig."

„Stimmt, wenn Autos in die Jahre kommen", gibt sie zu bedenken. „Ich habe ihn geliebt, meinen ersten Wagen. Selbst verdient ... Na ja, vielleicht sieht man sich mal wieder", fügt sie munter hinzu, schließt das Fenster und gibt Gas.

Sie braust mit einem letzten Seitenblick an dem Pannenauto, dem älteren Rover 200, vorbei und entdeckt jetzt schattenhafte Konturen einer Person im Fond des Wagens.

Inzwischen ist es spät geworden und ihre Freundin Anne, die sie nach langer Zeit besuchen möchte, wartet mit einem köstlichen Mitternachts-Schweizer Käsefondue auf sie und ... Elisa atmet tief durch und lächelt. Sie freut sich schon auf einen Anruf von Max, der zurzeit noch Nachtdienst auf der K-Wache in Gelsenkirchen verrichtet, als Kommissar vom Dienst.

Hauptkommissar Max Teufel, Leiter des K1 in Gelsenkirchen, ist seit einem spektakulären Kriminalfall im vergangenen Sommer im Münsterland nicht nur ihr Freund, sondern auch ihr Lebensretter.

Sie hat ihn vor mehr als einem Jahr in einem tragischen Kriminalfall kennengelernt.

Elisas Herz pocht, wenn sie an Max Teufel denkt. Sie liebt ihn. Bevor sie zueinander fanden, waren sie wie Hund und Katze.

Warum? Elisa, ehemalige Kriminalbeamtin, ermittelte damals undercover in Gelsenkirchen in einem Fall, der in Max Teufels Zuständigkeitsbereich gehörte. Ein außerordentlich tragischer Fall, in dem es im Jahr 2003 um die Aufklärung des Mordes an ihrem Bruder Armin, einem Oberstudiendirektor, ging. Sie liebte ihren Bruder sehr.

Nachdem Elisa und Max auf einer Dienstfahrt fast in eine Todesfalle gerieten, schwer verletzt wurden, wendete sich das Blatt. Max und Elisa verliebten sich, arbeiteten zusammen und lösten gemeinsam das Verbrechen an Elisas Bruder.

Seitdem ist Elisa wieder im Polizeidienst. Sie wird als Sonderermittlerin in Verfahren integriert, explizit in Fälle, in denen Frauen, Kinder oder Jugendliche Täter, Zeugen oder auch Opfer sind.

Morgen wird sie Max wiedersehen. Die Freude über das Wochenende mit ihm ist ihr sprichwörtlich in das Gesicht geschrieben.

Sie legt eine CD ein mit ihrem Lieblingssong 'Imagine' von John Lennon und erhöht die Geschwindigkeit.

Schon bald verblassen die Lichter des Abschleppwagens hinter ihr.

* * *

„Was wollte die neugierige Ziege", murrt Jankowski, der sich, als die Luft rein ist, endlich aus seinem Pannenauto quetscht.

Der Pannenhelfer wirft einen Blick auf den Kunden, eine Gewohnheit von ihm, um die unbekannten Menschen, die er aufliest, einzuschätzen.

Dieser Kunde trägt Freizeitklamotten von bester Markenqualität, aber etwas ist mit seinem Gesicht passiert. Kaum was zu erkennen unter der Wollmütze ... Aha, eine Blutspur unter dem rechten Auge. Er fragt besorgt:

„Mann, Sie sind aber schlecht drauf, kein Wunder, bei der Verletzung ... doch im Gegensatz zu Ihnen finde ich es prima, dass die Polizei aufmerksam ist. Man weiß doch nie, was für ein Gesindel sich hier mitten in der Nacht auf der Straße herumtreibt, da könnte ich Ihnen Geschichten erzählen ..."

Aufgebracht unterbricht der Fahrer ihn. „Ich weiß mir selbst zu helfen", sagt er und es klingt überheblich. Nervös fährt er fort: „War die Frau in dem Mini eine Polizeibeamtin?" Die Stimme des Fahrgastes hat jetzt einen gehetzten Unterton.

„Ja."

Ein lautes Schluckgeräusch kommt aus dem Hals des Fremden. Sein ausgeprägter Adamsapfel tritt hervor.

„Entschuldigung", würgt er nervös und öffnet seinen Hemdkragen.

„Ist Ihnen schlecht?", fragt der Pannenhelfer besorgt.

„Nein, geht schon", murrt der Mann, der sich Jankowski nennt.

Jankowski? Ja, so hat er sich vorgestellt und sich mit den Autopapieren seiner Frau ausgewiesen.

Um das eingetretene Schweigen zu überbrücken, plaudert der ARAC Monteur aus dem Nähkästchen, Histörchen, die er in seinen Nachtschichten auf Deutschlands Straßen erlebt hat. Während er freundlich daher plappert, auch um den Fahrgast aufzumuntern, denkt der genervt:

Halt doch einfach deine Klappe, Mensch! Wenn du wüsstest, was und wen du herumkarrst, wärst du augenblicklich still.

Fahrig kramt er immer wieder in den Papieren, die er dem Seitenfach des Rovers entnommen hat.

Scheint sich Notizen zu machen, denkt Nachtmann.

„Soll ich Ihnen Licht machen?", fragte er.

„Nein, geht schon."

Aufatmend reicht Jankowski dem ARAC-Fahrer nach einer Weile die Fahrzeugpapiere, die er sorgfältig studiert hat. Die Namen und Daten von Frau und Herrn Jankowski hat er sich eingeprägt. Es fällt ihm leicht. Falls noch eine Kontrolle kommt, zum Beispiel von so einer wild gewordenen Polizistin, die ihre Nase in Angelegenheiten stecken möchte, die sie nichts angehen. Die soll mir nur nicht in die Quere kommen.

Er grollt schweigend und zieht sich zurück in die dunkelsten Nischen seiner Erinnerungen.

Völlige Dunkelheit herrscht an der verlassenen Werkstatt in Engelskirchen, als der Abschleppwagen lärmend vorfährt.

Monteur Nachtmann lässt den Rover vorsichtig hinunterrollen und stellt ihn direkt vor die Werkstatttür.

Der Fremde wird munter. „Danke, Herr ..."

„Nachtmann."

Hörbar atmet er auf und fährt fort:

„Stecken Sie die Papiere bitte in einen Umschlag und befördern ihn einfach in den Briefkasten der Werkstatt", sagt er, wie ausgewechselt, mit leutseligem Ton.

„Ich werde um 8 Uhr, also etwa in etwa acht Stunden in der Werkstatt anrufen und alles klären. Meine Adresse und die meiner Frau haben Sie ja."

„Okay. Geht in Ordnung, Herr Jankowski."

Auf dem Umschlag entdeckt Nachtmann einen zehn Euro Schein.

„Oh, das wäre doch nicht nötig gewesen, Herr Jankowski."

Sein Fahrgast winkt in Geberlaune ab. „Ist doch nur eine Kleinigkeit", sagt er, ganz Mann von Welt.

„Danke", murmelt der Nachtmann geflissentlich und steckt erfreut den Schein in seine Monteurjacke. *Frau und vier Kinder schreien nach Brot*, denkt er und grinst. Diesen Spruch hatte schon sein Vater immer auf den Lippen.

„Kann ich Sie denn irgendwo absetzen, Herr Jankowski? Eine Zugverbindung gibt es hier nachts in unserer ungetrübten Natur nicht. Nur die Agger, aber dann müssten Sie schwimmen." Er lacht, findet das lustig.

„Nein, danke, ich habe kein Badezeug dabei und weiß schon, wen ich anrufe", fährt Jankowski ihn an. Nachtmann guckt verdutzt.

„Da bin ich aber gespannt. Ein Taxi nach Köln kostet Sie bestimmt 'nen Hunni."

„Meine Sache", sagt der Fremde ungewöhnlich scharf, Nachtmann durchdringend anblickend.

Der lenkt betreten ein, „wollte nur behilflich sein", murmelnd.

Er steigt in den Abschleppwagen, schlägt die Fahrertür zu und verlässt kopfschüttelnd die gewundene Einfahrt von der Werkstatt zur Bundesstraße B484.

Noch weit ist in dieser Stunde das durchdringende Motorengeräusch des Abschleppwagens zu vernehmen, ehe es verhallt und das gelbe Warnlicht des Lasters in der Dunkelheit versinkt.

„Ich werde doch nicht so dumm sein, diesem Mann einen Hinweis zu geben, der die Polizei auf meine Spur führt", raunt der Fremde, der sich eben noch Jankowski nannte. Seine Stimme ist die eines Wolfes, der sehr viel Kreide gefressen hat.

Schnellen Schrittes, sich immer wieder umsehend, verschwindet er in den Schatten angrenzender Wälder und wird bald von der Dunkelheit der eisigen Novembernacht verschluckt.

Nachtgedanken

Zwei Straßen weiter sitzen Elisa Fuchs und ihre Freundin Anna Wichterich gemütlich um einen runden Holztisch. Sie genießen das von Anna zubereitete Käsefondue. Im Licht der Kerzen schimmert Schweizer Fendant, den sie in eine Kristallkaraffe gefüllt haben.

Die Wangen der Freundinnen röten sich während der anregenden Gespräche. Sie haben sich ein Jahr lang nicht gesehen. Es gibt viel zu erzählen. Annas Partner ist vor einem Jahr in einem Hospiz gestorben. Seitdem besucht Elisa die Freundin jedes Mal, wenn sie, aus dem Ruhrpott kommend, nach Hause ins Bergische fährt. Es sind von Engelskirchen nur 12 Kilometer bis zu ihrem Haus in Lindlar.

Anna zeigt zum Fenster: „Sieh mal, da fährt der Abschleppwagen aus der Geschichte vorbei, die du mir eben erzählt hast.“

„Ach ja“, sagt Elisa und schaut abwesend hinaus. Dunkle Wolkenberge türmen sich am Himmel auf. *Es könnte Schnee geben. Hoffentlich kommt Max morgen früh gut durch*, denkt sie besorgt.

Sie mag das Bergische Land sehr, doch jetzt, in der Dunkelheit, wirken die kantigen Hänge, überlagert von einer undurchdringlichen Wolkenschicht, eher düster und bedrückend auf sie. Ihre Gedanken wenden sich erneut Max zu.

„Elisa! Träumst du?“, fragt Anna. „Ich habe mit dir gesprochen.“

„Oh, entschuldige, ich habe kurz an Max gedacht.“

Anna rollt mit den Augen und lächelt dann. „Verstehe“, sagt sie.

„Aber erzähl mal von eurer Parisreise nach dem letzten brandgefährlichen Einsatz in Westfalen, im Herbst."

„Es war wunderbar, so viele Museen, so viel Kunst."

„Und was macht deine Kunst, Elisa? Hast du neue Werke geschaffen?"

„Ja, ich bin in einem Projekt mit anderen Künstlern. In meiner Arbeit geht es um Kindesmissbrauch und Vernachlässigung von Kindern, von den sogenannten ʻverlorenen Seelenʻ. Elisa überlegt einen Moment.

„Da nehme ich mir Zeit ... Zu meinen Brandwunden, die mir in dem letzten Fall ein verrückter Feuerteufel zugefügt hat, gibt es gute Nachrichten. Sie sind fast gänzlich verschwunden." Sie streicht zum Beweis ihren rotblonden Pony zur Seite, und sieht Anna in die Augen.

Die Freundin rückt näher, fährt mit ihrem Zeigefinger über die schmale, rosa Spur auf Elisas Stirn. Es ist nur ein kleiner Hautwulst, den die Verbrennung hinterlassen hat.

„Die Narbe wird mit der Zeit fast ganz verschwinden, sagt mein Arzt. Meine Haare sind auch wieder nachgewachsen."

Sie schüttelt so vehement den Kopf, dass ihre Haare fliegen und die Kerzenflamme flattert.

„Ohne Max schnelles Zugreifen wäre ich verbrannt."

„Er hat dir das Leben gerettet."

„Und Constantin? Ich mochte ihn immer sehr gerne."

„Constantin ist in Südamerika, es scheint ihm gutzugehen", antwortet Elisa, plötzlich einsilbig geworden.

Sie schweigt.

Sie möchte jetzt nicht über Constantin, ihren Mann, sprechen. Im Sommer hat sie sich schweren Herzens von ihm getrennt.

„Ach Anna, es ist nicht immer rund gelaufen, manchmal dachte ich an Trennung, wollte aber wegen der Kinder die Familie nicht auseinanderreißen ... Ich liebe ihn immer noch ein wenig, kann aber einige Begebenheiten einfach nicht vergessen. Hat mit Vertrauen zu tun ... und dann traf ich Max."

Beide versinken eine Weile in Gedanken.

„Anna, ich habe, bevor du die Parisreise erwähntest, nicht nur an Max gedacht. Die völlig unerhebliche Begebenheit auf der Autobahn ist eigentlich schon wieder Geschichte, lässt mir aber keine Ruhe. Ich bin neugierig, wie der Mann aus dem Rover nach Hause kommt, und wo dieses Zuhause ist?"

„Dein Ermittlerfieber. Du denkst auch immer an den Dienst. Hast mal wieder ein ungutes Gefühl, Elisa?"

„Stimmt Anna. Du brauchst gar nicht zu grinsen. Nachts ist alles undurchschaubarer. Ich sehe den Menschen, mit denen ich zu tun habe, gerne ins Gesicht. Vorhin, auf der Autobahn, hatte ich das Gefühl, als wolle sich jemand davor verbergen, von mir gesehen zu werden, nämlich der Mann in dem Pannenfahrzeug. Und das ist doch nicht ganz normal."

Das Telefon klingelt.

Anna hebt ab: „Elisa, für dich!"

„Hallo Max, wir sind gerade mit dem Essen fertig."

„Jetzt erst?"

„Ja, auf der Autobahn wurde ein Rover abgeschleppt, der genauso aussah wie der, den ich mal hatte."

„Du hattest einen Rover? Na, das war dann wohl vor langer Zeit. Ist denn etwas passiert? Abschleppwagen sieht man doch des Öfteren auf der Autobahn."

„Du wirst jetzt grinsen, ich sehe dich schon vor mir, aber ich hatte wirklich wieder …"

„Sag es nicht, Elisa! Du hattest wieder … dieses unerklärbare Gefühl, dass etwas nicht in Ordnung ist."

„Stimmt Max. Lach nur."

„Ich lache doch gar nicht." Er macht eine Pause. „Elisa, kannst du inzwischen auch hellsehen? Das wäre doch praktisch, würde dem Polizeiapparat eine Menge Geld einsparen."

„Nein, Max, so weit bin ich noch nicht. Ich weiß aber, dass ich dich am frühen Morgen wiedersehe, halt, es sind ja nur noch wenige Stunden. Ich freue mich darauf. Was machst du eigentlich im Moment?"

„Ich sitze hier auf der K-Wache in Gelsenkirchen und bin KvD."

„Redet ihr jetzt in einer Geheimsprache?", fragt Anna, die zufällig mitgehört hat.

„Nein, Anna, das heißt einfach nur, dass Max in dieser Nacht in Gelsenkirchen auf der K-Wache – Klartext, der Kriminalwache - der Kommissar vom Dienst ist."

„Und kannenweise Kaffee trinkt, weil die Schlitzohren, nach denen wir fahnden, sich heute gut versteckt haben", fügt Max hinzu.

„Das ist doch eine gute Nachricht. Ich vermisse dich und freue mich auf morgen. Gute Nacht, Max."

„Gute Nacht, Elisa."

Das Versteck

Ich fühle deine Hände im Haus,
Sie gehen wie Blut durch die Wände
Und teilen ihre Wärme aus.
Maximilian A. Dauthenday

Dunkle Wolken überlagern jetzt, zwei Stunden nach Mitternacht, die Mondsichel.

Zweige knacken, ein Käuzchen ruft und die kahlen Äste knorriger Weiden wiegen sich im eisigen Wind.

Ein Mann bahnt sich einen Weg zu seinem Versteck. Er ist noch nicht am Ziel, und erleichtert, dass fast alles wie am Schnürchen geklappt hat.

Es stört ihn nicht, sich in dieser saukalten Winternacht durch Gestrüpp und Dickicht zu kämpfen.

Nein, ich muss mich vor nichts fürchten. Andere sollen sich fürchten, und zwar vor mir, denkt er selbstverliebt.

Er kennt sich hier aus, kriecht, nach allen Seiten spähend, das letzte Stück auf sein Ziel zu. „Vorsicht ist die Mutter der Porzellankiste", hört er seine Großmama sagen und ein Grinsen huscht über sein kantiges Gesicht.

Ja, die Großmutter! Sie war ein Unikum, furchtlos und stark. Im letzten Kriegsjahr, 1945, vertrieb sie einen Trupp russischer, bis an die Nase bewaffneter Soldaten, die Berlin erobert hatten, plünderten, raubten und schändeten.

Nein, sie kannten seine Großmutter nicht. Mit der Macht ihrer Stimme, in den Hüften gestemmten Fäusten und dem Jagdgewehr ihres gefallenen Mannes Ottokar machte Großmama Olga den Soldaten den Garaus. Sie rettete die Ehre der Frauen des alten Berliner Miethauses und die letzte Habe der Familie.

So die Legende, die immer wieder erzählt und, im Vertrauen gesagt, ein klein wenig ergänzt wurde.

Begebenheiten aus der Vergangenheit torpedieren sein Gehirn, bis dass er sein Ziel erreicht hat. Er muss aufpassen. Um ein Haar wäre sein letzter Coup am Abend schief, so richtig in die Hose gegangen. Aufruhr am Rastplatz Aggertal. Ein Tumult, dem er so gerade noch entkam.

Dann die Autopanne. Unangenehm.

Es ist möglich, dass sich der ein oder andere Camper auf dem Platz eingenistet hat, den ich gerade anstrebe. Eventuell ist mein Versteck schon entdeckt worden. Einige Campingwagen und Ferienhäuschen an der Agger sind auch im Winter beliebt, besonders bei den hartgesottenen Campingfans, denkt er und legt noch einen Schritt zu.

Das kleine Ferienhaus aus den Sechzigern, auf das er jetzt zusteuert, liegt isoliert, einige hundert Meter weg von dem eigentlichen Campingplatz. Es ist von einem Gartenzaun aus morschen Brettern umzäunt.

Hier kennt er sich aus. Es gab sogar Zeiten, in denen er diese Pfade jeden Tag gegangen ist.

Vom Ferienhäuschen zum Bäcker, Metzger oder nur, um mit Bertha ein Tässchen Kaffee und eine Bergische Waffel mit Sahne und Kirschen zu genießen, und zwar im Camping Kiosk oder in der besten Bäckerei des Ortes.

Ja, Bertha hieß sie. Eine Seele von Mensch. Ehrlich gesagt, nur in den ersten vier Wochen.

Er hatte Bertha auf einer Super-Single-Wochenendtour kennengelernt. Eine Witwe in den goldigen Fünfzigern, mit einer molligen Figur, blondierten Haaren und

Grübchen in den Wangen und ... hungrig an Anlehnung und Liebe, stets mit einem bezaubernden Lächeln auf den Lippen.

Er gerät mit einem Mal so ins Schwärmen, dass er fast gestolpert und über eine Astgabel, die aus dem Boden ragt, gefallen wäre.

Er verliebte sich nur ein wenig in sie. Es reichte für seine Zwecke. Doch als er von Berthas Häuschen und ihrem Kontostand erfuhr, war er geradezu vor Liebe entbrannt.

Welche schönen Stunden verbrachten sie, untermalt vom Gluckern der Aggerwellen, in Berthas gemütlichem Feriendomizil. In seiner Tasche lag wohlverwahrt ihre Bank Card. Die PIN speicherte er verschlüsselt in seinem Laptop.

Doch ist das Glück jemals vollständig? Nein, immer ist da ein Haken, den man schlucken muss oder ...

Als sie anfing, ihn zu ihrem Schoßhündchen zu machen, erregte sie seinen Groll. Zunächst verschloss er ihren Mund noch zärtlich mit Marshmallows, so wie seine Mutter es früher bei ihm zu tun pflegte.

Als sie immer mehr an ihm herumpusselte und zubbelte, seine Haare, mit denen er sehr eigen war, kämmte oder im Bett verwuschelte, kochte er vor Zorn.

Sie brutzelte sein Lieblingsessen, so häufig, bis dass er kotzen musste. Brabbelnd rückte sie ihm zu nah, viel zu nah!

Sie wurde lästig, und ihn erfasste eine mörderische Wut.

Die Monster-Mutter

Hast du eine Mutter,
hast du immer Butter im Schrank ...
Helge Schneider, Kabarettist

Die gärende Erinnerung an seine Mutter kam in der Zeit, die er mit Bertha verbrachte, wieder hoch, so als ob es gestern gewesen wäre.

Seine Mutter hatte ihn, ihren Sohn und einzigen 'Männi' - so nannte sie ihn - mit ihrer Liebe erdrückt.

Den Vater kannte er nicht, der war irgendwo in der Fremdenlegion verschollen. Angeblich.

Sein bräunlich verblichenes Foto, ein gestandenes Mannsbild in verwegener Uniform zeigend, hing zu Hause über dem Buffet im Stil des Gelsenkirchener Barocks. Ein Bild, das nur noch ab und zu verschwommen in seiner Erinnerung auftaucht.

Darunter lag ein von der Mama handgehäkeltes, unter vielen Tränen gefertigtes Spitzendeckchen, mit ebenso vielen Luftmaschen. ‚Für jede Träne eine Luftmasche', erklärte ihm die Mutter.

Sie hatte nach dem Verschwinden des Vaters nur noch ihn, ihren kleinen Männi, ließ ihn kaum aus den Augen. Um seine Lockenpracht zu zähmen, steckte sie ihm Klämmerchen in die Haare. Das war das Letzte!

„Mamakind", riefen die anderen Kinder im Haus und in der Schule, und in ihm staute sich erstmalig kalte Wut an.

Als er zwölf Jahre alt war, und natürlich nicht mehr Struwwelpeter lesen wollte, erzählte ihm die Mutter abends immer noch unentwegt Märchen zum Einschlafen.

Wenn er schreiend aus dem Schlafzimmer rannte: „Ich will die blöden Märchen nicht mehr hören!", brachte sie ihm Betthupferl, stets und unerschütterlich klebrige Marshmallows ans Bett. Dann kuschelte sie mit ihm, und zwang ihm die süßen Dinger in den Mund. Angeblich, damit er groß und stark würde.

Störrisch, innerlich vor Zorn kochend, schob er sie von sich, konnte nicht abwarten, dass sie endlich verschwand, ihre albernen Shows glotze, und er endlich sein Jerry Cotton Heft unter dem Bett hervorziehen konnte.

Inzwischen nannte er sie heimlich 'Monster-Mutter'. Er hasste es immer mehr, wenn sie mit Ihren Händen durch seine frisch mit reichlich Haar Gel versehene Elvis-Locke fuhr und schluchzend jammerte, dass er nicht so wie sein Vater werden solle, und sich innig an seine schmächtige Jungenbrust warf.

Als er vierzehn war, und eines Morgens nicht in seine gestärkten, mit eingepressten Bügelfalten versehenen Jeans passte, und das von Mama mit Bügelfix gestärkte T-Shirt unter den Achseln kratze, erfasste ihn mörderische Wut:

„Wenn du mir noch einmal zu nahe kommst, wirst du das bereuen!", schrie er, schmiss die Haustür zu, lief zur nächsten Tanke und soff sich voll. Das erste Mal.

Diese Wut war ab da wie Treibstoff in seinem Leben. Hart und zerstörerisch.

Das nächste Mal stahl er eine Lederweste mit Nieten in einem Kaufhaus. Die Polizei brachte ihn mit der grünen Minna nach Hause.

Als die Mutter zeternd mit einer geöffneten Tüte Marshmallows in sein Zimmer kam und jammerte, dass sie ihn trotz allem lieb habe, als sich ihr Mund mit dem Marshmallow Geruch dem seinen näherte, stieß er sie, von Ekel ergriffen, so heftig zurück, dass sie bis zur Türschwelle stolperte, sich nicht mehr fangen oder festhalten konnte.

„Hau ab, du mit deinen Marshmallow-Betthupferln, ich hasse sie und dich!", schrie er ihr hinterher.

Die Mutter, immer noch taumelnd, stolperte über eine Fußmatte und fiel vier Stufen hinunter, begleitet von den zarten Ploplauten der kollernden, verhassten, rosa Betthupferl.

Leblos lag sie da. Vier Stufen tiefer, verrenkt wie eine große Puppe, auf dem Treppenabsatz.

Da wurden ihm doch die Knie weich. Nach einigem Überlegen rief er die 112 und gab sich reumütig.

Das Bewusstsein erlangte seine Mutter nicht mehr.

Sie starb zwei Wochen nach ihrem Halswirbelbruch. Ihr ‚Männi' kam in ein Erziehungscamp und lernte immer mehr, wie man sich im Leben sprichwörtlich ‚durchschlagen' konnte.

Weil ihm seine Jugendsünden nicht immer alle Ehre machten, lernte Männi die Kunst der Verstellung und zeigte schauspielerisches Talent.

Er war inzwischen groß, gut aussehend, gepflegt und achtete auf seine Kleidung. Äußerlich befolgte er alle Benimm-Regeln, die seine Mutter noch im Grab erfreut hätten. Er wandelte sich in Aussehen, Gebaren und Auftreten mit den Jahren äußerlich zu einem feinen Pinkel.

Durch Beziehungen von guten Kumpeln aus seinen diversen kurzen Aufenthalten in Polizeigewahrsamen kam er leicht an mehrere und unterschiedliche Identitäten. So trat er mal als August von Kaltenburg, Thomas von Berge auf, ließ bei der Vorstellung mal eben so das 'von' einfließen. Als Heribert von Baronsky kam er auch sehr gut über die Runden.

„Alter, ostpreußischer Adel, wie!", donnerte bei einem exquisiten Empfang ein würdig aussehender Siebziger, nahm Haltung an und stieß die Hacken aneinander.

Baronsky, Kaltenburg, von Berge, Müller oder Schmidt, wie auch immer er hieß, er hatte sich nicht nur einmal mit einem falschen Namen Eintritt ergaunert.

Stets hielt er Ausschau nach liebebedürftigen Damen, solchen, die nicht unbedingt schön aussahen, aber durch Diamantenstaub verführerisch glitzerten.

Eindruck schindende Namen flossen so geläufig über seine Zunge wie der beste französische Champagner.

Im Rollentausch war er Profi.

Wenn es passte, und die Dame gut situiert war, schlüpfte er auch schon mal in die Rolle des soliden Beamten oder Kleinunternehmers. Er brachte folgsam den Müll herunter und das Häuschen der jeweils Geliebten, in stummer Aufopferung, in Ordnung. Nur solange, bis ihm der Kragen platzte und er sich einer hübschen Geldsumme sicher war.

Berthas Häuschen

Trautes Heim, Glück allein
Alte Volksweisheit

In dieser Nacht, kurz vor seinem Ziel, kommt er zu dem Schluss: Ich war und bin ein Schauspieler, ein Lebenskünstler von der dunkelsten Sorte. A man of the darkest kind.

Er grinst. Diese Bezeichnung hat er einmal in einem Thriller aufgeschnappt. Er findet sie toll und klopft sich in Tarzan-Manier an die Brust.

Zufrieden summend, ist er an dem kleinen Ferienhäuschen angekommen. Die erste Station seiner Flucht.

Ein eisiger Windstoß fegt durch Büsche und Bäume. Die Mondsichel verteilt spärliches Licht auf dem Metallziegeldach der Ferienhütte.

Der Mann, nennen wir ihn Männi, so wie seine Mutter es tat, schüttelt den Raureif wie Sternenstaub von seiner Kleidung und streckt sich.

Es ist 2:55 Uhr, Samstag, der 27. November 2004. Der Tag ist noch nicht erwacht.

Völlig erschöpft freut er sich auf eine warme Stube, doch diese Wärme muss er erst einmal schaffen.

Der Haustürschlüssel ist nicht da, wo man ihn vermutet, unter dem Blumentopf, sondern ... Der Lebenskünstler verrät es nicht. Er weiß es einfach.

Die mit bunten Glasbausteinen versehene Tür springt auf. Muffiger Geruch schlägt ihm entgegen. Er war zu lange nicht mehr hier. Einige Briefumschläge liegen auf den toskanischen Fliesen im Hauseingang. Reklame? Er wird sich später darum kümmern. Niemand weiß von dem Häuschen. Bertha hatte keine Verwandten.

Der Schein seiner Taschenlampe gleitet über die Wände. Zunächst verdunkelt er die Fenster, lugt noch einmal hinaus und zündet erst jetzt eine Stehlampe an.

Bald brennt ein kleines Elektroöfchen und spendet behagliche Wärme.

Bertha lächelt ihm von der Wand zu. Ein Foto, das er gemacht hat. Selbst lässt er sich nicht ablichten. Er hasst es, fotografiert zu werden und wird dann fuchsteufelswild.

Bertha nannte ihn immer Heribert, weil er sie an ihren Vater erinnerte. Er ließ es sich gefallen. Für Geld machte er alles. Er selbst besaß nicht viel, außer Berthas Rente.

Gelegentlich versuchte er sich auch als Investmentverkäufer, machte aber die Fliege, wenn die ersten Betrugsanzeigen hereinschneiten.

Gegen Geschenke der Damen, die er eroberte, hatte er nichts. Mal eine goldene Uhr, einen Siegelring oder der Aufenthalt auf einer kleinen Jacht. Wenn es zu heiß und brenzlich wurde, verfügte er über das Talent des spurlosen Verschwindens. Seine Visitenkarten waren durchaus imposant. Doch Briefkästen mit seinem Namen gab es selten, und wenn, dann nur für eine kurze Zeit.

Nachdem Männi sich in dieser Nacht eingerichtet hat, seine schicke Reisetasche aus Kalbsleder steht schon auf dem Doppelbett mit Blümchendesign, holt er sich ein Glas und eine Whiskyflasche aus Berthas Schnapsschränkchen. Sein Blick fällt auf das Blümchenmuster der Bettbezüge und sein Gesicht verzieht sich zu einem abschätzigen Grinsen. Er schüttelt den Kopf. *Blümchenmuster, Berthas Vorliebe für Kitsch und Sentimentalität. Gott hab' sie selig*, denkt er.

Er tritt noch einmal vor die Tür, zunächst forsch, dann vorsichtig bis an das Ufer der Agger.

Zufriedenheit. Er atmet tief ein und aus. *Alles ist glattgelaufen, bis auf eine vorwitzige Polizeibeamtin*, denkt er, ist ein wenig beunruhigt und vertreibt, wie stets, lästige Gedanken und Zweifel in Windeseile.

Er stellt das Whiskyglas auf den Holzzaun, pflückt behutsam, man traut es ihm nicht zu, einen Zweig Efeu von der Hauswand und betrachtet ihn lange.

Für einen kurzen Moment steht er bewegungslos da, im gleißenden Licht der Mondsichel.

Er zündet sich eine Zigarette an, prostet sich zu, bückt sich und legt, fast andächtig und mit theatralischer Geste, den grünen Efeuzweig an eine ganz bestimmte Stelle, nah am Ufer der vereisten, glitzernden Agger.

Während er genüsslich seine Rauchkringel in die Nachtluft bläst, lässt er, wie zufällig, einige Marshmallows aus seiner Hosentasche in die Fluten gleiten und sagt mit einschmeichelnder Stimme, die schon einige Damen zum Schmelzen brachte: „Ruhe sanft, Bertha."

Dunkle Wolken gleiten nun über die Mondsichel und hüllen Berthas Häuschen in Dunkelheit.

Aufruhr an der Raststätte

Neun Stunden zuvor. Aufregung vor einem mintgrünen Reisebus der Luxusklasse auf dem Parkplatz der Raststätte Aggertal Süd.

19 Passagiere und ein Reiseleiter sind froh über die Rast nach vierstündiger Busfahrt.

Sie haben ein Romantik-Single Wochenende gebucht. Ziel ist der Besuch eines Musicals in Hamburg und die Übernachtung im renommierten Atlantic-Hotel. All inclusive.

„Unvergessliche Momente erleben. Eine romantische Auszeit mit Gleichgesinnten, die für immer in Ihrer Erinnerung haften bleibt."

Das war eine Aufforderung des Busunternehmens, dem diese Passagiere nicht widerstehen konnten.

„In zwanzig Minuten treffen wir alle hier im Bus zusammen!", ruft der Hamburger Reiseleiter Carsten Sieveking den fröhlich schwatzenden Reisenden zu, die sich in alle Richtungen verteilen.

Frau Gusti Küssnacht aus der Schweiz, eine rothaarige Dame in den besten Jahren, sitzt noch versunken auf ihrem Sitz.

„Was ist mit dir, Gusti? Träumst du noch von unserem Herrn Hollander?", fragt ihre Freundin Hella Röstli. „Ja, der hat's drauf. Kann uns köstlich unterhalten."

„So ein Mann", antwortet Gusti Küssnacht, und ihr Busen bebt, „wär mir lieb und teuer. Den findet man nicht alle Tage." Sie seufzt. „Ist mir sofort aufgefallen."

„Na, dich hat es aber erwischt. Steh endlich auf Gusti, Toilettengang und dann ein Käffchen trinken. Vielleicht gibt es am Buffet ein leckeres Stück Torte", schlägt sie vor.

„Gut, ich halte uns einen Platz frei, war eben schon auf der Bustoilette und gehe schon vor zur Raststätte. Du triffst mich am Tortenbuffet ... vielleicht wär auch ein Schlückchen Sekt angebracht, nach so einer Bekanntschaft, Hella", schwärmt Gusti und geht zielstrebig zum Buffet des Rastplatzrestaurants. Ganz in Gedanken versunken, an den charmanten Herrn, ihren Sitznachbarn, denkend, während ihr Herz heftig pocht. Ihre Handtasche hat sie fest unter den rechten Arm geklemmt.

Sie lässt lächelnd die letzten Stunden an sich vorbeiziehen. Höhepunkt ist der Beginn ihrer Bus-Bekanntschaft.

Hollander, der smarte Lou Hollander war ihr sofort aufgefallen. Er blitzte sie nicht nur einmal mit strahlend weißen Jackett-Kronen an. Neckisch hat sie mit ihrer durch Brillanten funkelnden Hand zurückgewinkt.

„Gestatten?", murmelnd setzte er sich neben sie.

„Darf ich mich vorstellen?"

Gusti Küssnacht nickte errötend.

„Lou Hollander." Eine leichte, elegante Verbeugung des Herrn folgte. Er konnte nicht anders, starrte nicht nur in das Dekolleté der Dame, sondern auch auf ihre Hand, die sich während der angeregten Unterhaltung im Bus immer wieder wie zufällig auf die seine legte.

Schwarzwälder Kirschtorte, Apfelkuchen oder Muffins?, überlegt Gusti Küssnacht, als sie unentschlossen am Buffet der Raststätte steht.

Am verlockendsten ist die Kirschtorte. Sie stellt ein Stück und einen Becher Milchkaffee auf ein Tablett und geht zur Kasse. „Kostet € 5.95", sagt die Kassiererin.

Gusti greift in ihre Handtasche. Am Morgen hat sie in großer Eile, sie war zu lange mit ihrer Aufmachung beschäftigt, fünf Hunderter fahrig in die Vortasche der Handtasche geschoben und total vergessen, die Summe im Bus in ihrem Portemonnaie zu verstauen.

Das Geld ist weg. An der Kasse bildet sich eine Schlange. Unmutige Laute. „Wann geht's endlich weiter, wir haben auch nicht ewig Zeit ...", tönt es.

Gustis Kopf wird rot und die Kassiererin, die Not der Frau bemerkend, sagt: „Setzen Sie sich doch einfach mal hin und suchen in Ruhe."

Das macht Frau Küssnacht. Sie ist so aufgeregt, dass ihre Hände zittern.

Ein spitzer Schrei lässt die Leute an den anderen Tischen aufschrecken.

„Ich bin bestohlen worden! Nicht nur mein Geld, mein Ring ist auch weg! Als ich eben im Bus auf die Toilette ging, war er noch da, an meinem Ringfinger!"

Reiseleiter Carsten Sieveking und die Mitglieder der Reisegruppe eilen herbei.

Neugierige Blicke der Rasthofbesucher. Man hat zuhause etwas zu erzählen, war live dabei.

„Ich habe die Tasche immer neben mich auf den Sitz gestellt", klagt Gusti.

„Der Ring ... ach mein Gott ja! Ich war im Bus auf der Toilette und habe ihn wahrscheinlich beim Händewaschen abgelegt, auf den Rand des Beckens!", ruft sie außer sich. „Eine dumme Angewohnheit."

Das ist in der Tat sehr leichtsinnig", sagt Reiseleiter Sieveking tadelnd.

„Gusti, nach deinem Toilettenbesuch war nur noch Herr Hollander auf der Toilette, alle anderen verschwanden im Rasthaus", gibt Freundin Hella zu bedenken, „und wo ist Hollander jetzt?", fügt sie, sich suchend umwendend, hinzu.

„Liebe Frau Küssnacht, wer hat denn während der Fahrt neben Ihnen gesessen?", fragt Sieveking.

Gusti wird rot. „Zuletzt Lou Hollander. Wir haben uns prächtig unterhalten."

„Ich lasse Herrn Hollander jetzt aufrufen, vielleicht weiß er mehr ..."

„Und ich gehe zum Busfahrer und schaue mit ihm auf der Toilette, im Bus und zwischen den Bänken nach", sagt Freundin Hella Röstli. Sie macht sich mit dem Busfahrer auf den Weg.

Inzwischen versammelt der Reiseveranstalter alle Mitreisenden in einem Nebenraum der Raststätte. Aufgeregtes Gemurmel. Ratlosigkeit.

„Das ist ja wie in einem Edgar Wallace Film", sagt ein älterer Herr. Er fühlt sich angenehm angeregt. *Endlich mal was los*, denkt er. *Ich bin nicht betroffen, nur Beobachter und Statist in dieser Tragödie. Spannend.*

„Wo bleibt Hollander?", ist die bange Frage. Die Reisenden schauen sich an, schauen um sich, doch von Hollander keine Spur.

Inzwischen kommt Frau Röstli niedergeschmettert mit dem Busfahrer zurück.

„Im Bus haben wir nichts gefunden, kein Geld, keinen Brillantring. Auch nicht auf der Bustoilette."

„Ich werde die Polizei anrufen und gehe noch einmal Sitz für Sitz durch den Bus, nur zur Sicherheit ..." Er atmet durch, eine Pause entsteht.

„Es tut mir leid, meine Damen und Herren, wir müssen die Reise unterbrechen und auf die Polizei warten", kündigt der Reiseleiter an. Enttäuschtes Gemurmel.

„Wir können die Reise durchaus später fortsetzen. Im Hotel Atlantic wird man auf uns warten. Die Musicalvorstellung ist erst morgen Abend", beschwichtigt Sieveking die enttäuschten Passagiere.

Sein forschender Blick fällt auf Gusti Küssnacht. „Es ist Ihre Entscheidung, ob sie uns weiter begleiten, nach diesem Schrecken."

„Ich warte ab, was die Polizei rät", flüstert Frau Küssnacht und tupft sich Tränen aus den Augen.

„Der Herr Hollander ist bestimmt kein Dieb. So kann sich doch kein Mensch verstellen. Nein, dieser Mann doch nicht!"

Oh doch, denkt Herr Sieveking, der schon Schlimmeres während seiner Reiseleitungen erlebt hat.

„Kopf hoch, Frau Küssnacht. Die Polizei ist gleich da. Vielleicht taucht Hollander inzwischen auf."

„Der ist mir sofort aufgefallen, der Playboy mit seiner Angeberei", murmelt Klaus Maus, ein hagerer Siebziger, der keinen Schlag bei Frauen hat, wie Hollander, ihn jedoch gerne hätte.

Der Notruf

„Polizeidienststelle Overath/Rösrath, Polizeikommissar Spitznagel am Apparat. Was kann ich für Sie tun?"

„Carsten Sieveking, Reiseleiter."

„Was ist Ihr Problem, Herr Sieveking?"

„Ich bin der Leiter einer Reisegruppe auf dem Weg nach Hamburg."

„Für Hamburg sind wir nicht zuständig."

„Nein, Sie missverstehen mich. Ich bin mit einer Reisegruppe zurzeit in der Raststätte Aggertal Süd. Eine Mitreisende ist im Bus bestohlen worden."

„Wie kommen Sie darauf? Haben Sie das selbst beobachtet?"

„Nein, die Dame hat eben erst den Verlust von Schmuck und Geld entdeckt, als sie in der Raststätte ihren Kuchen bezahlen wollte."

„Nichts einfacher als das. Befördern Sie alle Reisenden wieder in den Bus. Schließen Sie die Bustüren und durchsuchen Sie den ganzen Bus und die Passagiere. Oft findet sich das Verlorene rasch wieder."

„Das geht nicht, denn die Reisenden sind schon ausgestiegen."

„Dann fordern Sie bitte die Reisenden auf, sich wieder an ihre vorherigen Plätze zu begeben."

„Das habe ich inzwischen schon getan, doch einer der Reisenden ist verschwunden."

„Wollen Sie mich veralbern? Jemand ist aus dem geschlossenen Bus verschwunden?"

„So ist das nicht. Er ist mit uns gemeinsam ausgestiegen, aber plötzlich nicht mehr auffindbar. Ich habe ihn in der Raststätte ausrufen lassen. Er ist der einzige Passagier, der nicht zurückgekommen ist."

„Sie meinen, dass er sich in Luft aufgelöst hat? Haben Sie seine Personalien?"

„Lou Hollander, geboren am 6.4.1965, wohnhaft Wiesbaden, Kurstraße 333."

„Danke. Im Moment sind alle Einsatzwagen unterwegs. Der nächste freie Streifenwagen wird die Raststätte Aggertal Süd anfahren. Moment, Herr Sieveking, ich sehe gerade in unseren Polizei PC. Eine Person mit Ihren Angaben ist im gesamten Netz nicht zu finden ... einen Lou Hollander mit den von Ihnen angegebenen Daten gibt es in ganz Deutschland nicht."

Sieveking wird bleich.

„Bleiben Sie bitte im Bus. Ich versuche, möglichst schnell eine Streife zu schicken."

„Einsatzzentrale an Rhena 31/78 und Agger 31/54, eine dringende Nachricht: Wer sich in der Nähe der Raststätte Aggertal befindet, bitte melden."

„Rhena 31/78 an Einsatzzentrale. Wir sind gerade auf der A4 Richtung Engelkirchen, was liegt an?"

„Einsatzzentrale an Rhena 31/78: Verdacht auf Diebstahl oder Raub auf dem Rastplatz Aggertal Süd, Tatort soll ein mintgrüner Reisebus der Luxusklasse mit Hamburger Kennzeichen sein. Steht auf dem Parkplatz der Raststätte. Kennzeichen: HH SI 333. Dort ist auch einer der Passagiere spurlos verschwunden. Fragt bitte mal nach, was da passiert ist. Vielleicht hat sich das Problem inzwischen schon gelöst."

„Rhena 31/78 an Einsatzzentrale. Verstanden. Wir fahren direkt auf den Parkplatz zu. Ende."

Der verschwundene Charmeur

Es ist nicht schwer charmant und liebenswürdig zu sein, wenn man weder Gewissen noch Pflichtgefühl hat.
Ernst Hohenemser, 1870 -1918

Polizeioberkommissarin Barbara Gotthardt schaltet das Blaulicht ein und gibt Gas. So kurz vor Dienstschluss an einem Wochenende noch ein Einsatz! Sie seufzt und sieht zu ihrem Kollegen, dem Kommissar-Anwärter Marc Gilles hinüber. Er merkt es nicht, hat wie stets einen Knopf im Ohr und bewegt sich mit dem Kopf im Takt der Klänge Jim Morrisons. Er wiegt sich hin und her. Strähnen seiner halblangen, blonden Haare rutschen ihm ins Gesicht und über die Augen.

„Marc!" Keine Reaktion.

„Hast du gehört, Marc?", schreit die Einsatzleiterin, Polizeioberkommissarin Barbara Gotthardt, erneut.

„Was?"

„Wie bitte", heißt das. „Wir fahren zu einem Einsatz zur Raststätte Aggertal Süd."

Anwärter Marc Gilles zieht die Stöpsel aus dem Ohr, lacht sie entwaffnend an und sagt: „Hab' alles mitbekommen, Kollegin. Es geht um einen Verdächtigen, der sich angeblich aufgelöst hat."

Kommissarin Gotthardt lächelt ebenfalls.

„Zur Strafe darfst du von etwa zwanzig Reisenden die Personalien aufnehmen."

„Nichts lieber als das", stöhnt er.

Der Streifenwagen biegt in den Parkplatz des Rastplatzes Aggertal Süd ein und hält vor dem mintgrünen Reisebus.

Schon öffnet sich die Bustür. Ein Herr in den mittleren Jahren, gekleidet im lässigen Freizeitlook, kommt ihnen entgegen.

„Carsten Sieveking", stellt er sich vor und macht das sorgenvolle Gesicht eines Seelsorgers, der kondolieren muss.

„Eine Mitreisende ist wahrscheinlich im Bus bestohlen worden."

„Wann hat sie das bemerkt?"

„Als sie an der Kasse des Rasthofes ihren Kuchen bezahlen wollte."

„Was fehlt ihr?"

„500 Euro, die sie in ihrer Handtasche bei sich trug."

„Leichtsinnig", bemerkt Kommissarin Gotthardt, runzelt die Stirn und gibt dem Anwärter ein Zeichen, die Personalien der Reisenden aufzunehmen.

„Da ist noch etwas", fügt Sieveking hinzu, „der betroffenen Dame fehlt auch noch ein Brillantring, den sie angeblich, bevor sie aus dem Bus stieg, auf dem Waschbecken der Toilette des Busses liegen ließ."

„Noch mehr Leichtsinn", resümiert die Kommissarin kurz, nimmt ihre Uniformmütze ab, streicht sich durch ihre widerspenstigen, dunkelblonden Haare und öffnet den Kragen der Uniformjacke. Zu viel feuchte Wärme und ein verwirrender Redeschwall empfangen sie im Bus.

Die meisten älteren Herrschaften tragen Wollenes.

Irgendwie riecht es hier wie im Schafstall, denkt sie.

Kommissarin Gotthardt ist auf einem Bauernhof groß geworden und vergleicht Situationen ihres Alltagslebens gerne mit Erinnerungen vom elterlichen Hof.

Sie schaut in siebzehn fragende Augenpaare und verschafft sich einen ersten Überblick. Ein junges Pärchen, das an einer Befragung nicht interessiert zu sein scheint, sitzt in der hintersten Reihe und knutscht hingebungsvoll.

Die älteren Damen, allesamt Singles, tragen dezente beige-braune Freizeitklamotten, aufgepeppt mit Designer-Halstüchern. Sie sind fein herausgeputzt und haben frisch gewellte Coiffeure-Frisuren. Hier und da blinkt ein Schmuckstück auf.

Damen sind in der Überzahl. Was ist nur mit den Männern? Sterben die immer früher? Die können doch nicht alle Opfer von Verbrechen geworden sein, oder im Knast sitzen? *Wie komme ich jetzt darauf*, denkt sie und räuspert sich.

Sie zählt acht Herren mit gepflegten Glatzen, drapierten Resthaaren oder raffiniert gefertigten Toupets.

Alle Singles, abgesehen von dem Pärchen in der letzten Reihe, sehen erwartungsvoll zu ihr auf.

Ein Paradies für einen Gauner, der die Sehnsüchte dieser älteren Menschen ausnutzt, denkt Barbara Gotthardt, und außerdem ist es viel zu warm in diesem Bus.

„Würden Sie bitte ein Fenster aufmachen?", bittet sie den Reiseleiter und atmet auf.

Doch es vergeht keine Minute, da kommt der Ruf: „Es zieht! Mein Rücken!"

Sie überhört den Ruf und wendet sich Anwärter Gilles zu, der inzwischen die Personalien aufgenommen hat.

„Die Adressenliste hätte ich Ihnen auch geben können", murrt der Reiseleiter Sieveking und klingt ein wenig eingeschnappt.

44

„Na ja, nach dem, was wir vom Einsatzleiter gehört haben, ist auf Ihrer Liste die Adresse des angeblich Verdächtigen falsch. Also, wer von den Herrschaften fehlt?", ruft sie durch den Bus. „Es wurde beim Anruf auf der Dienststelle von zwanzig Reisenden gesprochen."

Lautes Gemurmel.

„Nacheinander, bitte."

„Herr Lou Hollander, der neben der bestohlenen Frau Gusti Küssnacht saß", sagt Sieveking mit rotem Kopf.

„Aha, der Herr mit dem falschen Namen", beendet die Ermittlerin den Satz.

„Marc, lass dir bitte von Herrn Sieveking die genaue Personenbeschreibung des angeblich Verdächtigen geben und schau dich auf dem Parkplatz und in der Raststätte um. Vielleicht sucht der Verschwundene eine Mitfahrgelegenheit."

Kommissar-Anwärter Marc Gilles macht sich an die Arbeit.

Oberkommissarin Gotthardt überfliegt die Liste und wendet sich der weinenden Gusti Küssnacht zu.

„Ich bin Polizeioberkommissarin Barbara Gotthardt", sagt sie einfühlsam. „Ich habe gehört, dass Sie bestohlen worden sind. Ihr Name, Küssnacht? Sind Sie Schweizerin?"

„Nein, aber mein Mann war ein Schweizer Trikotagen-Fabrikant. Gott hab' ihn selig, meinen lieben Hugo Wilhelm Küssnacht", klagt sie. „Eine Seele von Mensch und ich war Modell in seiner Firma für diese Trikotagen", sagt sie. Jetzt lächelt sie verzückt. Ein Hauch Rot färbt ihre Wangen.

„Nach einigen Monaten enger Zusammenarbeit hat Herr Küssnacht mich gebeten, seine Frau zu werden. Er wollte mich für sich allein. Ich gab die Arbeit als Trikotagen Modell auf."

45

Sie hat dann, statt der Trikotagen, zu Hause Schürzen getragen, denkt die Kommissarin und muss bei der Vorstellung lächeln.

„Aber dann", die Befragte schließt kurz die Augen, und als sie die Lider wieder öffnet, ist da in jedem Auge eine Träne. Seufzend fährt sie fort: „Seit zehn Jahren bin ich verwitwet, und da steht er nun in meinem Entree, der schöne, weich gepolsterte Rollstuhl meines Mannes, den ich ihm gekauft habe ... leer! Wenn ich abends fernsehe, schiebe ich den Rollstuhl neben meinen Sessel.

Zum Andenken habe ich meines Mannes Lieblingskissen hineingelegt, ein weiches Herz aus Samt. Und manchmal, wenn ich mich einsam fühle, setzte ich mich in Hugo Wilhelms Rollstuhl, schließe die Augen und denke an ihn."

Tränen fließen.

Kommissarin Gotthardt, gerührt, gibt der Dame Zeit.

„Vor einiger Zeit bin ich in die Nähe meiner Freundin Hella Röstli, die auch schon Witwe ist, nach Wiesbaden Schlierstein gezogen. Eine Oase, von Wasser umgeben."

Die Stimme zittert. Die Witwe macht eine Pause und betupft sich erneut mit einem zarten Voile-Taschentuch die Augen.

„Dann erzählen Sie doch mal, Frau Küssnacht, was Sie auf dieser Reise bisher erlebt haben?", fragt Kommissarin Barbara Gotthardt forsch, weitere Tränenflüsse befürchtend.

„Unsere Gruppe wurde von der Reisegesellschaft eingeladen, vor der Fahrt gemeinsamen Kaffee zu trinken. Jeder erzählte ein wenig über sich, damit wir uns alle besser kennenlernen konnten. Danach stiegen wir in den Bus."

„Das war wo?"

„In Frankfurt. Ein Herr, der sich als Lou Hollander vorstellte, setzte sich sofort neben mich. Ganz Kavalier alter Schule küsste er mir die Hand."

Die Kommissarin schaut auf den Ringfinger der rechten Hand der Zeugin. Im rosigen Fleisch des Ringfingers ist noch der Abdruck eines Rings zu sehen.

„Was hat Ihnen der Herr Hollander beim Kaffeetrinken über sich erzählt?"

„Er schwärmte von einem großen Gut seiner verstorbenen Großeltern in Ostpreußen, vom Tod seiner lieben Frau, und erwähnte, dass er einsam ist und sich manchmal auf seine Jacht im Mittelmeer zurückzieht. Er tat mir so leid."

Kommissarin Gotthardt rollt mit den Augen und schüttelt ungläubig den Kopf.

„Frau Küssnacht! Es ist sehr gut möglich, dass Sie auf einen Betrüger hereingefallen sind."

Gusti Küssnacht wird unter sorgfältig aufgetragener Schminke bleich.

„Das kann und will ich einfach nicht glauben", flüstert sie und schaut betreten zu Boden.

„Haben Sie dem Mann erzählt, dass Sie Besitz oder Vermögen haben? Kennt er Ihre Adresse?"

„Ja, ich habe mal beiläufig erwähnt, dass ich sehr gut versorgt bin."

Kommissarin Gotthardt zieht wieder besorgt die Auenbrauen hoch: „Frau Küssnacht, gehen Sie zu Ihrer Bank. Sperren Sie Ihre Konten, schaffen Sie sich ein Sicherheitsschloss und eine Überwachungsanlage für Ihr Haus an. Die Kollegen in Wiesbaden werden Sie beraten."

„Sie meinen doch nicht, dass ...?"

„Ja, genau das! Ich glaube, dieser angebliche Herr Hollander ist mit an Sicherheit angrenzender Wahrscheinlichkeit ein Betrüger!"

Ein weher Ausruf aus Frau Küssnachts rosigem Kussmund.

Bedrückendes Schweigen im Bus.

„An welcher Seite saß Herr Hollander während der Fahrt."

„Hier, direkt neben mir, da wo Sie jetzt sitzen, Frau Kommissarin." Schluchzen, Wimperntuschebäche auf dem Gesicht der Zeugin.

„Er hat ab und zu seine Hand auf meine gelegt, als ich vom Tod meines Mannes erzählte ... so ein mitfühlender Mensch."

Aha, wahrscheinlich hat er die Karate des Brillantrings geschätzt, denkt die Kommissarin und fragt:

„Wo hatten Sie Ihre Handtasche mit dem Geld verwahrt, Frau Küssnacht?"

„Auch hier, direkt rechts neben mir."

„Verstehe", seufzt die Ermittlerin.

„Wie sah Herr Hollander aus? Hat jemand ein Foto von ihm gemacht, zum Beispiel mit dem Handy?", fragt sie die Reisenden.

„Ich habe geknipst", ruft ein schmaler Herr, der Mühe hat, seinen Arm zu heben. „Durch mein Rheuma konnte ich die Kamera nicht gut aufrecht halten."

Mit zitternden Händen reicht er seine Kamera der Kommissarin.

„Da ist doch nur ein Teil einer rechten Schulter zu sehen, bekleidet mit einem Stück eines hellblauen Herren-Oberhemds. Damit können wir nicht viel anfangen."

„Ja, stimmt, der Herr Hollander hatte so eine dunkelblaue Caban-Jacke bei sich, so wie Prinz Charles sie manchmal trägt und dichtes, dunkelblondes Haar", mischt sich Gusti Küssnacht ein, und betont: „Er zog die Jacke aus, als es ihm zu warm wurde. Über seinem Oberhemd trug er einen ärmellosen, dunkelblauen Polo-Pullunder."

„Dichtes dunkelblondes Haar!", ruft der Rheumatiker. „Es war ein Toupet", trompetet er.

„Na, dunkelblond oder graubraun … Sie müssen es ja wissen", gibt Gusti Küssnacht spitz zurück. „Er wollte auch nicht fotografiert werden", ereifert sie sich.

Sie überlegt einen Moment: „Herr Hollander hat sich, als Fotos gemacht wurden, gebückt und mir zugeflüstert: ‚Ich bin nicht fotogen, liebe Frau Gusti', dabei sah er glänzend aus! Ein bisschen wie Rock Hudson."

„Dass ich nicht lache …", amüsiert sich der Rheumatiker.

„Aha. Haben Sie bemerkt, dass Herr Hollander, als er sich bückte, um Sie zu bestehlen, in Ihre Tasche gegriffen hat, Frau Küssnacht?", fragt die Kommissarin.

„Bestehlen? Nein! Er ist doch kein Dieb!", ruft sie bestürzt aus. Erneut fließen Tränen.

„Rock Hudson! Dass ich nicht lache. Der sah aus wie einer, der was auf dem Kerbholz hat", meldet sich der kleine Herr mit dem Rheuma wieder zu Wort.

„Er ist auch immer um Frau Küssnacht und Frau Röstli herumscharwenzelt, und die beiden Damen waren hin und weg!"

„Na, erlauben Sie mal, Herr ...""

„Wimmer, Konrad Wimmer!"

„Haben Sie etwas Sachdienliches zur Befragung beizutragen", mischt sich die Kommissarin ein.

„Ja. Mir fällt ein, dass Herr Hollander als letzter zur Toilette ging, und dass er hier an mir und dem Tisch vorbeiging."

Alle starren Wimmer an.

„Sehen Sie hier auf dem Tischchen mit den Erfrischungen die Flasche Wasser? Hollander hat sich ein Glas Wasser eingeschüttet, sofort ausgetrunken und ist dann zur Toilette gegangen. Ich habe das genau beobachtet."

Siegessicher schaut er in die Runde.

„Das ist interessant", sagt Barbara Gotthardt und winkt dem Anwärter, der gerade von draußen hereinkommt und zeigt auf das Glas und die Flasche.

Anwärter Gilles, mit Tatort-Handschuhen bewaffnet, ergreift das Glas und die Wasserflasche und lässt beides in einen Asservatenbeutel gleiten.

„Herr Kommissar, haben Sie draußen Hinweise auf Herrn Hollander gefunden?", ruft Frau Küssnacht dem Kommissar-Anwärter voller Erwartung zu.

„Sorry, ich bin erst Kommissar-Anwärter. Aber um Ihre Frage zu beantworten. Nein. Keiner hat ihn gesehen. Ich habe die Parkplätze und Personenwagen untersucht, die Fernfahrer befragt und unter Bänke geschaut. Dieser Mann ist wie vom Erdboden verschluckt. Ich war sogar auf der Herrentoilette. Der Toilettenwärter sagte: ‚Wenn ich ein Dieb wäre, hätte ich längst die Fliege über die Berge gemacht'."

Frau Küssnacht bricht zusammen.

„Der soll mir nochmal kommen, der Falschspieler, der gemeine Kerl!"

Ja, so schnell kann Liebe sterben, denkt die Kommissarin Gotthardt.

„Stellen Sie für alle im Gesetz vorkommenden Fälle Strafantrag, Frau Küssnacht? Zum Beispiel wegen Diebstahl, Raub ...?"

Es folgt ein schwaches „Ja", das im Schluchzen der getäuschten Frau untergeht.

„Und ich stelle Strafantrag wegen Urkundenfälschung und Betrug. Herr Hollander hat falsche Angaben gemacht und seine Rechnung für die Reise ist auch noch nicht bezahlt", gibt Reiseleiter Sieveking zu Protokoll.

Kommissarin Gotthardt und Anwärter Gilles rüsten zum Aufbruch.

„Ich wünsche Ihnen allen einen guten Aufenthalt in Hamburg. Wir bleiben in Verbindung. Sie werden von der Polizei Ihres Wohnortes in den nächsten Tagen Bilder einschlägig vorbestrafter Straftäter vorgelegt bekommen. Ich lege hier meine Visitenkarte aus. Jeder Hinweis von Ihnen ist mir willkommen."

Sie schaut zu dem kleinen Rheumatiker:

„Herzlichen Dank, Herr Wimmer, für Ihren Hinweis auf die Wasserflasche und das Glas an der Erfrischungstheke. Das bringt uns vielleicht ein DNA - Ergebnis des Verdächtigen. Gute Weiterfahrt."

Hinter der Kommissarin und dem Anwärter schließt sich die Bustür.

„Das war aber eine Nette", schwärmt der kleine Herr Wimmer und streckt sich. Sein Rheuma scheint wie weggeblasen.

Der Unbekannte

Samstag, 27. November 2004, 6 Uhr morgens.

Erika Renner wird zu früh von ihrem temperamentvollen Terrier Humphrey geweckt. Sie ist Rentnerin, alleinstehend und redet gerne mit ihrem Hund. Meistens hat er das letzte Wort.

Im Moment keift er, knurrt, fiept und zieht an ihrer wollenen Bettdecke.

„Willst du wohl nicht so böse sein? Frauchen schläft noch."

Humphrey ist nicht blöd. Er bellt und weiß längst, dass Erika wach ist.

Demonstrativ rennt er zur Haustür, kratzt an dem Lack des Rahmens.

Sein Bellen geht Frauchen durch Mark und Bein.

„Musst du Pippi, Kleiner? Komme ja schon", ruft sie seufzend und zieht sich einen dicken Overall über das Nachtzeug und eine Mütze über den Kopf.

Im Hinausgehen schlüpft sie in gefütterte Stiefel, die an der Haustür stehen.

Humphrey ist nicht mehr zu halten, lässt sich nur widerstrebend anleinen. Schon sind sie draußen: die verschlafene, verfrorene Frau und der ungeduldige Hund, dessen Name Stärke und Frieden bedeutet.

Wegen dieser Eigenschaften taufte sie den quirligen Mischling 'Humphrey'.

Stärke und Frieden merkt man dem kleinen Flitzer nicht an. Er ist lediglich in der Lage, einen Mordskrach zu veranstalten.

Während Frau Renner die dunklen Wege durch das Campinggebiet betritt, es wirkt wie ausgestorben, entdeckt sie hinter dem Fenster eines Häuschens schwaches Licht.

Ich habe noch nie bemerkt, dass dort jemand wohnt. Seltsam ... aber ich bin ja auch nicht oft im Winter hier, beruhigt sie sich.

Sie geht achtsam und langsam, misstrauisch das Haus beobachtend.

Und siehe da, das Licht erlischt. Die Tür von Nummer 7 öffnet sich.

Die Frau erstarrt. Leichtes Schneetreiben lässt sie düstere Umrisse eines Mannes erkennen. Er ist groß und sein Kopf ist mit einer eleganten, dunklen Schirmmütze bedeckt, die tief ins Gesicht gezogen ist.

Auch die übrige Kleidung scheint winterfest zu sein.

Unbeweglich steht Frau Renner an der Biegung des Weges. Mit angehaltenem Atem beobachtet sie den Fremden.

Es ist stockdunkel hier, ich bin allein auf weiter Flur, denkt sie. Die Gestalt des Fremden in dieser verwaisten Gegend ist mir nicht geheuer. Abwarten, bis er verschwindet. Hoffentlich in entgegengesetzter Richtung.

Aus dem Boden aufsteigende Kälte lässt sie zittern.

Das Gartentürchen knarrt, ein ungewohntes Kreischen der rostigen Scharniere durchbricht die Stille dieses eiskalten Wintermorgens.

Aufgeschreckt schießt Humphrey wie eine Rakete aus dem Gebüsch, zerrt an der Leine und bellt den Fremden frech an.

Der dreht sich ganz langsam um.

Erika Renner erschrickt bis ins Mark. Trotz der Dunkelheit kann sie sehen, dass er sie böse anblitzt und einen Schritt auf sie zugeht, ihr gefährlich nahe kommt.

„Halten Sie gefälligst ihren blöden Köter in Schach",
murrt er und, drohend zu Humphrey gewandt: „Verpiss
dich!"

Und das macht Humphrey. Er hebt sein Bein und
pinkelt an das offen stehende Gartentürchen.

Fluchend wendet sich der Fremde ab und wird von
der Dunkelheit verschluckt.

Eva Renner ist der Schreck ins Gesicht geschrieben.
Sie beugt sich hinunter zu ihrem Hund und murmelt:

„Das war aber kein Gentleman, Humphrey. Was
meinst du?"

Die Antwort ist ein „Wuff". Es ist mehr eine Aufforderung für beide, ins warme Heim zurückzukehren und
sich nach diesem Schrecken aufzuwärmen.

Die Werkstatt

Morgenstund hat Gold im Mund, oder: 'Morgenstund ist aller Laster Anfang'
Alte Volksunwahrheit.

27. November, ein eisiger Samstag. Fröhlich pfeifend gelangt Eduard Schlagblech, genannt Eddi, Kraftfahrzeugmeister und Besitzer einer Engelskirchener Autowerkstatt, an seinen Arbeitsplatz.

Er reibt sich die Hände und schaut auf die Uhr: *6:45 Uhr morgens, allein in der Werkstatt, da kann ich gut alte Vorgänge aufarbeiten*, denkt er. Die Werkstatt hat schon seinem Vater gehört und er weiß, dass in diesen harten Zeiten präzise Arbeit und Kundenfreundlichkeit überlebenswichtig sind. Die Konkurrenz ist groß.

Auf dem Weg ins Büro kommt er an einem völlig vereisten Rover 200 vorbei, einem Modell aus den Achtzigern. Der Wagen hat ein Gelsenkirchener Kennzeichen und steht direkt vor der Werkstatttür.

„Mal schauen, was der Abschleppdienst vermerkt hat", sagt er und macht sich auf den Weg ins Büro. Als er die Tür aufschließt, fällt ihm ein Briefumschlag des ARAC entgegen, mit dem gängigen Formular, Kfz-Papieren und Autoschlüsseln.

„Abgeschleppt wegen Getriebeschaden einige Kilometer hinter dem Rastplatz Aggertal Süd", liest er.

In dem Moment fährt sein Lehrling Ignatz Broich mit knatterndem Moped auf den Hof.

„Moin Chef"

„Moin Ignatz, was hat dich denn so früh aus den Federn gelockt."

„Ich wollte mich nochmal mit dem Thema 'Kupplungen' beschäftigen, weil wir in der nächsten Woche in der Berufsschule darüber eine Klausur schreiben."

„Fleißig, fleißig", murmelt Schlagblech. „Zieh dich eben um. Vielleicht kannst du dich danach mal um die Kupplung dieses Rovers kümmern."

„Okay, mach ich", sagt der Lehrling und verschwindet im Personalraum.

Meister Schlagblech nimmt den Schlüssel des Rovers, geht zur Werkstatttür und versucht den Kofferraum des abgeschleppten Autos zu öffnen.

„Mist, total vereist!" Er schaut auf das Thermometer an der Werkstattwand und liest: „11 Grad minus. Kein Wunder!"

Beim dritten Versuch klappt es. Der Kofferraum öffnet sich. Schlagbaum schaut hinein, wird aschfahl, geht einen Schritt zurück, und schüttelt ungläubig den Kopf.

„Das kann doch nicht wahr sein", murmelt er mit zitternder Stimme, tritt näher, rückt an seiner Brille und sieht ein zweites Mal in den Kofferraum.

„Mein Gott", schreit er, stöhnt auf und greift sich schmerzverzerrt ans Herz. Bewusstlos sinkt er neben dem Wagen zusammen auf die weiche, frisch gefallene Schneedecke.

Eisprinzessin

Jetzt mit Werkzeugklamotten bekleidet, nähert sich Kfz-Lehrling Ignatz Broich dem Rover. Er ist gespannt auf seine neuen Aufgaben und erstarrt.

„Das gibt es doch nicht!"

Vor ihm steht der grüne Rover mit einem weit geöffneten Kofferraum und daneben, leblos im Schneegeriesel, liegt sein Chef.

Ignatz ist wie vom Donner gerührt und ruft: „Chef, was ist passiert?"

Keine Reaktion.

Stille.

Wie ein gefällter Baum liegt Meister Schlagbaum im Schnee und rührt sich nicht.

Der Lehrling schaltet seine Taschenlampe an, wagt einen Blick in den Kofferraum und erstarrt ... Sekunden vergehen, er schluckt, kann nicht glauben, was er sieht. Das Herz pocht ihm schier zum Halse heraus.

„Das gibt es doch gar nicht, oh Gott, oh Gott! ... Hilfe, Hilfe, was soll ich tun?", schreit er. Keine Antwort.

Die eisige Stille des frühen Morgens zersplittert wie Glas.

Da sind die erstarrten Augen einer Frau, die mit völlig verdrehtem Körper im Kofferraum liegt. Eingehüllt in Frostkristalle, die im Schein des Lichts silbrig aufleuchten und glitzern, in den Wimpern, den halblangen Haaren und den Wollfasern der Kleidung.

Wie eine Eisprinzessin. Wenn da nicht diese weit geöffneten glanzlosen Augen wären, die wie in Marmor gemeißelten Züge, und die verrenkte Gestalt, denkt Ignatz.

Als er das Furchtbare der Situation begreift, weicht er entsetzt zurück und rutscht auf dem eisglatten Boden aus. Reflexartig schließt er die Augen, bleibt einen Moment liegen. *Ist das nur eine Sinnestäuschung*, überlegt er und betet:

„Lieber Herrgott, wenn es dich gibt, bitte, bitte mach, dass das nicht wahr ist."

Er zwinkert, öffnet langsam die Augen, rappelt sich auf, und beugt sich erneut über den geöffneten Kofferraum.

Eiskalter Hauch erfasst ihn, schlimmer als zuvor. Eine Kältewelle, die ihm durch alle Glieder fährt, kommt aus dem Kofferraum.

Er dreht sich um. Gänsehaut am ganzen Körper. Ich will das nicht sehen, kann das nicht ertragen, doch der grauenhafte Anblick ist keine Sinnestäuschung, schießt es ihm durch den Kopf. Seine Hand, schon am Griff des Kofferraums, um ihn heftig zuzuschlagen, das Grauen zu verdecken, zuckt zurück.

Durchatmen, durchatmen, sagt er sich und sein Herz pocht zum Zerspringen. Und da ist ja auch noch sein Chef, um den er sich sorgt.

Die Gedanken schlagen Purzelbäume in seinem Kopf. Notfall: Was kommt zuerst? Der Notruf! Mit zitternden Händen holt Ignatz Broich sein Handy aus der Tasche und wählt die 110.

„Polizeidienststelle Engelskirchen, Polizeioberkommissar Lauer am Apparat."

„Helfen Sie, bitte! Ich finde hier eine Tote im Kofferraum ... und mein Chef liegt wie tot daneben", stottert er.

„Erst mal alles in Ruhe. Tief durchatmen, junger Mann: Eine Tote im Kofferraum vor einer Werkstatt und ein bewusstloser Mann daneben? Wo befinden Sie sich?"

„An der Rover-Autowerkstatt, Overather Straße."

„Ganz ruhig bleiben. Fassen Sie nichts an. Ich alarmiere die zuständige Behörde, Kranken- und Notarztwagen ... Helfen Sie Ihrem Chef, decken Sie ihn warm zu und bleiben an Ort und Stelle. Wir sind gleich da. Ende!"

Erstmalig in seinem Leben macht Ignatz eine Herzmassage und beatmet einen Menschen. Seine Hände zittern. Dann legt er den Bewusstlosen in die stabile Seitenlage. Das hat er in einem Kurs in der Berufsschule gelernt. Fürsorglich schiebt er seine Jacke unter Schlagblechs Kopf.

Schnee rieselt vom Himmel. Ignatz erinnert sich, in einem Krimi gesehen zu haben, dass ein Tatort geschützt und abgedeckt wird.

Die Starre fällt von ihm ab. Eine Plastikplane aus der Lackiererei ist rasch gefunden. Er wirft sie über den geöffneten Kofferraum, atmet auf, findet noch eine Decke für den Chef, hält Ausschau nach dem Rettungswagen und rennt auf den Hof. Er schaut über das Gelände und wundert sich.

Am Zaun, dort, wo der Firmenparkplatz endet, entdeckt er, nur schemenhaft, eine Gestalt.

„Hallo", schreit er aus Leibeskräften, „können Sie helfen?"

Ignatz meint, einen Mann zu erkennen, der starr dasteht und glotzt. Ein Feuerzeug blitzt auf und nach einigen Sekunden erkennt Ignatz das Glimmen einer Zigarette.

„Wer sind Sie, verflucht nochmal? Ich brauche Hilfe", ruft er erneut.

Beim erneuten Hinschauen ist der mysteriöse Mensch, oder war es eine Erscheinung, verschwunden, wie vom Erdboden verschluckt.

Wieder beugt sich Ignatz über seinem Chef, der wie leblos im Schnee liegt und sich trotz der Decke eiskalt anfühlt.

Tröstlich scheint dem jungen Mann der Klang der Sirenen, die sich, die frostige Stille zerreißend, endlich dem unseligen Ort nähern.

Der Einsatz

Die Beweise sind da,
sucht nach ihnen.
Ted Bundy, amerikanischer Mörder

Samstag, 27. November 2004.

Es ist 7:20 Uhr, als Elisa durch Sirengeheul geweckt wird. Verschlafen steht sie auf und geht gähnend in die Küche. Ihre Freundin Anna kocht gerade Kaffee und stellt Baguette-Scheiben, die vom Vorabend übrig geblieben sind, auf den Tisch, daneben Butter und Marmelade.

„Viele Grüße von Max. Er hat sich gerade gemeldet und ist bald da."

„Oh, ich habe das Telefon gar nicht gehört, wie ein Stein geschlafen", sagt Elisa und eilt in Windeseile zum Bad. Sie dreht sich noch einmal um und sagt: „Anna, was ist denn da draußen los?"

„Wahrscheinlich ein Unfall, bei dem Wetter!"

„Hoffentlich ist Max nichts passiert?", ruft Elisa und verschwindet im Bad. Heute gibt es nur Katzenwäsche, denn das Badezimmer in dem alten Fachwerkhaus ist eiskalt. Kaltes Wasser erfrischt und macht die Wangen rot, ein alter Spruch ihrer Mutter, an den sie sich erinnert.

Rouge ist heute nicht erforderlich. Wohl ein wenig Fettcreme gegen die beißende Kälte draußen.

Mit kräftigen Bürstenstrichen bringt Elisa ihre kastanien-braunen Haare in Ordnung. Sie hüllt sich in einen kuscheligen dunkelgrünen Wollpullover, zieht schwarze Cordhosen an und schlingt sich einen farbenfrohen, dazu passenden Wollschal um den Hals. Farbharmonien sind der Künstlerin Elisa äußerst wichtig.

Eine viertel Stunde später sitzen die Freundinnen am Kaffeetisch. Es klingelt und Max kommt, „Sauwetter" murmelnd, umgeben von einer Kältewelle, herein. Er bekommt eine Tasse Kaffee und setzt sich zu den Freundinnen.

„Max, dein Kaiser Wilhelm Bart hängt herunter und deine Fliege auch."

Elisas Freundin Anna biegt sich vor Lachen.

„Fliege?", fragt Anna.

„Ja, Max trägt ab und zu, passend zur Kleidung, eine Fliege", erklärt Elisa, und zu Max gewandt: „Hast du gesehen, warum es hier nur so von Einsatzfahrzeugen wimmelt?"

Max tritt vor Annas Garderobenspiegel, richtet seinen Bart und die geliebte Fliege, die nach dem anstrengenden Nachtdienst in Gelsenkirchen in Form gebracht werden muss.

„Zu deiner Frage, Elisa. Ich bin an der Autowerkstatt vorbeigekommen, da muss etwas passiert sein. Ich schätze mal, dem Aufwand nach, eine größere Sache."

„In oder an der Autowerkstatt?"

„Ja, wo sollen gestrandete Unfallwagen denn sonst hingebracht werden?

Elisa springt auf. *Unfallwagen*, denkt sie und hat das Erlebnis der letzten Nacht vor Augen, die Sache mit dem abgeschleppten Rover. Dieser Pannenwagen wurde doch in die Werkstatt gebracht. Ungewöhnlich für einen Samstagmorgen, dass jetzt an der Werkstatt schon der Teufel los ist.

Sie wird nervös.

„Max, komm, beeil dich bitte. Wir prüfen die Lage, sobald du deinen Kaffee ausgetrunken hast."

Max verschluckt sich.

„Was ist denn mit dir los, Elisa, ich komme schließlich gerade vom Nachtdienst?"

Elisa tritt von einem Bein auf das andere: „Ich habe dir von dem Einsatz des Abschleppdienstes in der Nacht berichtet, und dass mir das Verhalten des Fahrzeughalters seltsam vorkam", ereifert sie sich.

„Da meint die Dame Elisa, wir sollten sofort nachhaken?", Max schüttelt den Kopf und kann ein Grinsen nicht verkneifen.

„Nicht so überheblich, Max Teufel. Ich möchte doch nur mal die 500 Meter bis zur Werkstatt zurücklegen, und ..."

„Da möchtest du mal nach dem Rechten sehen. Das ist nicht unsere Zuständigkeit, liebe Elisa Fuchs. Es sind bestimmt genug Leute da."

„Zuständigkeiten, langweiliger Behördenkram. Wenn es nicht um den abgeschleppten Rover geht, kehren wir sofort zu Anna zurück, frühstücken weiter und planen unseren freien Tag", lenkt sie ein und lächelt ihn an, weil sie weiß, dass er meistens nicht widersteht.

Er seufzt. „Wie ich dich kenne, gibst du keine Ruhe. Also, zieh dich warm an. Wir gehen!"

„Warm anziehen? Soll das eine Drohung sein?"

„Nein, Miss Widerspruch. Ich bin nur um deine zarte Gesundheit besorgt. Draußen herrschen Minusgrade. Aber wenn du einmal entflammt bist, Elisa, dann ..."

„Ach Max, das mit dem Brand im Backhaus, im vergangenen Sommer, das war doch eine ganz andere Geschichte."

Fünf Minuten später gehen sie, Elisa, mit wehenden Haaren, immer einen Schritt voraus, über den noch fast leeren Bürgersteig. Doch das soll sich ändern.

Einsatzwagen lärmen, lassen in den blanken Fensterscheiben der Fachwerkhäuser Lichter aufflackern und blitzen, als wäre ein Feuer dahinter. Neugierige strecken Hälse heraus, Türen öffnen sich, Lampen werden angeknipst. Aufregung, gepaart mit Sensationslust, macht sich in Minutenschnelle breit im ganzen Ort. Wenn hier schon mal etwas passiert ...

Ein Pulk von Einsatzwagen hat sich auf dem Hof der Autowerkstatt gesammelt.

Das Werkstatttor ist geöffnet. Ein abgeschleppter grüner Rover mit einem Gelsenkirchener Kennzeichen steht davor, mit offener, hoch gestellter Kofferraumklappe.

Seltsam, denkt Elisa. Warum ist die Kofferraumklappe so weit geöffnet?

Uniformierte Polizeibeamte trennen den gesamten Bereich weiträumig mit Absperrbändern ab.

Immer noch rieselt Schnee vom Himmel, als wollte er etwas verdecken mit dem weißen Mantel der Unschuld.

Ein Team der Spurensicherung, mit weißen Overalls bekleidet, ist dabei, ein Tatortzelt über den, in der Nacht abgeschleppten Rover 200 zu errichten.

Als Elisa und Max dem abgeschirmten Ort näher treten, werden sie von einer nicht mehr ganz jungen, kräftigen Frau aufgehalten.

„Herrschaften, das hier ist ein Tatort, bitte entfernen Sie sich!"

„Ich sehe gerade, dass dort …", Max zeigt auf die Werkstatt, „… ein Pkw aus Gelsenkirchen involviert ist. Vielleicht kann ich …"

Max darf seinen Satz nicht vollenden. Die Beamtin hält ihm ihren Dienstausweis vor die Nase.

„Maria Eck, ich bin hier die KvD, die zuständige Kommissarin vom Dienst aus Gummersbach. Wenn Sie allerdings etwas zur Sachlage beitragen können, wird ein Kollege von mir Sie im Einsatzwagen befragen. Also, haben Sie etwas beizutragen?", fragt sie forsch und schaut dabei nervös auf ihre Armbanduhr.

„Aber …"

„Wenn das nicht der Fall ist, möchte ich Sie bitten, dieses Gelände sofort zu verlassen."

Max schluckt und setzt erneut an: „Entschuldigen Sie, Kollegin. Ich bin Hauptkommissar Max Teufel, K1 Gelsenkirchen, und das ist …", Max zeigt auf Elisa, „meine Kollegin Elisa Fuchs. Wir sind zufällig hier bei einer Freundin zu Besuch …"

„Besuch? Was hat der Besuch mit diesem Fall hier zu tun?"

Die Kommissarin streift hektisch eine graublonde Haarsträhne zurück, die sich aus Ihrer strengen Hochsteckfrisur gelöst hat und ins Gesicht gerutscht ist.

Max zeigt auf das abgesperrte Gelände.

„Es ist vielleicht wichtig", hakt Max nach. „Kollegin Fuchs hat in der letzten Nacht auf dem Weg nach Engelskirchen beobachtet, dass dieser Rover auf der A4 stand und abgeschleppt wurde."

„Hat sie? Kann Ihre Kollegin nicht selber sprechen?"

„Natürlich", mischt Elisa sich ein. Ich kann sprechen und weiß auch, wie man Kolleginnen anspricht", sagt sie und fährt fort: „Genau um 23:10 Uhr war ich auf dem Weg zu einer Einladung in Engelskirchen und bin an einem Abschleppwagen und diesem Auto", sie zeigt auf den Rover, „langsam vorbeigefahren."

Hauptkommissarin Eck schaut überrascht hoch und mustert Elisa.

„Entschuldigung, Frau Fuchs", lenkt sie ein, „dann legen Sie mal los."

Sie deutet auf den Einsatzwagen.

„Es ist draußen zu kalt. Wir besprechen das im Wagen. Nach unserer Unterhaltung führe ich Sie zum Auto mit dem Opfer. Vielleicht können Sie auch dazu etwas beitragen?", fragt Eck mit zweifelndem Unterton.

Elisa berichtet im Einsatzwagen von den Vorgängen der vergangenen Nacht.

Hauptkommissarin Eck nimmt Elisas Schilderung mit kritischer Miene auf und runzelt die Stirn.

Eck sieht fahl und übernächtigt aus. Sie nimmt ihre Brille ab, die beschlagen ist, putzt sie umständlich und fragt: „Demnach muss das Opfer, Frau Fuchs, als Sie am Abschleppwagen vorbeifuhren, schon im Kofferraum gelegen haben, tot oder lebendig? ... Das wäre eine Erklärung dafür, dass sich der Fahrer des Rovers verdeckt gehalten hat, als Sie sich mit dem ARAC Fahrer des Abschleppdienstes unterhielten", räumt die KvD jetzt ein.

„Das stimmt. Übrigens hieß der Fahrer des Abschleppfahrzeuges Nachtmann."

„Eventuell kann er Ihre Angaben ergänzen."

„Davon gehe ich aus. Er war ja eine Weile mit dem Mann, der den Abschleppdienst rief, im gleichen Auto, saß neben ihm.

Noch ein Hinweis, Kollegin Eck. Der Fahrer des Rovers hat sich beim Abschleppdienst als ‚Jankowski' aus

Gelsenkirchen vorgestellt. Er sei angeblich mit dem Wagen seiner Frau unterwegs ...“

„Das müssen wir auch noch überprüfen“, sagt Eck gedehnt. „Das ist eine ganz dubiose Geschichte.“

Elisa und Max befinden sich inzwischen mit der Hauptkommissarin direkt vor dem Kofferraum des Rovers.

Schon der erste Blick in das vereiste Auto verschlägt Elisa und Max die Sprache. Wie vom Donner gerührt stehen sie da. Minuten vergehen. Dichter Schneefall dämpft ihre erschrockenen Ausrufe.

Erst langsam weicht das Entsetzen aus den Gesichtern der Betrachter*innen.

Ein Notarztwagen saust an ihnen vorbei.

„Gibt es noch ein Opfer?“, fragt Elisa und kann die Erschütterung nicht verbergen.

„Ja. Der Chef der Werkstatt ist beim Öffnen des Kofferraums zusammengebrochen. Herzinfarkt, vermutet der Notarzt.“

Kommissarin Eck zeigt auf einen jungen Mann, der, von Aludecken umhüllt, kreidebleich vor einem zweiten Notarztwagen verharrt.

„Dieser junge Mann hat seinem Chef wahrscheinlich das Leben gerettet. Ist total durch den Wind. Tapferer Junge, 16 Jahre alt. Hat sogar den Kofferraum mit der Leiche abgedeckt, damit nicht so viel Schnee hineindringt“, betont Hauptkommissarin Eck.

„Sehr umsichtig“, sagt Elisa und geht mit der Kollegin zu dem zitternden Burschen hinüber.

„Elisa Fuchs, Kriminalbeamtin. Wie geht es Ihnen? Sie sind ja ein kleiner Held.“

Ignatz Broich antwortet bibbernd: „Na ja, was sollte ich sonst machen, so allein... Bevor der Notarztwagen kam, sah ich da hinten", er zeigt auf das Ende des Autohofes, „am Begrenzungszaun, einen Mann, der rauchte. Beschreiben kann ich ihn nicht, war ja noch dunkel. Sah nur das Aufblinken eines Feuerzeug und eine glühende Zigarette. Ich habe geschrien, dass er mir helfen soll. Hat sich nicht gerührt, der Kerl und war dann blitzschnell verschwunden."

„Das ist ein guter Hinweis. Ich werde der Spusi Bescheid geben. Vielleicht wird noch ein Stummel der Zigarette gefunden."

„Und was können Sie daran erkennen, Frau Kommissarin?"

„Wenn wir Glück haben, die DNA des Mannes. Sie ist so viel wert wie ein Fingerabdruck", erklärt Elisa.

„Vielen Dank für das aufmerksame Handeln, Herr Broich."

Der Junge lächelt verlegen: „Ignatz für Sie."

Die KvD kommt hinzu: „Ich übernehme das, Frau Fuchs, und bespreche die Suche", sagt sie knapp.

„Wie geht es jetzt weiter, Kollegin Eck?", fragt Max, der hinzugekommen ist.

„Wir warten auf das Eintreffen des EKHK Moritz Marder aus Köln. Sobald er mit der Rechtsmedizinerin, Professorin Dr. Rigens, ebenfalls aus Köln, vor Ort ist, wird geklärt, wie wir weiter vorgehen."

„Marder, Erster Kriminalhauptkommissar? Dann ist er wohl befördert worden", antwortet Elisa überrascht und taucht aus ihren Gedanken auf.

„Da wissen Sie aber mehr als ich! Kennen Sie etwa den Hauptkommissar Marder?", fragt Eck, und es klingt ein wenig spitz.

„Ich kenne Marder aus einer früheren Ermittlung. Wir haben Anfang des Jahres in einem Fall von Mord und Kindesentführung zusammengearbeitet."

„Ach so, interessant ... also bis zu seiner Ankunft wird auf jeden Fall alles fotografisch festgehalten", fügt sie bestimmend hinzu und deutet auf die Kollegen der Spusi.

Ist doch selbstverständlich, denkt Elisa.

„Den Kofferraum werden wir jetzt nicht untersuchen. Alles ist noch von einer schützenden Reifschicht bedeckt", referiert die Kommissarin vom Dienst weiter.

„Das ist klar, eindeutig Sache der KTU", bekräftigt Max.

„Der Todeszeitpunkt ist bei diesen Temperaturen sowieso nicht vor Ort zu bestimmen. Auch die Frage nach eventuell eingetretenen Leichenflecken. Das ist Sache der Rechtsmedizinerin, nach dem Auftauen des Opfers", sagt Elisa leise, und kann den Blick nicht von der Toten wenden.

Die zwei Kriminalistinnen lenken ihre Blicke erneut auf den Kofferraum und beugen sich leicht hinunter. Ihre Atemstöße blasen unschuldig weiße Wölkchen in die eisige Winterluft.

Wir können sowieso erst etwas veranlassen, wenn Marder mit der Rechtsmedizinerin eingetroffen ist. Dieses Auto ist ein Eissarg, denkt Elisa und schaut gebannt auf das erstarrte Gesicht der Toten.

Bedrückte Stille.

Kommissarin Eck hustet und eilt davon.

Beim Anblick des von weißem Reif verhüllten Opfers muss Elisa unwillkürlich an ein Märchen denken. An Schneewittchen. Doch die starren Augen der erfrorenen Frau sind alles andere als märchenhaft.

Reif als Totenhemd, denkt sie und die Künstlerin in ihr sieht das Ganze als ein Bild von verstörender Schönheit, als sich frühe Sonnenstrahlen im Kofferraum verfangen und hunderte von Frostkristallen aufblitzen lassen.

Aber es gibt ein Problem: Wie soll dieser gefrorene, einer Statue ähnliche Körper aus dem engen Kofferraum geborgen werden, ohne Spuren zu vernichten, grübelt Elisa.

Man müsste die Glieder brechen oder überdrehen. Sie schaudert.

Eiseskälte beengt ihr Herz. Es stolpert einige Male.

Ich habe Max gar nichts erzählt. Der Termin beim Arzt, die Sache mit meinem Herzen, der Aortenklappe. Ach Unsinn. Das hat Zeit. Nicht jetzt. Mir geht es gut.

Sie beugt sich wieder über die Tote, und lässt ihre Gedanken kreisen. Eine Angewohnheit von ihr, sich ein Bild zu machen, Zusammenhänge zu finden.

Vielleicht hat diese Frau versucht, sich zu befreien. Sie scheint noch relativ jung zu sein. Hat sich bestimmt gewehrt. Wahrscheinlich sind Kratzspuren an der Innenseite des Kofferraumdeckels und unter den Nägeln der Toten zu finden. Sie fröstelt.

„Was Kälte mit toten Körpern macht", sagt sie, betroffen aus ihren Analysen auftauchend.

„Ja, das ist erstaunlich. Kälte friert in diesem Fall die Zeit ein."

Eine weibliche Stimme.

Elisa wendet sich abrupt um. Sie hat nicht gemerkt, dass eine Frau und ein Mann an den Tatort getreten sind.

„Hauptkommissar Marder und... ?"

„Hallo Frau Fuchs. Ich erinnere mich an unseren letzten Fall und bringe gleich die Rechtsmedizinerin mit."

„Alma Rigens, Rechtsmedizin Köln", stellt sich die Frau vor, die gerade das Statement zum Todeszeitpunkt des Opfers machte.

Moritz Marder vom K1 Köln wendet sich an die Rechtsmedizinerin. „Ihr erster Eindruck?"

„Leichenflecke werden wir wahrscheinlich nicht entdecken, wenn das Opfer noch gelebt hat, als es erfror" doziert die Professorin. „Auch die Menge der Kleidung spielt eine Rolle beim Tod durch Erfrieren. Wenn die Körpertemperatur zum Beispiel zur Tatzeit 37 Grad Celsius betrug, sinkt diese bei anhaltender Kälte langsam ab. Auch Atmung und Puls werden niedriger", fügt sie hinzu und beugt sich mit Marder über den geöffneten Kofferraum.

Marder nimmt ein Infrarot-Temperaturmessgerät aus der Tasche. „Wir haben jetzt hier draußen, vor der Werkstatt 11 Grad minus".

„Fast kommt es mir kälter vor, aber das mag am Tatort und den grausamen Umständen liegen", lenkt Elisa ein. „Muss ein Erfrierungsopfer lange leiden?", Frau Dr. Rigens?

„Wenn die Körpertemperatur unter 33 Grad sinkt, wird der Mensch apathisch. Unter 29 Grad kann nach kurzer Erregungsphase Bewusstlosigkeit eintreten, das Herz schlägt dann immer träger", doziert Rigens, macht eine Pause, und schaut wieder mit Sezierblick auf das Opfer hinab.

„Die Gehirnfunktion erlischt allmählich. Resümee: Wir müssen herausfinden, wo das Opfer überfallen wurde, ob es vor dem Lagern im Kofferraum getötet oder hilflos im Kofferraum der Kälte überlassen wurde und erfroren ist."

„Das alles ruft nach einer Sonderkommission", sagt Marder mit seiner durchdringenden Stimme und unterbricht die Gedanken der Rechtsmedizinerin.

„Unser Mann aus Gelsenkirchen, Kommissar Teufel, ist prädestiniert, im Umfeld des Opfers zu ermitteln. Zur Hand geht ihm Kollegin Elisa Fuchs."

Er wendet sich an Elisa: „Wir haben ja schon einmal zusammen den ‚Puppenräuber' zur Strecke gebracht."

Elisa nickt und denkt an einen aufsehenerregenden Fall, der vor Monaten Schlagzeilen machte.

„Frau Fuchs, Sie sind hier im Bergischen zu Hause und werden sich gut mit unserer Frau aus Gummersbach, Hauptkommissarin Eck, vernetzen können."

Werden wir, denkt Elisa und schaut nachdenklich zur KvD hinüber.

Das Pokerface der Kollegin ist unergründlich.

* * *

Ein Windstoß treibt Schneeflocken ins Zelt. Weiße, weiche Flocken legen sich auf das starre Gesicht der Toten.

Die Rechtsmedizinerin

27. November 2004, 7:45 Uhr.

Gebannte Stille.

Die Rechtsmedizinerin Alma Rigens, den Ersten Haupt-kommissar Marder an körperlicher Größe übertreffend, steht immer noch vor dem vor Werkstattgelände und dem geöffneten Kofferraum des Rovers. Nach einem minutenlangen Schweigen dreht Rigens sich zur Seite, holt ihr Blackberry-Smartphone aus dem weißen Schutzanzug und diktiert eifrig, den Tatort und das Opfer beschreibend. Elisa beobachtet sie genau.

Die Professorin hat ein etwas kantiges, aber sympa-thisches Gesicht, aus dem die rötlichen Haare streng zurückgekämmt und am Hinterkopf zu einem Pferde-schwanz zusammengebunden sind. Auf der leicht nach oben gebogenen Nase werden zahlreiche Sommerspros-sen sichtbar.

Die Blicke des Teams sind abwartend auf die Rechtsmedizinerin gerichtet, die ihre Wahrnehmungen in ihr Blackberry spricht, stets mit wachem Blick auf das Opfer.

„Entschuldigen Sie, Frau Dr. Rigens", bemerkt Mar-der und tritt von einem Fuß auf den anderen.

„Ich möchte Ihre Gedankengänge nicht unterbrechen. Sie sagten eben zu Frau Fuchs 'Kälte friert in diesem besonderen Fall die Zeit ein'. Würden Sie das näher erläutern?"

Rigens schaut auf: „Ich habe gerade Eindrücke für meinen Bericht gesammelt und diktiert, die ich gerne mit Ihnen teile. Bin jetzt wieder bei Ihnen."

Sie steckt ihr Blackberry in den Schutzanzug und lächelt Marder an: „In Ordnung, Herr Kommissar. Ich komme zur Sache. Das Opfer ist tot, das sehen wir alle.

Zunächst zur äußeren Beurteilung des Opfers. Es handelt sich um eine Frau. Leichenflecke, die normalerweise ab 30 Minuten nach dem Tod entstehen, werden wir wahrscheinlich nicht entdecken, wenn das Opfer noch gelebt hat, bevor es langsam erfror.

Die Nachttemperatur betrug wahrscheinlich ca. 11-12 Grad minus.

Die Nagelbetten des Opfers sind blau-gräulich ... der Fundort ist ein Kofferraum. Da muss man immer an eine CO2-Vergiftung denken, Fremdeinwirkung oder Selbstmordabsicht? Doch die Haltung der Frau weist deutlich auf Fremdeinwirkung hin.

Was passiert bei einem Erfrierungstod: In dem Fall bleibt die Körpertemperatur, je nach Außentemperatur und der Kleidung, eine Zeitlang gleich, um dann stetig weiter abzusinken. Sinkt die Körpertemperatur unter 33 Grad, wird der betroffene Mensch apathisch. Das erwähnte ich eben schon.

Unter 29 Grad tritt nach kurzer Erregungsphase Bewusstlosigkeit ein, das Herz schlägt immer langsamer. Die Folge: Die Gehirnfunktion erlischt allmählich.

Resümee: Wir müssen herausfinden, wo das Opfer überfallen wurde, ob es vor dem Lagern im Kofferraum getötet oder hilflos, und eventuell verletzt im Kofferraum der Kälte überlassen wurde und erfroren ist."

Sie wendet sich an Elisa.

„Nach den Angaben von Ihnen, Frau Fuchs, wurde der Abschleppvorgang auf der A4 gegen 23 Uhr in der Nacht von Ihnen persönlich beobachtet ..."

„Stimmt, aber wir haben noch keinen Tatort. Die Tat kann zwischen 22:30 und 23 Uhr geschehen sein".

„Was passiert eigentlich in den nächsten Stunden in der Rechtsmedizin", prescht Kommissarin Eck dazwischen?

Die Professorin ist einen Moment irritiert, wendet sich dann aber der KvD zu.

„Das steht jetzt doch noch nicht zur Diskussion, Frau Kommissarin, aber ich erkläre es Ihnen gerne. Jedes Opfer gelangt zunächst in eine Kühlkammer der Rechtsmedizin mit einer Temperatur von etwa 5 Grad Celsius.

Während der späteren Sektion herrschen im Sektionsraum, wie in einem OP-Raum, normale Raumtemperaturen.

Zurück zum Opfer: Vielleicht bilden sich bei diesem Opfer nach dem Auftauen des Gewebes hellrosa Flecken an den Auflageflächen des Körpers. Das kommt bei Erfrierungsopfern häufig vor.

Wie ich schon betonte, spielt bei dieser zarten, etwa 50-jährigen Frau die Menge und Beschaffenheit der Kleidung beim Zeitablauf des Erfrierens und Auftauens eine Rolle..."

„Die Frau ist 48 Jahre alt, wurde 1956 geboren. Das sehe ich gerade in den Fahrzeugpapieren, Frau Dr. Rigens", fügt Elisa hinzu.

„Ja, danke. Das passt ... zurück zur Blutzirkulation. Auch der Umstand, wie eng die Kleidung am Körper lag, hat bedeutenden Einfluss auf den Vorgang des Erfrierens. Ich habe das eben schon kurz angesprochen.

Die Frage ist: Konnte das Blut trotz Kleidung und Beengung im Kofferraum noch zirkulieren? Wenn ja, wie lange?

Hier noch einmal der Hinweis zum Einfluss der Temperaturen auf das Opfer: Wenn, zum Beispiel die Körpertemperatur zur Tatzeit, als diese Frau noch lebte, 37 Grad Celsius betrug, ist die Temperatur bei der anhaltenden Kälte, die wir haben, kurz stagniert und dann erst stetig abgesunken."

„Atmung und Puls wurden langsam flacher", fügt Marder hinzu.

„Richtig, das erwähnte ich eben schon", sagt Rigens.

„Vielleicht war das Opfer schon tot, bevor es erfror", überlegt Eck.

„Dann könnten sich nach etwa 30 Minuten, bei normalen Temperaturen, Leichenflecken gebildet haben. Ich schätze aber in diesem Fall, dass der Frost eher zugeschlagen hat. Ich werde das herausfinden. Ein Erfrierungsablauf bei einem Menschen kann, je nach Außentemperatur, über zwölf Stunden dauern."

Rigens wendet sich an Marder: „Elf Grad minus, haben wir jetzt, sagten Sie?"

Marder nickt.

„In der Nacht, leider kennen wir die Todeszeit noch nicht, dürfte es noch ein bis zwei Grad kälter gewesen sein als jetzt. Den kältesten Zeitpunkt einer frostigen Winternacht haben wir meistens gegen vier Uhr morgens."

„Mein Mini zeigte um 23:10 Uhr elf Grad minus an. Wenn die Temperatur dann noch gesunken ist", sagt Elisa, „könnte sie nach Mitternacht noch unter 11 Grad gerutscht sein. Ich sehe mal in der Wetter App nach."

Elisa scrollt die Wetter App ihres Handys: „Um 4 Uhr morgens gab es hier im Bergischen eine Nachttemperatur von 13 Grad minus."

„Resümee", Marders durchdringende Stimme unterbricht die Überlegungen: „Wir müssen dringend herausfinden, wo und wann das Opfer überfallen wurde.

Zweitens: Lebte die Frau noch, als der Täter oder die Täterin sie mit Gewalt in den Kofferraum stieß, sie hineinpresste und sich feige davonmachte? Alles deutet auf rohe, körperliche Gewalt hin."

Bedrücktes Schweigen.

„Herr Hauptkommissar", die Rechtsmedizinerin wendet sich erneut an Marder.

„Ich würde das Opfer gerne in diesem Zustand", sie zeigt auf das Innere des Kofferraums, „in der Rechtsmedizin haben. Vorher bitte kein Umlagern."

Und mit einem Blick auf die geöffnete Werkstatttür, und die glotzende Menge hinter den Absperrbändern: „Zur obligatorischen Leichenschau sollte die Leichenstarre nicht hier vor Ort gebrochen werden.

„Die Leichenstarre brechen?", fragt Elisa.

„Ja, man bricht mindestens ein Gelenk des Körpers, um Hinweise auf den Todeszeitpunkt zu bekommen. Das ist hier draußen ethisch nicht vertretbar. Da wir eisige Temperaturen haben, kann das sofort nach Ankunft in der Rechtsmedizin geschehen. Dort wird das Opfer auch nach seiner Ankunft entkleidet.

Ich möchte die einzelnen Phasen des Auftauens, das Lösen abgestorbener Zellen durch körpereigene Enzyme, und die dadurch eventuell entstehenden sichtbaren und jetzt noch unsichtbaren Merkmale beobachten, alles systematisch erkennen, auswerten, und zwar, wie ich schon sagte, in der Rechtsmedizin.

Sehen Sie, das Gesicht ist vereist, teilweise mit Schnee bedeckt. Sind darunter eventuell punktuelle Blutungen? wurde die Frau gewürgt, kam es zu einem Bruch des Zungenbeins? Finden wir zum Beispiel Abwehrspuren unter den Fingernägeln, die auf den Täter weisen?

Klärend werden am Ende sein: die Einordnung der Spuren am Körper, das Ergebnis der Obduktion, an und im Körper, und die Spuren in diesem engen Kofferraum, dem Fundort, die das Opfer, eventuell im Todeskampf, hinterlassen hat.

Das ist natürlich auch die Aufgabe der KTU, denen ich gleich das Feld übergebe und die mit mir eng zusammenarbeiten."

Weiter referierend beugt sich die Rechtsmedizinerin noch einmal über den geöffneten Kofferraum mit dem völlig verkrümmten, von Reif bedeckten Körper.

Stille.

Alle im Team sehen gebannt zu Rigens hinüber. „Was hat sie jetzt vor?", ist in den Mienen zu lesen.

„Der Rover sollte jetzt, wenn die KTU ihre üblichen Aufgaben erledigt und alles fotografisch festgehalten hat, umgehend, mit dem Opfer nach Köln transportiert werden. Keine Entkleidung hier, wie ich eben schon betonte, auf diesem offenen, eisigen Gelände ... und sorgen Sie bitte dafür, dass diese Leute mit den Handys, die sich am Unglück aufgeilen, das Areal verlassen."

„Meine uniformierten Kollegen haben die Zuschauer schon gebeten, das Gelände zu verlassen", sagt Kommissarin Eck.

„Dann versuchen Sie es bitte noch einmal, notfalls mit einer Verwarnung", betont Marder.

Er wendet sich noch einmal an die Rechtsmedizinerin: „Frau Dr. Rigens, wenn ich Sie recht verstehe, wird das Opfer im Rover zur Leichenschau in die Rechtsmedizin überführt, dort folgt das übliche Procedere, Spurensuche et cetera. Der Rover wird nach dem Transport in der KTU Köln auf den Kopf gestellt?"

„Genau so, Herr Kommissar."

„Ungewöhnlich … Gut, ich bin einverstanden, kann Ihre Beweggründe nachvollziehen … Ich werde alles Nötige veranlassen."

Frau Professor Rigens verabschiedet sich, steigt in ihr Kölner Dienstauto und reiht sich in den Verkehr der B484 ein.

Ein Windstoß treibt Schnee ins Zelt. Erneut legen sich hereingewehte, weiche Flocken wie ein zartes Leichentuch auf den Eissarg, den racing grünen Rover mit der toten Frau im Kofferraum.

Dissonanzen

Elisa fühlt Marders Blick. Er kommt gerade aus dem Einsatzwagen, hat telefoniert, und fährt sich nervös durch seine dunklen Haare.

Sie dreht sich um und nickt ihm zu.

Irgendwie freut sie sich über das Wiedersehen mit dem bärbeißigen Hauptkommissar, dessen sprichwörtlicher Marderblick bei seinen Mitarbeitern gefürchtet wird. 'Dem Marder entgeht nichts', ist ein geläufiger Satz.

„Ist der Fahrer des Abschleppwagens schon bekannt?", fragt er Kommissarin Eck.

„Ja, ich habe gerade mit seiner Leitstelle telefoniert. Herr Nachtmann wird von Beamten des Kölner Polizeipräsidiums in seiner Wohnung abgeholt und zu dem Abschleppvorgang in der Nacht befragt."

„Sehr gut, geben Sie durch, dass Nachtmann sich dort zur Verfügung halten soll, bis dass wir ihm – hoffentlich bald - Bilder von einschlägig vorbestraften Tätern vorlegen können. Vielleicht ist der Geflüchtete dabei."

Marder legt eine Pause ein, rückt seine Brille zurecht und räuspert sich vehement. Eine Marotte von ihm.

„Ich schätze, dass die ganze Mannschaft gerade den Polizeifunk gehört hat?" Er schaut das Team nacheinander, und dann gezielt Kommissarin Eck, beinahe herausfordernd an.

Eck schüttelt den Kopf. „Nein, Chef. Mir sind keine neuen Hinweise bekannt. Ich bin erst vor eineinhalb

Stunden aus Gummersbach hier eingetroffen", erklärt die Kommissarin vom Dienst.

„Na, dann sollten Sie als KvD Ihr Funkgerät mal fix aus dem Dienstwagen befreien. Sie sind im Einsatz."

„Was sind das denn für Neuigkeiten?", fragt Eck.

„Gestern Abend, gegen 18 Uhr, ist der Polizeidienststelle Overath ein schwerer Diebstahl in einem Reisebus gemeldet worden. Die Frau einer Frankfurter Single Gruppe ist von einem Mitreisenden bestohlen worden. Der angeblich verdächtige Mann flüchtete, als der Bus an der Raststätte Aggertal Süd eine Pause einlegte.

„Wohin ist er denn geflüchtet?", fragt Kommissarin Eck.

„Wohin? Wenn wir das wüssten, wären wir schon einen Schritt weiter."

Marders Stimme wird lauter.

„Der Reiseleiter hat die Personalien, aber die sind allesamt falsch! Das ist das Alarmierende, ansonsten wäre das nur eine Bagatelle. Eine wenig aussagekräftige Personenbeschreibung der Overather Kollegen wurde bereits herausgegeben. Die Insassen der Reisegesellschaft waren von dem Charme dieses Mitreisenden so hingerissen, dass keine genaue Beschreibung möglich war. Informieren Sie sich im Netz, Frau Kollegin."

„Overath, Chef? An der Raststätte bin ich gestern Nacht um etwa 23 Uhr vorbeigekommen, ehe ich auf den Abschleppwagen stieß", sagt Elisa.

„Ja, da war der Täter wahrscheinlich schon über alle Berge, Frau Fuchs.

Sachverhalt: Die Overather Polizeioberkommissarin, Barbara Gotthardt, hat gestern Abend, gegen 18:30 Uhr, die Reisenden an der Raststätte im Bus befragt. Es besteht der Verdacht, dass der verdächtige Mann ‚über die Berge', und das ist nicht sprichwörtlich gemeint, in unsere Richtung geflüchtet ist."

„Was hat das jetzt mit diesem Fall zu tun?", fragt Kommissarin Eck und runzelt die Stirn, „Ein Dieb muss kein Mörder sein. Das Verzetteln kostet doch nur Zeit."

„Verzetteln"? Der typische, bohrende Marderblick trifft die Unwissende wie ein spitzer Pfeil.

„Muss nicht, kann aber sein, liebe Kollegin", antwortet er scharf.

„Alles, und ich betone: alles, was seit gestern Abend in diesem nur einige Kilometer entfernten Areal auffällig war, könnte, vorsichtig gesagt, mit unserem Mord", er zeigt auf den Kofferraum des Rovers, der gerade abtransportiert wird, „zusammenhängen."

Grollend fügt er hinzu: „Unser Opfer hat sich nicht allein in den Koffertraum gelegt und von Schnee und Eis bedecken lassen! Versetzen Sie sich mal in solch eine Lage!"

Er räuspert sich erneut, und schnäuzt laut in ein großes, kariertes Taschentuch.

„Saukälte, die musste auch der Täter spüren." Marder redet sich in Rage.

„Vielleicht hat er ein Auto angehalten oder ist in die Berge geflüchtet. Eventuell dringt er irgendwo ein und bedroht jemanden. Der Mann ist eine Gefahr. Also, Augen auf!"

Noch einmal sieht er mit seinem Kriminalisten Blick in die Runde.

Soko 'Schneewittchen'

So weiß wie Schnee, so rot wie Blut
Gebrüder Grimm

„Wir werden eine Sonderkommission bilden. Unser Mann aus Gelsenkirchen, Hauptkommissar Teufel, ist prädestiniert, im unmittelbaren Umfeld des Opfers zu ermitteln."

Marder wendet sich an Max.

„Der Fundort des Opfers, dieser Rover, hat ein Gelsenkirchener Kennzeichen. Ich werde mich mit Ihrer Dienststelle in Verbindung setzen und klarstellen, dass Sie mit Frau Fuchs, die in Gelsenkirchen als Sonderermittlerin bekannt ist, unserer Soko angehören."

Max Teufel nickt.

Marder sieht jetzt zu Hauptkommissarin Eck hinüber.

„Wie schon gesagt, Kollegin. Auch Sie arbeiten mit Frau Fuchs und Kommissar Teufel zusammen, Hand in Hand."

„Natürlich, Herr Hauptkommissar", sagt Kommissarin Eck nun doch sehr dienstbetont.

Marder wendet sich Elisa zu: „Ihr letzter Fall mit mir in Gelsenkirchen endete mit dem Einsatz des SEK. War es nicht eine List, mit der Sie den Täter übertrumpften, Frau Fuchs?"

„Das würde ich nicht so sagen, der Täter war kurz abgelenkt und einfach nicht bei der Sache."

Marder macht eine Pause.

„So kann man es auch formulieren", grinst er. „Eine Idee für den Namen unserer Soko? Sie sind doch sonst so kreativ?"

„Schneewittchen."

„Passt, zur Jahreszeit und den Bergen. Aber unter den sieben Zwergen werden wir den Mörder nicht finden. Wir suchen einen äußerst brutalen und gefährlichen Mann, und wahrscheinlich keinen Ersttäter."

„Gibt es Hinweise dafür? Wissen Sie mehr?", fragt Max.

„Überlegen Sie mal. Der dreiste Diebstahl von Schmuck und Geld in dem Luxusbus an der Raststätte Aggertal Süd deutet auf einen Täter, der sich an reiche Frauen heranmacht, so steht es im Polizeibericht. Er verschwindet im Nichts. Warum? Weil er Dreck am Stecken hat. Bisher ist es ihm gelungen, keine für uns sichtbaren Spuren zu hinterlassen."

„Scheint ein gewiefter Bursche zu sein", sagt Max. „Aber unser Rover-Opfer ist weder reich noch mit Schmuck behangen."

„Stimmt. Das ist jetzt weit hergeholt, aber vielleicht ging es dem Gauner nur um ein Fahrzeug für die Flucht", überlegt Elisa.

Marder wendet sich an Hauptkommissarin Eck:

„Kollegin, hat sich schon ein Verwandter, ein Angehöriger, oder irgendein anderer Mensch nach dem Verbleib unserer Toten erkundigt?"

„Nein Herr Kommissar."

„Das ist seltsam."

„Ja, aus den Augen, aus dem Sinn? Ich hoffe nicht, dass das hier der Fall ist."

Marder wendet sich an Elisa: „Frau Fuchs, nehmen Sie doch mal die Gelsenkirchener Adresse der Fahrzeughalterin Katharina Jankowski, Gelsenkirchen, Am Friedhof 13 und die ihres Mannes, Sven Jankowski, mit dem Kollegen Max Teufel unter die Lupe. Der Ehemann müsste doch inzwischen seine Frau vermissen. Er sollte sie identifizieren. Fahren Sie am besten sofort hin."

„Seltsam. Wir haben bisher keine Handtasche, die zum Opfer gehören könnte, gefunden. Gott sei Dank sind die Fahrzeugpapiere mit den Personalien vom Abschleppdienst im Briefkasten des Autohauses gelandet", fügt Eck hinzu.

„Und wenn der Ehemann der Mörder ist?", fragt Elisa.

„Möglich, aber nicht zu früh festlegen. Wie sagt der Kriminalist in den Tatort – Filmen stets?"

„Wir ermitteln in alle Richtungen", tönt es im Chor.

„Der nächste Schritt: Die Gegenüberstellung mit dem Fahrer des Abschleppdienstes. Zeitnah! Der Fahrer des Abschleppdienstes ..."

„Herr Nachtmann", fügt Elisa ein.

„Danke, Frau Fuchs. Also Nachtmann wird Herrn Jankowski, beziehungsweise den Mann, dessen Wagen er abgeschleppt hat, einwandfrei wieder erkennen können."

„Ich habe in der Nacht den Namen Jankowski gegoogelt und ein Bild von ihm im Internet entdeckt, ist allerdings unscharf."

„Sie haben was?", fragt Marder und befreit seine dunkle Hornbrille umständlich von Schneeflocken.

„Gegoogelt, in der letzten Nacht. An den Polizei-PC kam ich ja nicht ran!"

Marder sieht auf das Bild. „Unscharf. In Gelsenkirchen finden Sie bestimmt Besseres."

Er niest. „Entschuldigung, verdammte Kälte!"

Kommissarin Eck mischt sich ein: „Ich habe, als ich hier eintraf, sofort versucht, den Ehemann unter der Telefonnummer, die in den Fahrzeugpapieren steht, zu erreichen. Bei Jankowskis geht niemand an den Apparat."

„Moment mal, das haben wir gleich", Max nimmt sein Diensthandy aus der Tasche, telefoniert mit seiner Dienststelle in Gelsenkirchen. Nach Beendigung des Gesprächs wendet er sich an das Team.

„Ich habe gerade mit den Gelsenkirchener Kollegen gesprochen, war ja heute Nacht KvD in Gelsenkirchen, bin quasi noch im Dienst. Der Ehemann des Opfers, Sven Jankowski, ist bisher polizeilich noch nicht in Erscheinung getreten. Die Gelsenkirchener Kollegen, Polizeikommissar Poldi Piontek und Polizeiobermeister Karl Kantak, sind jetzt gerade mit der Streife Erna 12/22 unterwegs zu der Adresse des Ehepaares Jankowski in Gelsenkirchen, Am Friedhof 13."

Marder und Eck starren das Team Elisa Fuchs und Max Teufel geradezu an.

„Sie sind aber flott. Bonny und Clyde?", fragt Kollegin Eck und grinst.

„Nein, normale Ermittlungsarbeit", tönt es.

„Wir hatten gerade ein Zeitfenster", sagt Max und zwinkert Elisa zu, die auch unvermittelt lächeln muss.

„Na dann, wie auch immer, das Ergebnis zählt", sagt Marder trocken und schüttelt den Kopf.

„Noch eine Frage: Wie kommen Sie eigentlich auf den Namen des Mannes, der dieses Fahrzeug abgeschleppt hat, Frau Fuchs?"

Er zeigt auf den Rover, der gerade auf einem Abschleppwagen den Hof verlässt.

„Das habe ich Kollegin Eck schon zu Protokoll gegeben. Rein zufällig konnte ich in der Nacht den Abschleppvorgang auf der A4 beobachten. Ich war gegen 23:10 Uhr auf dem Weg von Lindlar nach Engelskirchen. Auf der Strecke zwischen dem Rasthof und der Abfahrt Engelkirchen, etwa in der Mitte, bemerkte ich, dass sich ein liegen gebliebenes Fahrzeug ohne Einschalten der Warnblinkanlage und ohne Kennzeichnung durch ein Warndreieck am Autobahnrand der A4 befand."

„Sie haben gesehen, wie dieser Rover", er zeigt auf die Werkstatt, „in der Nacht abgeschleppt wurde, rein zufällig?", fragt Marder ungläubig.

„Ja. Ich befragte den Monteur des Abschleppwagens, diesen Herrn Nachtmann. Ich rede gerne mit den Leuten. Der Monteur hat mir verraten, dass er mit dem Pannenauto und dem angeblichen Herrn Jankowski die Werkstatt in Engelskirchen anfahren wird. Ich bin halt neugierig."

„Immer im Dienst? Dann passt es doch, dass Sie sich sofort mit dem Kollegen Teufel auf den Weg nach Gelsenkirchen machen und auf die Fersen des verschollenen Ehemanns begeben."

„Wird gemacht, Chef", sagen Max und Elisa im Duett und gehen auf einen alten Rover 75 2.0 V6 zu, dem Lieblingsoldtimer Kommissar Teufels.

Der Abschleppwagen der Kölner Polizei verlässt mit einem anderen, vereisten Rover, und dem Opfer eines schrecklichen Verbrechens den Hof und verschwindet im aufkommenden frostigen Nebel.

Der verschwundene Gatte

Gelsenkirchen, der gleiche Novembermorgen. Es ist 10:30 Uhr, als Sonderermittlerin Elisa Fuchs und Max in Gelsenkirchen ankommen.

Aus ihrem Dienstwagen heraus beobachten sie ein altes, gepflegtes Haus im Stil der Gründerzeit, im Stadtteil Gelsenkirchen Rotthausen. Hinter ihnen parkt immer noch der Streifenwagen, den Max angefordert hat. Er ist besetzt mit den Gelsenkirchener Polizeibeamten Polizeikommissar Poldi Piontek und Polizeiobermeister Karl Kantak.

Zwei Messingklingeln mit den Namen Jankowski und Schultheis sind am Türeingang des schön restaurierten Hauses angebracht. Elisa und Max steigen aus, gehen zum Streifenwagen und begrüßen die beiden Kollegen.

„Keiner zu Hause", sagt Piontek und fragt: „Soll ich?" Er zieht einen Haken aus der Tasche, nähert sich dem Türschloss …

„Untersteh dich!"

„War doch nur ein …"

„Deine Scherze kenne ich."

„Und ich deine Reaktionen", sagt er grinsend.

Elisa und Max starten einen weiteren Versuch, um ins Haus zu gelangen. Sie drücken zunächst mehrmals auf die Klingel mit dem Namen Jankowski.

Es bleibt still im Haus. Die Rollläden der unteren Etage sind heruntergelassen. Nichts rührt sich.

„Ich gehe mal in den Hinterhof", sagt Elisa und zeigt auf eine breite Hofeinfahrt mit Kopfsteinpflaster, die zu den Garagen führt.

„Da sind zwei offene, leere Garagen!", ruft Elisa vom Hof.

„Ich versuche es erst einmal mal bei Schultheis in der ersten Etage", sagt Max.

„Vielleicht erfahren wir dort mehr."

Er drückt auf die Messingklingel. Elisa gesellt sich wieder zu ihm.

„Hallo, wer ist da?", krächzt eine weibliche Stimme.

„Frau Schultheis?"

„Ja."

„Dürfen wir kurz in den Hausflur kommen. Es ist sehr kalt hier draußen. Wir suchen den Herrn Jankowski."

„Wer sind Sie denn?"

„Wir sind von der Polizei und haben eine Nachricht für ihn, seine Frau betreffend."

„Ja, dann kommen Sie mal rein", sagt die Frau.

Der Summer ertönt und die Haustür öffnet sich. Elisa und Max betreten das Haus, bleiben am unteren Treppenabsatz stehen und sehen nach oben zur ersten Etage.

Dort steht eine grauhaarige Dame, die, sich auf einen Stock stützend, fragend herunterbeugt.

„Kommen Sie doch hoch, Herrschaften! Ich habe es nicht mehr so mit dem Treppensteigen. Außerdem zieht es hier. Wenn Sie mir Ihre Dienstausweise zeigen, können wir Ihr Anliegen gerne in meiner Wohnung besprechen."

Elisa und Max folgen der Einladung. Oben angekommen, geben sie sich als Kriminalbeamte zu erkennen und folgen Frau Schultheis in eine überheizte Wohnung.

„Haben Sie heute schon den Herrn Jankowski gesehen oder gehört? Unten in der Wohnung rührt sich nichts", fragt Elisa.

„Gestern Mittag ist Frau Jankowski zu ihrer kranken Mutter nach Overath gefahren. Ich traf sie auf der Treppe, und wir kamen ins Gespräch. Frau Jankowskis Mutter ist schon lange alleinstehend und jetzt fällt ihr auch noch das Laufen schwer."

Frau Schultheis seufzt. „Ich kann mich gut in sie hinein versetzen."

„Das kann ich verstehen. Und Frau Jankowski ist nicht wiedergekommen?", fragt Max.

„Ich glaube, nicht. Ich habe nichts gehört. Vielleicht übernachtet sie bei ihrer Mutter in Overath, wegen des schlechten Wetters."

Overath, überlegt Elisa. Die Strafsache in dem Single-Reisebus passierte an der A4 in der Nähe von Overath. Der Abschleppvorgang auch. Sie vertreibt die Gedanken.

„Seltsam", sagt Elisa, „ist Frau Jankowskis Mann auch verreist?"

„Nun, so kann man es nicht direkt nennen. Gestern, etwa zwei Stunden, nachdem Frau Jankowski sich auf den Weg gemacht hat, sah ich eine junge Dame auf das Haus zugehen."

„Um wie viel Uhr?", fragt Elisa.

„Gegen 16 Uhr, aber ich bin ja hier nicht auf dem Beobachtungsposten. Ich konnte nicht überhören, dass beide, die junge Frau und Herr Jankowski, lachend aus dem Haus traten", sagt sie säuerlich und überlegt.

„Dann hörte ich den Motor seines blauen VWs aus dem Hof rumpeln. Wir haben da fürchterliches, hundert Jahre altes Pflaster."

„Es wirkt urig, so wie das ganze Haus. Steht wahrscheinlich unter Denkmalschutz", überlegt Elisa.

„Nun ja, Denkmalschutz hin und her, aber gehen Sie mal mit einem Rollator über solch ein Pflaster."

„Da haben Sie auch wieder recht", beschwichtigt Elisa die ältere Dame und hakt nach: „Kennen Sie zufällig das Kraftfahrzeugkennzeichen des Golfes?"

„Nein, Frau Kommissarin, also wirklich nicht! Dafür interessiere ich mich gar nicht mehr, seitdem ich selten so aus dem Haus komme. Ich schaffe es gerade mal, ein Kreuzworträtsel zu lösen."

„Entschuldigen Sie, wenn ich weiter frage. Kam Ihnen die junge Begleitung des Herrn Jankowski bekannt vor? Es ist wichtig, es geht um einen Unfall."

Frau Schultheis wird blass. „Oh Gott, oh Gott! Wenn das so ist ..."

Sie hält für einen Moment inne. „Nein, ich habe ja nur kurz aus dem Fenster gesehen. Ich kannte das junge Ding nicht und tratsche auch nicht gerne."

Fast kokett streicht sie sich ein silbergraues Löckchen aus der Stirn und lächelt Max an.

„Die Jankowskis sind nett. Sie sind zwar zurückhaltend, aber er hilft mir manchmal, Einkäufe hochzutragen und den Mülleimer an die Straße zu stellen. Ein rechtschaffender Mann, Lehrer hier am Luisen-Mädchen-Gymnasium", schwärmt sie im Brustton der Überzeugung.

Elisa rollt mit den Augen und atmet einmal durch.

„Es war auch das erste Mal, dass ich zufällig mitbekam, dass Herr Jankowski Damenbesuch hatte. Vielleicht versuchen Sie es mal in der Schule."

„Danke, für den Hinweis", sagt Max, „heute ist Samstag."

„Ach ja, wie dumm", sagt Frau Schultheis geziert und schaut lächelnd zu Max hoch.

„Mit meinem alten Kopf bringe ich die Wochentage durcheinander, Herr Kommissar", fügt sie hinzu und lächelt entwaffnend.

„Sie sind doch noch fit und haben uns weiter geholfen. Vergesslich bin ich auch schon mal. Wir werden noch einmal wiederkommen, in der Hoffnung, Herrn Jankowski anzutreffen. Ich gebe Ihnen meine Karte."

Max, der Charmeur, denkt Elisa. Der legt eine Visitenkarte mit dem Polizeilogo auf einen kleinen Telefontisch im Flur der Wohnung.

„Sollten Sie bemerken, dass sich unten im Haus etwas regt, rufen Sie uns bitte sofort an", sagt Elisa zu Frau Schultheis.

„Mache ich gerne." Besorgt fügt sie hinzu: „Hoffentlich ist Frau Jankowski nichts passiert."

Die Wohnungstür schließt sich hinter der Zeugin.

Max und Elisa verlassen das Haus.

„Na, Max. Das war gar nicht zu übersehen. Du hast Schlag bei älteren Ladys."

„Ach, Elisa, so alt bist du doch gar nicht", kontert er und zieht sie kurz an sich, während sie auf den Streifenwagen zugehen. Kollege Piontek sitzt bereits am Funkgerät und Kantak kaut genüsslich an einer Stulle.

Elisa klopft an die Scheibe des Einsatzwagens.

Piontek und Kollege Kantak haben schon einige Male mit Sonderermittlerin Elisa Fuchs und Max Teufel im Team gearbeitet.

Piontek öffnet das Fenster. „Mensch, Elisa, schön, dass du wieder dabei bist." Er strahlt.

„Habt Ihr etwas erfahren, was uns weiterbringen könnte?

„Nein. Sven Jankowski ist wie vom Erdboden verschluckt."

„Wir sind aber in der Zwischenzeit emsig gewesen", sagt Kantak, der immer schon auf die Stullen seines Kollegen Piontek scharf war.

Er verschluckt sich prompt.

„Erst essen, dann reden", meckert Piontek, dessen Spitzname Poldi ist. „Du krümelst alles voll im Streifenwagen, Mann!"

„Entschuldigung, Poldi."

„Elisa, der Oberstudienrat Sven Jankowski, geboren am 11.12.1962 in Soest, Westfalen, ist bisher polizeilich nicht in Erscheinung getreten", bemerkt Piontek.

„Schön, dann beobachtet doch das Haus noch eine halbe Stunde. Wenn sich bis dahin nichts rührt, müssen wir 'rein und nach einem Hinweis des Mannes der Ermordeten suchen."

„Wird gemacht, Chef", sagt Piontek zu Max.

Elisa geht zum Dienstfahrzeug zurück, während Max mit dem Einsatzteam in Engelskirchen telefoniert.

Erneut setzen Schneeschauer und Windböen ein. Dichte Flocken bedecken die Mauern und Gräber des angrenzenden Friedhofs mit pudrigem Weiß. Sie bilden

weiße Hauben auf den Engeln und Kreuzen der Grab-
steine.

Im diffusen Mittagslicht werden Scheinwerfer sichtbar. Ein Fahrzeug naht und biegt in die Einfahrt des
Hauses Nummer 13.

„Der Ehemann", durchfährt es Elisa. Mit schnellen
Schritten geht sie auf den kornblumenblauen VW Golf
zu, dessen Fahrertür sich gerade öffnet.

Nachhilfeunterricht

„Herr Jankowski?

„Ja."

Abwartend sieht der schlanke, jugendlich wirkende Mann zu ihr auf, greift nach seiner Brille, putzt sie sorgfältig mit einem Papiertaschentuch, setzt die Brille wieder auf und fährt sich nervös mit einer Hand durch die Haare, die ihm bis in die Stirn fallen.

„Dürfen wir Sie", Elisa zeigt auf Max, „einen Moment in Ihre Wohnung begleiten?"

„Warum? Wer sind Sie überhaupt?", fragt Jankowski brüsk.

Trotz des forschen Gehabes wirkt er unsicher, irgendwie ertappt, denkt Elisa.

„Wir sind Polizeibeamte", sagt sie freundlich.

Sie und Max weisen sich aus.

„Wir möchten mit Ihnen über Ihre Frau sprechen", fügt Elisa hinzu.

„Ach, hat unsere liebe Nachbarin da oben geklatscht? Meine Frau müsste in der Wohnung sein. Sie wollte ihre Mutter in Overath besuchen und abends wieder zurückkommen."

Er sieht zur leeren, offenen Garage und wird blass. „Katharinas Rover ist nicht da? Was ist passiert?"

„Ihre Frau war also in Overath" hält Elisa fest, das passt, liegt genau auf der Strecke, auf der das Fahrzeug abgeschleppt wurde.

„Wie kommen Sie denn darauf, dass etwas passiert ist, Herr Jankowski?"

„Nur so ein blödes Gefühl."

„Ja, Herr Jankowski, über Gefühle reden wir am besten in Ihrer Wohnung."

Jankowski schließt umständlich die Haustür auf. Die Wohnung wirkt gemütlich, aber kalt. Der Hausherr dreht die Heizung auf und inspiziert jeden Raum.

„Dürfen wir uns setzten?", fragt Elisa.

„Natürlich, bitteschön!" Jankowski weist auf eine gemütliche, beigefarbene Couchgarnitur.

Max und Elisa sitzen dem Ehemann des Opfers gegenüber, direkt unter einer skandinavischen Deckenleuchte mit Kerzen.

„Ich muss Sie zunächst belehren, Herr Jankowski. Es steht Ihnen frei, Aussagen zum Verschwinden Ihrer Frau zu machen", sagt Max.

„Verschwinden?" Jankowski zuckt zusammen. „Meine Frau ist nicht verschwunden! Sie muss jeden Moment hier sein. Und was soll der Unsinn mit dem Belehren", fügt er aufgebracht hinzu und weist auf die Wohnungstür.

„Katharina wird bestimmt gleich durch diese Tür eintreten."

„Es ist seltsam, Herr Jankowski. Wir reden aneinander vorbei", kritisiert Elisa.

„Es ist jetzt 10:45 Uhr. Obwohl Sie wussten, dass Ihre Frau gestern Abend zurückkommen wollte, sind Sie über Nacht weggeblieben, jetzt erst nach Hause zurückgekehrt. Das ist Ihre Sache, aber ich habe da eine ganz andere Frage: Haben Sie versucht, Ihre Frau am Abend oder in der letzten Nacht anzurufen? Sie müssen sich Sorgen gemacht haben."

„Ja, das stimmt. Gegen 22:50 Uhr habe ich ihre Nummer gewählt, aber Katharina ging nicht an ihr Handy."

„Wir werden das überprüfen. Darf ich mal?"

Elisa nimmt Jankowskis Handy entgegen und denkt, *vielleicht kämpfte Frau Jankowski zu dem Zeitpunkt gerade um ihr Leben.* Sie vertreibt den Gedanken sofort.

Max steht versunken vor einem Bild, das auf einem elfenbeinschwarz glänzendem, alten Ibach Klavier steht und ein scheinbar glückliches Paar zeigt. Eine hübsche, zarte Frau, die sich ganz unverkennbar an Jankowski lehnt, an den Mann, der jetzt den Augenkontakt mit ihnen zu meiden versucht.

„Ein schönes Paar", bemerkt Elisa.

„Das war am zwanzigsten Hochzeitstag im Sommer", sagt Jankowski kaum hörbar und senkt den Kopf.

„Darf ich das Bild mitnehmen? Wir brauchen zunächst einmal ein Foto für die Ermittlungsarbeiten", erläutert Elisa und fügt hinzu, als sie einen betroffenen Blick des Mannes auffängt: „Sie bekommen es bald zurück."

„Was für Ermittlungen?", Jankowski wird blass. Da ist ein Zucken um seine Mundwinkel. Nervös streicht er sich über den dichten, dunklen Haarschopf.

Beklommene Pause.

„Bestimmt haben Sie hier in der Wohnung auf Ihre Frau gewartet."

Schweigen.

„Oder waren Sie gar nicht zu Hause, ohne Ihre Frau davon in Kenntnis zu setzten?", fragt Max, das Schweigen unterbrechend.

„Das ist eine unverschämte Unterstellung!"

„Ist Ihnen der Gedanke gekommen, dass Ihrer Frau bei dem schlechten Wetter und dieser gefährlichen Straßenlage etwas passiert sein könnte?"

„Meine Frau ist autark. Sie kann machen, was sie will. Ich bin nicht ihr Kindermädchen. Weil ich sie nicht erreichte, dachte ich mir, dass sie vielleicht bei ihrer Mutter in Overath übernachtet."

„Vielleicht?", mischt sich Elisa in das Gespräch.

„Haben Sie, um sicherzugehen, Ihre Schwiegermutter angerufen, nachgefragt, und sich bestätigen lassen, dass Ihre Frau in Overath ist?"

„Nein, ich musste Nachhilfeunterricht geben ...", er zögert „einer jungen Praktikantin, die bald das erste Examen an der Uni macht. Sie war früher eine gute Schülerin. Ich hatte ihr Hilfe bei einer Projektarbeit versprochen."

Max sieht Elisa an und fährt dann fort: „Um wieviel Uhr war das?"

„So um 20 Uhr."

Elisa, schüttelt den Kopf und fragt: „Nachhilfe um 20 Uhr?"

Jankowski übergeht die Frage, sucht nach Worten: „Als es später wurde, wollte ich meine Schwiegermutter nicht mehr stören."

„Wie rücksichtsvoll. Wir werden Ihre Aussage mit den Angaben Ihrer Freundin abgleichen."

„Friederike ist nicht meine Freundin!"

Elisa überhört den Einwand. „Und wie heißt denn die Dame, die nicht Ihre Freundin ist, mit Nachnamen?"

„Sie wollen Friederike doch nicht in diese Sache mit hineinziehen!"

„Welche Sache, Herr Jankowski?", fragt Max.

„Meine Frau hätte doch versuchen können, mich zu erreichen", fügt Jankowski empört hinzu.

„Vielleicht hatte sie keine Gelegenheit mehr dazu", sagt Elisa leise.

Stille.

Das Schneegestöber draußen packt den Großstadtlärm in Watte.

Jankowski tritt ungeduldig von einem Bein auf das andere. „Verdammt kalt."

„Herr Jankowski", mahnt Elisa erneut. „Ich fragte Sie nach dem Namen der Frau, die bezeugen kann, dass sie gestern mit Ihnen zusammen war. Antworten Sie bitte."

„Friederike Aurora", kommt es gepresst aus dem Mund des Mannes.

„Die Adresse?", fragt Max.

„Hildegardstraße 10, hier in Gelsenkirchen. Bitte, bitte behelligen Sie Friederike nicht."

„Tut mir leid, sie ist eine Zeugin und soll Ihr Alibi bestätigen."

„Alibi! So ein Quatsch."

„Mäßigen Sie sich bitte! Bis zur Klarstellung bleiben Sie in unserer Obhut", betont Max.

„Das ist aber fürsorglich", sagt Jankowski spöttisch.

„Wir werden Frau Aurora befragen. Vielleicht bringt sie Licht in die Angelegenheit, das ist doch auch in Ihrem Interesse", sagt Elisa und übergeht die spöttische Bemerkung Jankowskis.

Sie erinnert sich an die erstarrten Augen des erfrorenen Opfers, bemüht sich, höflich zu bleiben, holt tief Luft und fährt fort: „Ich muss Ihnen leider mitteilen, Herr Jankowski, dass Ihre Frau mit an Sicherheit grenzender Wahrscheinlichkeit Opfer eines Verbrechens wurde."

Jankowski erstarrt.

„Als Sie Ihrer Praktikantin Nachhilfeunterricht gaben, schwebte ihre Frau in großer Gefahr, war vielleicht schon tot. Und bis zu diesem Zeitpunkt, innerhalb von mehr als vierzehn Stunden, hat kein Mensch nach ihr gefragt. Auch nicht der Mann, der sie liebt."

Elisa zeigt auf das Foto mit dem scheinbar glücklichen Paar.

Sie schluckt. *Das war jetzt hart von mir*, denkt sie. Aber jetzt ist es raus.

„Geben Sie uns Bescheid, wenn Sie psychologischen Beistand brauchen", fügt Max beschwichtigend hinzu, „wir kümmern uns dann."

Er räuspert sich und sagt in moderatem Ton: „Herr Jankowski, bisher haben wir nur ein unbekanntes Opfer, ermordet und erfroren, im Kofferraum des Rovers Ihrer Frau aufgefunden. Es könnte sich um Ihre Frau handeln. Sicher sind wir erst, wenn Sie das Opfer identifizieren können."

„Opfer? Meine Frau? ... Wo ist sie denn?", rau und gequält lösen sich die bangen Fragen aus Jankowskis Mund. Seine Gesichtszüge sind von Schmerz und Unruhe geprägt.

„Das bisher unbekannte Opfer befindet sich zurzeit in der Rechtsmedizin zu Köln", fügt Elisa verhalten hinzu.

Belastende Stille.

„Was trug Ihre Frau gestern?", fragt Max.

Jankowski hebt die Schultern und lässt sie resigniert sacken.

„Ich weiß es nicht. Wenn man so lange verheiratet ist, fällt einem nicht immer auf, was die Partnerin trägt", sagt er, wie entschuldigend, mit zitternder Stimme.

„Verstehe. Die im Rover gefundene Frau trug einen schwarzen, wollenen Rock und einen breiten, roten Wollschal. Die Haare sind mittellang und anscheinend mittelblond. Wir konnten bisher keine Einzelheiten erkennen und untersuchen. Die Ermordete ist von Eis und Schnee bedeckt.

„Katharinas geliebter roter Mohair Wollschal! Mein Gott!", schreit Jankowski und bricht zusammen.

Nachtleben eines Schwiegersohns

Es ist 11 Uhr, als Elisa und Max mit Sven Jankowski wieder zum wartenden Streifenwagen, besetzt mit den Gelsenkirchener Kollegen Piontek und Kantak, gehen.

„Ich habe eben mit dem Präsidium und mit unserer Einsatzleitung in Köln telefoniert", sagt Max.

Er wendet sich an Polizeikommissar Kantak: „Kollege, bring doch bitte Herrn Jankowski zum K1 im Gelsenkirchener Präsidium, in den Vernehmungsraum 3. Der Herr Jankowski ist vermutlich der Ehemann der ermordeten Frau, die in Engelskirchen in ihrem Wagen aufgefunden wurde."

Piontek nickt.

„Unser Kommissar-Anwärter Spitz sollte vorab die Personalien des Ehepaares Jankowskis aufnehmen", sagt Max und fügt hinzu: „Ich werde in der Zeit eine Verbindung zur Soko Schneewittchen in Köln herstellen."

„Noch etwas", Teufel wendet sich an Jankowski: „Geben Sie mir bitte die Adresse Ihrer Schwiegermutter in Overath."

„Akazienweg 12, zweite Etage."

„Danke".

Max wendet sich an Elisa. „Ich denke, wir bleiben zunächst hier in Gelsenkirchen, fahren in die Hildegardstraße 10 und klopfen bei Frau Aurora, der Schülerin Jankowskis, an. Mein Gott, dieser Name. Morgenröte …, klingt nach einem mädchenhaften Wesen mit zart geröteten Wangen."

„Der Name würde zu dir gar nicht passen, lieber Max."

„Morgenröte mit Bart? Wirklich nicht, Elisa. Aber für dich, wenn du mal ausgeschlafen bist."

„Ich werde mich rächen, Max", flüstert sie ihm zu.

Sie geht noch einmal auf Sven Jankowski zu. Der hält immer noch krampfhaft das Foto seiner Silberhochzeit in Händen.

„Dürfen wir das Foto eine Weile behalten?", fragt sie behutsam.

„Warum?"

„Es gibt einen Zeugen, der in der Nacht das Auto Ihrer Frau abschleppen musste."

„Abschleppen?", Jankowski erbleicht.

„Ja, der Rover ist auf der A4 liegen geblieben. Durch die Angaben des Zeugen können wir ausschließen, dass Sie, Herr Jankowski, den Abschleppdienst gerufen haben und mit dem Auto Ihrer Frau auf der A4 unterwegs waren. Das Telefongespräch mit der Anfrage an den Abschleppdienst wurde von der ARAC auf Band aufgenommen.

Wenn das geklärt ist, bringen meine Kollegen", sie zeigt auf Piontek und Kantak, „Sie zurück in ihre Wohnung. Allerdings sollten Sie in den nächsten 24 Stunden Gelsenkirchen nicht verlassen."

„Ich war nicht mit dem Rover unterwegs, verflixt nochmal!", ruft Jankowski aufgeregt und dann leiser, mit gesenktem Kopf: „Mir ist allmählich alles scheißegal."

„Na, na, dann kommen Sie mal mit", sagt Kantak beinahe väterlich zu Jankowski, dessen Selbstbewusstsein wie weggefegt ist, und schiebt ihn, den Kopf beim Einsteigen herunterdrückend, vorsichtig in den Streifenwagen.

Erna 12/22 braust los, Richtung Polizeipräsidium Gelsenkirchen.

In sich zusammengesunken sitzt Sven Jankowski auf dem Rücksitz. Er versteht die Welt nicht mehr und spricht mit sich selbst.

Max und Elisa folgen dem Streifenwagen.

Max nimmt sein Dienst-Handy und berät sich mit Hauptkommissar Marder.

„Gut, dass Sie sich melden und ein Foto des Ehemannes zum Abgleich haben ... Aha, ich sehe es gerade auf meinem Bildschirm. Der Fahrer des Abschleppdienstes wird soeben hier in Köln vernommen. Er kann seinen Kunden genau beschreiben, Gesicht, Kleidung et cetera pp."

„Okay ... wir wissen inzwischen, dass Frau Jankowski gestern Abend ihre Mutter besuchen wollte. Die Adresse: Lia Herzleben, Akazienweg 12, Overath", erklärt Elisa.

„Zunächst befragen wir in Gelsenkirchen noch eine Zeugin, die angeblich mit Jankowski, dem Ehemann, in der letzten Nacht zusammen war", fügt sie hinzu.

„Wenn Herr Nachtmann vom Abschleppdienst den Jankowski nicht als Fahrer identifiziert, wird es mühselig. Wir müssen ihm dann die ganze Parade einschlägig vorbestrafter Täter, Schwindler, und Mörder, die mit einer verstörenden Arbeitsweise Frauen töten, vor Augen führen."

Marder macht eine Pause.

„Ich überlege gerade ... nein, ich fasse einen Entschluss. Wir sollten die Polizeioberkommissarin Barbara Gotthardt, die gestern den Reisebus am Rasthof Aggertal kontrolliert hat, und den Overather Polizeianwärter Marc Gilles mit ins Boot nehmen. Das sind die Einsatzkräfte, die zuerst die Reisenden im Bus befragt haben, unmittelbar nach dem Diebstahl zum Nachteil einer Wiesbadener Mitreisenden. Ich regle das telefonisch mit den Overather Kollegen und bitte Kommissarin Gotthardt inzwischen, zunächst die Befragung der Mutter der Ermordeten zu übernehmen."

„Das ist eine gute Idee."

„Wir sehen uns am Abend hier um 18 Uhr im Präsidium Köln zur Dienstbesprechung."

„Noch eine Frage, Chef: Wo befindet sich das Opfer zurzeit?", fragt Elisa.

„Die Ermordete ist seit einer Stunde in der Rechtsmedizin in Köln und bei Frau Professor Rigens in guten Händen.

Sie macht genau das, was sie uns am Fundort, vor der Werkstatt, erklärte. Nach der Leichenschau werden auch Merkmale, die in gefrorenem Zustand nicht erkennbar waren, sichtbar.

Da fällt mir ein ...", Marder macht eine Pause, „der Monteur vom Abschleppdienst erwähnt eine blutige Kratzspur an der rechten Stirnseite des Rover-Fahrers. Sie war allerdings halbwegs von einer dunklen Wollmütze überdeckt."

„Das ist doch schon einmal ein Hinweis. In Herrn Jankowskis Gesicht habe ich keine Kratzspur entdeckt", sagt Elisa.

„Wunderheilung?", fragt Marder? „Na ja, es sind schließlich fünfzehn bis sechzehn Stunden seit der Tat vergangen."

„Wir veranlassen, dass der Polizeiarzt sich Jankowkis Stirn ansieht. Der Mann hat sehr dichtes Haar, das bis in die Stirn hängt", meint Max.

„Eventuell finden sich Blut- und Hautspuren unter den Fingernägeln des Opfers, die wir dann abgleichen können", fügt Elisa hinzu.

„Gut möglich, das ist Routine. Der Rover wird gerade in der KTU in die Mangel genommen. Eine Blutspur, die nicht vom Opfer stammt, ist schon gesichert. Noch etwas. Am Rand des Werkstattgeländes in Engelskirchen wurden zwei frische Kippen der Marke Players gefunden, die nicht von der Werkstattcrew stammen", sagt Marder.

„Kippen? Ach ja, stimmt! Der Lehrling Ignatz Broich sprach von einem Unbekannten, der am frühen Morgen, die Werkstatt beobachtend, rauchend hinter der Abgrenzung des Werkstattgeländes stand und nach Ignatz Hilferuf im Nichts verschwand", bestätigt Elisa.

„Das ist registriert! Kommissarin Eck wollte dem Vorfall weiter nachgehen", sagt Elisa. „Ich habe den Lehrling Ignatz mit ihr befragt, als er mit einem leichten Schock vor dem Krankenwagen saß."

„Noch fehlen Vergleichsspuren mit Hinweisen auf den Täter. Ich glaube, das sagte ich schon. Diesen Mann, diesen 'Autobahnmörder', scheint es nie gegeben zu haben. Vielleicht wissen wir um 18 Uhr mehr."

Die Stimme des Ersten Kriminalhauptkommissars Marder klingt resigniert.

Recherche in Gelsenkirchen

Bei Tage ist es kinderleicht, die Dinge nüchtern und unsentimen-
tal zu sehen. Nachts ist das eine ganz andere Geschichte.
Ernest Hemingway

27. November, 17 Uhr, in Gelsenkirchen.

Die Dämmerung bricht herein. Straßenlampen werfen einen milden Schein auf die Fassaden mit Ruhrpott-Patina einiger Häuser.

Adventslichter erhellen Fenster der Altbauten.

Die Hildegardstraße, eine kleine Seitenstraße der Florastraße, liegt fast im Zentrum Gelsenkirchens. Einige, mehrgeschossige Wohnhäuser aus der Gründerzeit sind zum Teil aufwendig renoviert. Es ist wieder in, eine Altbauwohnung mit hohen Decken und Stuck zu ergattern.

Hier habe ich während meiner Ausbildungszeit bei der Kripo in Gelsenkirchen gewohnt, denkt Elisa.

Es waren preiswerte Wohnungen für Landesbedienstete, allerdings damals noch ohne Heizung.

Die Erinnerungen lassen sie frösteln:

Ich zog ein mit meinen wenigen Habseligkeiten. Es war ein kalter Dezembertag, und ich habe den, in der Wohnung vorhandenen Backofen und viele Kerzen angemacht, um ein wenig Wärmegefühl zu bekommen. Am zweiten Tag kaufte ich mir beim Trödler einen Kohleofen für das neue Zuhause. Am dritten Tag antwortete ich auf eine Zeitungsanzeige und ergatterte einen preiswerten, senffarbenen Omasessel mit Veloursbezug.

„In Gedanken versunken, meine Liebe?"

Elisa schreckt aus ihren Erinnerungen auf.

„Stimmt genau, Max. Ich denke an meine erste eigene Wohnung als Kriminalanwärterin. Ich glaube, hier in diesem Haus war das."

„Schau mal nach der Hausnummer!"

„Ja! Das ist das Haus, die Nummer 10! Ich erkenne es wieder. Da an der Ecke", sie deutet zum Ende der Straße, „gab es damals einen Kiosk. Dort bekam man, auch sonntags und nach Feierabend, alles, was man brauchte. Angefangen bei den Eiern, der Butter, bis zu einem Säckchen Anmachholz. Auch die Zeitung und den neusten Klatsch aus der Nachbarschaft gab es gratis. Die frische Milch, man musste ein Gefäß mitbringen, bekam man beim Milchhändler um die Ecke."

„Das scheinen schöne Erinnerungen zu sein, du hast schon ganz rote Wangen."

„Stimmt. Nach den anstrengenden Dienststunden habe ich meine damals sehr provisorische, leere Wohnung geliebt ... Beim Abschied meines Schwesterndaseins im Gelsenkirchener Knappschaftskrankenhaus schenkte mir die Ambulanzschwester sogar einen alten Ambulanzschrank, in dem früher die Kittel der Schwestern und Ärzte hingen. Ich bemalte ihn.

Der freundliche Pförtner, ich weiß noch, dass er lispelte und Blume hieß, was aber durch den Telefonhörer verzerrt wie 'Buhme' klang und schon mal leises Kichern hervorrief. Dieser hilfsbereite Mann ging zum Abschied mit mir auf den Dachboden des Krankenhauses und erlaubte, dass ich mir aus dem alten Krankenhauströdel Gegenstände für meine neue Wohnung aussuchte. Ich fand ein rundes Tischchen, das für die Waschschüsseln oder Operationsinstrumente gedacht war, strich es rot an und nahm es als Couchtisch ... und jetzt wirst du staunen: Von den Kripobeamten bekam ich aus dem Polizeigewahrsam ein altes Gefängnisgitterbett aus Metall. Anno 1940! Stell dir das mal vor! Auch dieses Gestell habe ich bemalt."

„Dann war deine Wohnung ein Stübchen mit Kuriositäten", sagt Max und kann ein Grinsen nicht unterdrücken.

„Ja. Das Bett aus dem Polizeigewahrsam war leider durch die ‚schweren Jungen‘, die nachts darauf mit tonnenschweren Gewissen lagen, etwas durchgelegen. Das hat mir als junge Beamtin auf Probe nicht viel ausgemacht. Hauptsache, ich hatte eine Wohnung und eine preiswerte Einrichtung mit Raritäten aus meinen beiden Berufen."

„Interessant, erzähl weiter."

„Allerdings lag meine Bude unter dem Dach. Nebenan, auf dem Speicher, soll sich schon einmal ein Bergmann aufgehängt haben."

„Da oben unter dem Dach?", Max zeigt auf das Dachgeschoss.

„Ja, da wurde normalerweise die Wäsche aufgehängt, die allerdings oft schon nach einem Tag einen Grauschleier bekam. Für mich war das der feine Trauerflor des Gelsenkirchener Kohlenstaubs."

„Deine Geschichten, Elisa! Mit der Möblierung... Und dann musstest du in einem Gefängnisbett zur Ruhe kommen. Wahrscheinlich hast du nachts Poltergeister gehört."

„Weniger. Ich war abends so geschafft und musste fünf Etagen bis zu meiner Ruhestatt hochsteigen."

„Fünf Etagen!"

„Das bedeutete: Frühsport am Morgen, und Gymnastik am Abend. Ein Telefon war auch nicht da. Handys gab es noch nicht. Wenn ich Bereitschaftsdienst hatte, musste ein Kollege der Schutzpolizei unten an der Haustür klingeln.

Ich schaute dann wie Rapunzel oben aus dem Dach-
fenster und rief: ‚Komme, Kollege‘, aber erst, wenn ich
sah, dass es wirklich die Streife war, die mich erwartete
und zum Einsatzort brachte, und nicht ein Bösewicht.“

„Das klingt abenteuerlich.“

„War es auch“, sagt Elisa und lächelt verschmitzt in
sich hinein.

„Was für ein Zufall. Sieh mal auf die Türklingeln, Elisa. Der Name Aurora steht auf der dritten Klingel von
unten.“

„Kein Zufall. Die Erinnerung hat mich hierhin geführt.

Doch die junge Dame Aurora hat nicht so viele Treppen zu bewältigen, wie ich in meiner Jugend.“

Elisa und Max sehen sich an, lächeln und klingeln.

Die Unschuld vom Land

Je unschuldiger ein Mädchen ist, desto weniger weiß es von den Methoden der Verführung. Bevor sie Zeit hat nachzudenken, zieht Begehren sie an, Neugier noch mehr, und Gelegenheit macht den Rest.

Giacomo Casanova

Als sich in der dritten Etage des Hauses Nummer 10 die Tür vor Elisa und Max öffnet, kommen sie aus dem Staunen nicht heraus.

Friederike Aurora, das muss sie sein, die Zeugin, denkt Elisa. *Ich habe sie mir ganz anders, verführerischer vorgestellt.*

Vor ihnen steht eine etwas pummelige, rotwangige junge Frau, die ihre blonden Zöpfe zu einem Kranz gewunden hat.

Gretchen würde besser zu ihr passen, überlegt Elisa.

Das junge Mädchen trägt Jeans, ein weißes T-Shirt und rote Filzhausschuhe.

Fragend richtet sie ihre blauen Augen auf die Besucher.

„Elisa Fuchs von der Kripo Gelsenkirchen. Das ist mein Kollege Max Teufel. Dürfen wir kurz hereinkommen?"

Röte steigt in das Gesicht der jungen Frau. Sie wirkt unsicher.

„Polizei? Ich verstehe nicht. Weshalb?"

Die Nachbartür mit abgeblättertem, beigem Lack öffnet sich knarzend einen Spaltbreit.

„Ach, kommen Sie schon herein", flüstert die Zeugin Aurora nervös. „Meine Nachbarin ist furchtbar neugierig."

Elisa und Max betreten eine karg eingerichtete Mini-wohnung, die durch bunte Filzteppiche durchaus behaglich wirkt.

„Möchten Sie etwas trinken?"

Friederike Aurora steht vor einem aus Holzkisten gezimmerten Regal, in dem Tassen, Teller und Gläser stehen. Sie dreht sich plötzlich um: „Weshalb wollen Sie mich sprechen?"

„Wir möchten Sie als Zeugin in einem ungeklärten Fall befragen. Vielleicht können Sie uns helfen?", sagt Elisa und Max ergänzt: „Wo waren Sie zum Beispiel gestern Nachmittag und gestern Abend?"

Eine Tasse fällt zu Boden. Das Mädchen wird blass.

„Ach so, die Sache mit meinem früheren Lehrer, dem Sven Jankowski", sagt sie betont gedehnt. Es soll gleichgültig klingen.

„Welche Sache?", fragt Elisa.

„Ach Gott, setzen Sie sich doch erst mal hin. Da muss ich ein wenig ausholen."

Sie kommt mit drei Gläsern Wasser zurück, lässt sich den Ermittlern gegenüber auf ein Sitzkissen plumpsen und beginnt zögernd, dann aber mit fester Stimme zu erzählen.

„Also, als ich in der Zehn war, fand ich den Sven als Lehrer richtig toll."

„Sven?"

„Ja, das erkläre ich später. Sven Jankowski war nicht nur mein Lieblingslehrer. Die meisten Klassenkameradinnen himmelten ihn an. Aber mich nahm er einmal beiseite und meinte, ich wäre begabt. Wenn ich Unterstützung haben möchte, wäre er bereit, mir zum Beispiel in Mathematik Nachhilfe zu geben, um eine gute Abiturnote zu bekommen. Ich war stolz, dass er gerade auf mich zukam, aber ich sagte nicht zu." Das Mädchen stoppt, überlegt.

„Ich war zwar verknallt und träumte oft von ihm. Ich wusste, dass er verheiratet ist. Ich hatte noch nie einen Freund gehabt. Ab und zu wiederholte der Lehrer das Nachhilfeangebot.

Ich ging nie darauf ein, machte Abitur, begann mein Studium und begegnete ihm nicht mehr, bis gestern."

Sie macht eine Pause und trinkt einen Schluck Wasser. Ihre Hände zittern.

„Ich traf ihn am Nachmittag zufällig auf dem Friedhof, am Grab meiner Oma. Der Friedhof liegt genau gegenüber Sven Jankowskis Wohnung."

„Stimmt, das wissen wir bereits", sagt Elisa.

„Es war kalt auf dem Friedhof und als Sven mir anbot, bei ihm zu Hause eine heiße Tasse Tee zu trinken, sagte ich zu. Ich dachte, seine Frau wäre auch da.

Wir tranken Tee, er machte einen Kerzenleuchter an und spielte auf einem alten Klavier ‚Für Elise' von Beethoven, summte leise dazu … er hat so eine weiche, wunderbare Stimme", schwärmt sie und rollt verträumt mit den Fingern eine Haarsträhne zu einer Locke, die ihr immer wieder ins Gesicht fällt.

„Es war irgendwie romantisch. Dann stand er auf, kam zu mir, beugte sich hinunter und bot mir, ganz nah an meinem Ohr, das ‚Du' an. Er flüsterte: ‚Das müssen wir feiern, meine liebe Friederike'."

„Wo war Frau Jankowski", unterbricht Elisa die Verführungsstory.

„‚Meine Frau ist unterwegs', sagte Sven."

Sie schluckt, jetzt nervös, und macht eine Pause.

„‚Wir können ja auch zu dir fahren, dann lerne ich dein Zuhause kennen', bot er an. Damit meinte er meine Studentenbude, denn ich hatte ihm erzählt, dass ich allein wohne - ich war einfach hin und weg, Schmetterlinge im Bauch und so ...", sie senkt den Kopf und überlegt.

„Sven packte eine Flasche Crémant Sekt ein und hakte sich vertraulich bei mir ein. So gingen wir beschwingt zu seinem Wagen, einem VW Golf."

„Das war um wie viel Uhr?", fragt Elisa.

„Nachmittags. Genau weiß ich das nicht ... Wir sind danach noch nach Schloss Berge gefahren, spazieren gegangen und dann hier gelandet. Kaum hatten wir die Tür geschlossen, versuchte Sven mich stürmisch zu küssen ..."

Die Stimme der jungen Frau zittert.

„'Hör auf, ich will das nicht!', rief ich. Er begann zu klagen. Hörte gar nicht mehr auf ... Seine Frau wäre so kühl, hätte nur ihre Literatur im Kopf oder zöge sich mit der Ausrede: ,Migräne, Schatz', häufig zurück. Ich wisse doch gar nicht, was Einsamkeit wirklich bedeute. Einsamkeit zu zweit, das wäre schlimmer als der Tod, sagte er und sah sehr unglücklich aus.

,Ich hab' mich total in dich verliebt' rief er dann und rückte mir immer näher.

,Stell schon mal den Sekt kalt', meinte er, ließ mich eine Zeitlang in Ruhe, erzählte aus seinem Beruf und stieß mit mir an. Dann fing er wieder an, mich zu 'begrapschen'. Ich hatte Angst, dass meine Nachbarin uns hört. Sie liegt sowieso immer auf der Lauer. Als er mich immer fester an sich zog, musste ich mich mit Gewalt befreien. Ich bekam Angst und stieß ihn heftig zurück. Er stolperte, ein Stuhl kippte um, er fluchte und meinte: ,Tu doch nicht so unschuldig! Was ich von dir will, bekomme ich auch im sanften Engel'."

„Sie meinen die Nachtbar in der Altstadt?", fragt Elisa.

„Ja, kann sein, ich kenne die Bars hier nicht, eher die Diskotheken ... Sven schrie mir beim Hinausgehen noch nach: 'Dumme Pute, dann hol ich mir das anderswo' und weg war er."

Friederike beginnt zu weinen.

„Wie spät war das ungefähr?"

„Etwa 22.00 Uhr."

„Waren Sie betrunken?"

„Ich nicht, aber der Sven hat das Meiste in sich hineingeschüttet."

„Möchte sie Anzeige erstatten, Frau ..."

„Sie können mich Friederike nennen. Anzeige? Nein, ich bin doch selber schuld, habe ihn mit in meine Wohnung genommen", sie weint.

„Das ist gar nicht relevant. Kein Mann, niemand darf Sie gegen Ihren Willen sexuell belästigen. Überlegen Sie in Ruhe. Sie haben sich in eine gefährliche Situation gebracht. Für das nächste Mal denken Sie bitte vorher daran, wem Sie gestatten, Ihre Wohnung zu betreten und Ihnen nahezukommen."

„In Ordnung", schluchzt das Mädchen und schnäuzt sich laut.

Dienstbesprechung

Samstag, 27. November 2004, 18 Uhr.
Ein verhangener Winterhimmel über Köln. Eiskalte Windböen und vor Kälte bibbernde Menschen verschwinden mit hochgeschlagenen Kragen eilig in Geschäften und schützenden Hauseingängen. Feuchtes Schneegeriesel macht Straßen und Bürgersteige zu gefährlichen Rutschbahnen.

Die Stadt ist, einen Abend vor dem ersten Adventssonntag, hell beleuchtet. Gleißendes Licht aus Schaufenstern mit Luxusgütern. *Doch in den Ecken der Gassen und Durchgänge liegen, der Witterung ausgesetzt, Wohnungslose,* denkt Elisa. Was für eine Welt, aber das ist ein anderes Problem.

Im Kommissariat K1, Polizeipräsidium, Köln, wird sie beim Eintritt von molliger Wärme eingehüllt.

Einen Moment verweilt sie am Eingang des Besprechungsraums der Soko Schneewittchen. Suchend lässt sie ihre Blicke schweifen.

Kaltes Neonlicht. Stimmengewirr. Flipcharts, flimmernde Bildschirme und Tatortsbilder des neuen Falls ‚Schneewittchen' an der Wand. Sie zeigen das Opfer im Kofferraum des Rovers, der für sie zum Eissarg wurde.

In Reih und Glied angeordnet stehen Gläser, Mineralwasserflaschen, Kaffeekannen und Becher mit dem Polizeilogo auf dem rechteckigen Tisch.

Wieder einmal die Kulisse für ein Drama. Oder eher ein Trauerspiel?, fragt sich Elisa.

Hier wird heute ein Netz gestrickt, in das sich der Täter verfangen soll, der seit zehn Stunden durch ein Gewaltverbrechen Panik und Schrecken im Bergischen Land verbreitet.

116

Täter? Handelt es sich vielleicht um einen Irren, der durchgedreht ist, überlegt Elisa, *oder ist es eine Beziehungstat?*

Sie wirft einen Blick in den Nachbarraum, die Einsatzzentrale. Fernschreiber rattern, Telefone klingen. Mehrere Beamte sind ununterbrochen im Einsatz.

Als sie den Besprechungsraum betritt, entdeckt sie am Rednerpult den Einsatzleiter, Hauptkommissar Marder.

Ganz in Gedanken versunken, studiert er die letzten Meldungen.

Stühle rücken, Räuspern, Hüsteln, allmählich füllt sich der Raum. Laptops werden aufgeklappt.

Elisa denkt an eine ähnliche Situation im vergangenen Februar in Gelsenkirchen, als sich alles um einen Mord und ein vermisstes Kind drehte.

Sie hat auf ihrer Fahrt nach Köln einen kurzen Stopp eingelegt, nach ihrer Wohnung im Bergischen Land gesehen.

Max ist direkt nach Köln gefahren, um die Soko über die neuesten Erkenntnisse aus Gelsenkirchen zu unterrichten. Elisas Blicke suchen ihn.

Als ob er es bemerkt hätte, dreht er sich just in dem Moment um und stahlt sie an:

„Alles in Ordnung zu Hause? Schön, dass du wieder da bist."

„Ja, alles in Ordnung. Glätte und Schneetreiben. Ich bin froh, heil hier in Köln angekommen zu sein."

Automatisch ergreift Max ihre Hand und drückt sie.

Ganz dicht steht sie vor ihm.

Diese Augen, dieses Graublau und der dunklere Rand um seine Pupillen faszinieren mich immer wieder, denkt Elisa. *Das ist mir schon bei unserem ersten Zusammen-*

treffen aufgefallen, damals, als er mit mir im Präsidium Gelsenkirchen über den Tod meines Bruders sprach, und während unserer gemeinsamen Zusammenarbeit in zwei weiteren Kriminalfällen.

Bewegt von ihren Gefühlen, senkt Elisa den Kopf. Als sie wieder hochsieht, liest sie tiefe Zuneigung in Max' Augen. Ein Glücksgefühl durchströmt sie, wie beim ersten Mal.

Räuspern. „Ich will ja das junge Glück nicht stören", grollt Marder, der hinter die beiden getreten ist.

Elisa wird rot.

Die Leichtigkeit verrinnt. Der Besprechungsraum füllt sich. Die Hände von Max und Elisa lösen sich.

„Neuigkeiten", verkündet Marder. „Die Mutter des Opfers aus dem gestrandeten Rover, Lia Herzleben, wurde von Polizeioberkommissarin Gotthardt befragt", er deutet auf eine junge blonde Frau, die, sich Schnee aus den Haaren schüttelnd, hereinkommt und neben Marder Platz nimmt.

In ihrer Begleitung befindet sich Kommissar-Anwärter Marc Gilles, der, mit Kopfhörern auf den Ohren, beschwingt hinter der Polizeikommissarin Gotthardt im Wiegeschritt den Raum betritt.

Marder unterbricht seine Ansage und murrt: „Herr Kommissar-Anwärter Gilles, Ohren auf! Bitte nehmen Sie sofort die Kopfhörer mit dem lauten, organisierten Lärm ab. Wir sind nicht in der Disco!"

Marc Gilles wird rot und schleicht sich in die hintere Reihe.

„Also nochmal zum Anfang", sagt Marder. „Kollegin Gotthardt, berichten Sie bitte."

„Frau Jankowski hat sich gestern Abend, gegen 22 Uhr, von ihrer Mutter in Overath verabschiedet. Sie wollte, so die Mutter, zu ihrem Mann nach Hause fahren. Über das Verhältnis der Eheleute untereinander konnte oder wollte die Mutter des Opfers nicht viel sagen. Sie gab allerdings zu bedenken, dass ihre Tochter in den letzten Monaten bedrückt und abwesend wirkte, stiller war als sonst. Um der Mutter keine Sorgen zu bereiten, wollte Katharina Jankowski anscheinend mit der Mutter nicht ihre Eheprobleme besprechen."

„Nun, das sind nur Annahmen", gibt Marder zu bedenken.

„Stimmt, aber die Mutter, Frau Herzleben, deutete in unserem Gespräch an, dass der Schwiegersohn wohl schon immer gerne anderen Frauen nachschaute."

„Na ja, Schwiegermütter sind nicht immer ‚best friends'", wirft Kommissarin Eck ein, bricht ab und seufzt auf.

Ob sie auch schlechte Erfahrungen gemacht hat, denkt Elisa und schaut zur Kollegin hinüber, die müde aussieht, Elisas Blick spürt und sogleich wieder ein Pokerface macht.

„Diesen Eindruck im Hinblick auf Sven Jankowski können Max und ich durchaus bestätigen. Wir haben am Nachmittag ihn und seine ehemalige Schülerin, Friederike Aurora, befragt", sagt Elisa.

Sie berichtet über das Gespräch und die sexuelle Belästigung des Lehrers in der Wohnung der Studentin.

„Angeblich besucht Jankowski auch gerne die Gelsenkirchener Bar 'Sanfter Engel'."

„Darf er, ist nicht verboten", wirft Marder ein.

„Ich werde trotzdem auf dem Rückweg mit Max dort reinschauen und fragen, ob Jankowski gestern Nacht da aufgetaucht ist. Er hätte sich allerdings teilen müssen, und außerdem fährt er einen blauen VW Polo und keinen racing grünen Rover."

„Richtig. Überprüfen Sie den nicht so ganz sauberen Herrn Lehrer einmal gründlicher", fügt Marder hinzu und runzelt die Stirn.

„Sind zum Beispiel in seiner Schule ähnliche Vorfälle, Übergriffe, bekannt geworden? Tatsache ist jedoch, dass Jankowski mit an Sicherheit grenzender Wahrscheinlichkeit nicht zur Tatzeit am Tatort war, sondern sich in der Wohnung seiner ehemaligen Schülerin aufhielt. Das Verhalten deutet aber auf einen miesen Charakter des Pädagogen hin", fügt Marder hinzu.

„Ich werde an der Schule in Gelsenkirchen bei den Kollegen nachhören, ob sich jemals eine Schülerin getraut hat, sich zu beschweren", sagt Elisa.

„Machen Sie das, Frau Fuchs."

Marder blättert in seinen Unterlagen, räuspert sich und sagt: „Inzwischen haben wir eine Spur, die, mit viel Optimismus, auf einen Täter weisen kann. Hier die Zusammenfassung: Die Personenbeschreibung, die Kollegin Gotthardt von den Passagieren des Reisebusses übernommen hat, deckt sich gar nicht mit den Angaben zum Aussehen des Verdächtigen Sven Jankowski.

Demnach muss unser Täter größer und älter sein als der Ehemann des Opfers. Die Schilderung der Haare weicht auch ab. Allerdings soll der Mann aus dem Reisebus ein graumeliertes Toupet getragen haben. Der Herr, der den Abschleppdienst rief, hatte, so der Fahrer des Abschleppwagens, eine dunkle Mütze bis über seine

Augenbrauen gezogen. Das Gesicht war nahezu unkenntlich.

Auch hat die Spusi den einzig möglichen Weg des Opfers entlang der Autobahn, der A4, unter die Lupe genommen.

Und siehe da, auf einem alten Rastplatz, zwischen Overath und Engelskirchen, sind die Kollegen in einem Toilettenhäuschen auf Haar- und Faserspuren gestoßen, die in der KTU untersucht werden. Der kleine Parkplatz wurde abgesperrt."

Raunen im Raum. Aufmerksames Zuhören.

„Gefunden wurden vereiste Radspuren, die unter einer frischen, dünnen Schneeschicht liegen. Sie können von den Reifen des Rovers, der dem Opfer gehörte, stammen. Das Ergebnis liegt bald vor.

Am Eingang des Toilettenhäuschens sind weitere, zahlreiche, vereiste Fußspuren gesichert worden. Sie werden ebenfalls gerade überprüft und abgeglichen. Auch im Innenraum der Toilette wurden Fingerabdrücke sichergestellt, jedoch noch nicht vollständig ausgewertet."

„Solch ein Gebäude wird allerdings stark frequentiert. Die meisten Spuren können von anderen Benutzern des Platzes stammen", gibt Max zu bedenken.

„Mehr besucht wird die große WC-Anlage an der Raststätte Aggertal. Dieses alte Überbleibsel, einige Kilometer weiter, wird oft übersehen, nicht häufig benutzt", sagt Elisa.

„Das haben wir natürlich berücksichtigt. Auffällig ist allerdings eine frische, aufgerissene Tüte Marshmallows, die direkt am Hang hinter dem WC gefunden wurde. Sie wird ebenfalls in der KTU untersucht. Ein Marshmallow lag unter dem Handwaschbecken der besagten Toilette."

„Marshmallows?"

„Ja, Max. Das süße, klebrige, pastellfarbene Zeug, von Kindern sehr geliebt", erklärt Elisa.

„Der DNA-Abgleich von roten Wollfasern und Haaren aus dem Toilettenraum und dem Auto kann dauern", fährt Lucas Lupe fort und ergänzt: „Die im Rover gesicherten Spuren sind eindeutig von Katharina und Sven Jankowski. Einige Spuren am Lenkrad sind von dem Fahrer des Abschleppwagens, der schließlich das Auto vor die Werkstatt gefahren hat.

Aber da sind noch Fremdspuren, die vom Täter stammen können, die jedoch in keiner, uns zur Verfügung stehenden Dateien, vorkommen."

„Spuren welcher Art?", fragt Eck.

„Als da wären: Hautspuren, Bodenspuren, ein benutztes Tempotuch und Haarspuren, aber darauf komme ich noch zurück."

Schweigen.

„Der Fahrer des Abschleppwagens ... Nachtmann hieß er, oder?", fragt Kommissarin Eck.

„Stimmt", sagt Elisa.

„Konnte Nachtmann mit dem Bild des Ehemanns Sven Jankowskis, das wir aus Gelsenkirchen geschickt haben, etwas anfangen?", ergänzt Eck.

„Nein", sagt Marder. „Sie haben nicht zugehört, Kollegin. Den Mann auf dem Foto hat der Abschleppfahrer vorher noch nie gesehen", betont der Ermittlungsleiter und fährt fort:

„Wir können nun fast ausschließen, dass Sven Jankowski für den Tod seiner Frau verantwortlich ist, was er auch sonst auf dem Buckel haben mag. Also im Hinblick auf die Tätersuche: Alles auf Anfang!", sagt Moritz Marder.

Stöhnen und Hüsteln im Team.

„Vorher möchte ich Ihnen das Tonband vorspielen, mit der Stimme des Mannes, der den Abschleppdienst gerufen hat. Aufgepasst:"

‚Ich stehe seit 22:40 Uhr auf der A4. Mein Wagen, ein Rover 200, hat plötzlich gestottert, geruckt und ist stehen geblieben ...'

Nachdem das ganze Band abgelaufen ist, herrscht Stille im Raum. Es ist unheimlich, die Stimme eines Unbekannten, der unter dem Verdacht steht, einen grauenvollen Mord gegangen zu haben, zu vernehmen.

Marder, der bisher am Rednerpult gestanden hat, setzt sich, blickt in seinen PC und ordnet penibel seine Notizen.

Max und Elisa nicken sich zu.

„Nein, das ist nicht Jankowskis Stimme. Klingt irgendwie eher ... nein, das kann ich nicht zuordnen, es ist überhaupt kein Dialekt erkennbar", sagt Elisa.

„Unser Sprachspezi wird sich darum kümmern", sagt Marder. „Es könnte sich um einen Täter handeln, der polizeilich noch nie in Erscheinung getreten, aber nicht sauber ist."

„Seine Gerissenheit, nahezu spurenlos zu arbeiten und spurlos zu verschwinden, deuten nicht auf einen Ersttäter", sagt Max.

„Vielleicht hat der Typ schon mehrmals gemordet, zum Beispiel Personen, nach denen keiner fragt. Hat sie ausgenutzt und sie nach der Tat beseitigt, verbrannt, versenkt oder ...", fügt Elisa hinzu.

„Ihre Fantasie in Ehren, liebe Kollegin. Das heißt, wenn der Mann noch einmal zuschlägt und einen Fehler macht, greifen wir sofort zu und schnappen ihn", sagt Marder und lächelt süffisant.

„Ja, warum nicht?"

„Möglich. Doch da sind erst einmal noch die zahlreichen, noch nicht ausgewerteten Spuren, nicht zu vergessen, die Obduktion, die Frau Professor Rigens für Montagmorgen angesetzt hat."

„Der Ehemann, Jankowski, muss nach unserem Recht aus dem Polizeigewahrsam entlassen werden, darf aber die Stadt nicht verlassen", meint Max.

„Vielleicht handelt es sich im Fall ‚Schneewittchen' nicht nur um einen Täter. Jankowski könnte den Mord beauftragt haben. Das heißt: finanzielle Situation überprüfen et cetera. Hat er Vorteile vom Tod seiner Frau? Lebensversicherung? Also, Augen auf!", ruft der Chef in die Runde.

Anwärter Gilles schreckt auf. Sein IPad ist heruntergefallen. „Was ist passiert?"

„Passiert ist, dass Sie sich nicht in einem Schlafsaal befinden, Gilles! Das Wochenende nutzen wir mit dem bewährten ‚Klinkenputzen' und der Auswertung und Zuordnung der bisherigen Spuren aus dem Tatfahrzeug und dem Rastplatzgelände. Ran an die Arbeit."

Marder erhebt sich polternd.

„Ich werde jetzt eine Pressemeldung verfassen. Vielleicht gibt es Hinweise aus der Bevölkerung", sagt's, beinahe grollend, nickt dem Team zu und entfernt sich. Das gibt immer ein wenig Getöse. Dieser kräftige, bärbeißige Kriminalist ist einfach kein Leisetreter.

Der sanfte Engel

Samstagnacht, 27.11.2004 23:50 Uhr, Gelsenkirchen.

Drei Stufen geht es hinunter zur Nachtbar ‚Sanfter Engel'.

Schummriges Licht und einschmeichelnde Melodien empfangen Elisa und Max, als sie den schäbig plüschigen Raum der Bar betreten, der in rotes Licht getaucht ist. Unter den Takten schmalziger Songs turnen junge Damen und räkeln sich halb nackt auf der Tanzfläche.

„Die Armen", sagt Elisa und setzt sich mit Max an die Bar.

„Warum?"

„Sie haben kaum etwas anzuziehen."

Eine Dame kommt auf sie zu:

„Ich bin Josina. Die Herrschaften wünschen?", fragt die Blondine in glitzerndem Schlangenkleid, beugt sich tief zu Max hinunter und präsentiert ein offenherziges Dekolleté mit einem in der Mitte baumelnden Kreuzkettchen.

„Warum tragen diese Damen so gerne Kreuzkettchen", fragt sich Max. „Sind sie alle so fromm, oder wollen sie uns Männer am liebsten ans Kreuz nageln?"

„Zwei Alsterwasser bitte", sagt er zu Josina und taucht aus seinen Gedanken auf. Das Lächeln der Bardame erlischt.

„Oh, kein Sekt für Ihre Dame? Wir haben heute ein Verwöhn-Gedeck", flötet sie. Es ist ihr letzter Versuch.

„Nein, ich möchte gerade nicht verwöhnt werden", sagt Elisa. „Ich habe nur eine Frage."

Sie hält das Foto Sven Jankowskis hoch und sagt: „Kennen Sie diesen Herrn?"

„Warum fragen Sie?" Es klingt abweisend und desinteressiert.

Elisa und Max legen ihre Ausweise auf die Bar-Theke.

Josinas purpurroter Mund mutiert vom süßlichen Lächeln zu einem Strich. Als ihr Mund sich wieder öffnet und die Bardame antwortet, haben sich ihre Zähne rot verfärbt, was ihr einen gefährlichen Touch verleiht.

„Ach wissen Sie, hier gehen so viele Herren ein und aus, da blickt man manchmal nicht mehr durch. Wir spielen uns nicht als Tugendwächter auf, sind doch alle erwachsen."

„Das ist Ihr gutes Recht", sagt Max. „Dann schicken Sie mir doch bitte einmal Ihren Chef!"

„Moment; das kann dauern!", sagt Josina und knallt zwei Alsterwasser mit so viel Schwung auf die Bar, dass es spritzt.

„Geht aufs Haus", zischt sie durch die Zähne und verschwindet mit einem Seufzer in den hinteren Räumen.

Elisa stößt Max in die Seite.

„Sieh mal, Max, wer da unter den Akrobatinnen an den Stangen turnt!"

Max kneift die Augen zusammen.

„Elisa, das ist Sonja Falter, aus der letzten Entführungsgeschichte."

„Ja, das Mädchen in dem knappen Glitzerfummel. Die Zeugin Sonja aus unserem letzten Fall, der Jagd nach einem Kindesentführer ... Sonja, sie wäre fast das Opfer ihres Zuhälters geworden. Unsere Bemühungen, sie zu überzeugen und von der Straße wegzubekommen, sind total gescheitert."

„Schade", sagt Elisa resigniert. „Wir sind halt keine Sozialarbeiter. Sonja ist jetzt achtzehn. Vielleicht kann sie uns im aktuellen Fall helfen."

Ein bulliger Typ ritt auf die Ermittler zu.
„Ausweis!"
Max und Elisa weisen sich aus.

„Anliegen?", es klingt bedrohlich. Die Oberarmmuskeln des Bodybuilders spannen sich an.

„Es geht nur um eine Zeugenaussage", sagt Elisa freundlich und strahlt den Muskelprotz an.

Sie nimmt Jankowskis Foto aus der Tasche und legt es auf den Bartresen.

„Das ist doch der ..., der immer nach Sonja fragt ..."

„Schnauze!", unterbricht der Mann das Barfräulein Josina.

Gehorsam widmet sie sich, neugierig auf das Bild schielend, den Getränken zu.

Die Musik erlischt abrupt, die Tanzmädchen verschwinden in die Umkleide, obwohl sie kaum etwas umzuziehen haben.

„Haben Sie diesen Mann hier schon einmal gesehen, Herr ...?"

„Budowski. Ich bin hier der Geschäftsführer und kenne meine Kunden nicht namentlich. Interessiert mich nicht die Bohne!"

„Herr Budowski", mahnt Max Teufel, „es geht um eine polizeiliche Ermittlung. Wir können Ihnen auch eine Einladung schicken und Sie auf dem Revier befragen."

„Um was geht es?", knurrt Budowski und lässt unter seinem hautengen Hemd wieder einmal seine Muskeln tanzen.

„Ist dieser Mann Gast bei Ihnen, und wenn ja, wann haben sie ihn zuletzt gesehen?"

„Freitagnacht."

„Geht es etwas genauer?"

„Spätabends, wir führen keine Listen. Er fragt meistens nach Sonja."

„Nach Sonja? Warum?"

„Also, jetzt ist aber Schluss. Ist das ein Fragequiz? Was die Mädchen machen, und wie sie ihr Geld verdienen, ist mir egal, Hauptsache, sie kriegen Moos."

Er macht eine Pause. „Der Kunde ist ganz in Sonja vernarrt, mag junge Mädchen ... Sonja!"

Sonja tritt aus einer Umkleide und kommt langsam auf Elisa und Max zu.

„Hey, ich bin achtzehn, und Sie dürfen mich nicht ..."

„Wir haben doch nur eine Frage, Sonja. Schau dir dieses Bild an. Dieser Mann scheint eine Vorliebe für diese Bar zu haben. Er hat, so dein Chef, einen Narren an dir gefressen."

„Ach so, das." Sonja wird verlegen und flüstert Elisa zu: „Er will mich als braves Mädchen verkleidet sehen, mit Schulranzen und dann ..."

Elisa nickt. „Ich weiß Bescheid. Mehr brauche ich nicht zu wissen. Kannst du uns sagen, wann er am Freitagabend die Bar verlassen hat?

„Auf jeden Fall vor Mitternacht."

„Danke, Sonja. Schön, dass wir das klären konnten. Wenn dich irgendetwas bedrückt; meine Karte hast du. Gib Acht auf dich."

Unter den Klängen des Songs: „Über sieben Brücken musst du gehen ...", verlassen sie den Sanften Engel.

„Nein, nicht auch noch diese Schnulze!", stöhnt Elisa.

„Einige Brücken haben wir doch schon bezwungen", sagt Max und hakt sich bei ihr ein.

Schweigend und in Gedanken vertieft, gehen sie durch die eiskalte Nacht.

„Das Mädchen Sonja, ein Weg vom Fürsorgezögling zur Prostituierten. Ich hatte nach dem letzten Fall die Hoffnung, dass sie sich fängt", sagt Elisa resigniert.

„Ja, hatte ich auch. Aber ein Gutes hat dieser Besuch. Der Pädagoge mit dem Trick 'Nachhilfeunterricht', der feine Lehrer Sven Jankowski, ist nicht unser gesuchter Mörder. Im Hinblick auf die Schule müssen wir allerdings recherchieren, aber das ist eine ganz andere Geschichte."

Der Fluch der bösen Tat

Montag, 29. November, 4:30 Uhr morgens. Wieder einmal das Ende einer rauen Winternacht.

Sturm pfeift durch den einsamen, schneebedeckten Waldweg hoch über der Agger. Er führt zu einem abgelegenen Anwesen, einem altersschwachen Fachwerkhaus, das fast von der Dunkelheit verschluckt wird, bis auf den schimmernden Schein eines LED-beleuchteten Weihnachtssterns, der dieser Düsternis einen Hauch Hoffnung verleiht. Der Stern ist an einer verwitterten Eichentür, direkt über dem dunkel angelaufenen Briefschlitz aus Messing, befestigt.

Eisige Stille, als der Wind eine Pause macht. Nur das Rascheln von Sträuchern und herunterfallenden Blättern, die sich durch den vorangegangenen, milden Herbst an die Zweige geklammert haben. Erneute Windböen wirbeln sie auf, spielen mit ihnen, lassen sie tanzen, bis der Schnee sie unter sich begräbt.

Eine Frau steigt den Hang hinauf, mit schweren, festen Schritten, die sich in die Schneeschicht bohren. Flink bewegen sich ihre wachen, braunen Augen, die unter dem tief ins Gesicht gezogenen, wollenen Kopftuch herausschauen.

Bewegt sich da hinter dem Stamm der alten Eiche etwas? Nein. Ich sehe Gespenster. Um diese Nachtzeit bin ich im Winter hier noch nie einem Menschen begegnet.

Mia Angstmann ist, im Gegensatz zu ihrem Namen, eine taffe Frau.

An jedem Wochentag kämpft sie sich durch das Bergische, mit der Tageszeitung, dem Bergischen Anzeiger. Sie kennt auf ihrem holprigen Weg jeden Stock und Stein und auch die Bewohner des letzten Hauses, das drei Meter vom Bergpfad entfernt liegt, und zwar mitten im Gebüsch.

Zu Festtagen hängen Tüten mit Geld oder Süßem an den Türklinken einiger Familien, als kleines Dankeschön für die fleißige und immer pünktliche Zeitungsfrau. So war es auch am letzten Wochenende, zum ersten Advent. Sie hat sich gefreut über die Scheine und Pralinen. Und zu Hause hat sie alles vor Erich, ihrem Mann, versteckt.

Frau Angstmanns Mann ist arbeitslos.

Die Gedanken seiner Frau kreisen wie Stecknadeln durch ihr Gehirn. Ein bitterer Zug gräbt sich seit Jahren immer tiefer um ihren schmallippigen Mund.

Er ist ein Taugenichts, denkt sie. War einmal Metzger, hatte eine gute Anstellung und dann alles verloren durch seine Trunksucht.

Seit Jahren spare ich die Zeitungs-Trinkgelder, lege Geld zurück, auch die paar Euro, wenn ich von der einen oder anderen Nachbarin etwas ausbessere, nähe und beim Putzen helfe. Das weiß Erich nicht, säuft und schickt mich in die Kälte, jede Nacht, jeden Wochentag. Soll er sich doch tot saufen und kiffen. Und wenn er mich noch einmal anfasst, hau ich ihm eins über die Rübe, grollt sie und beißt wieder einmal die Zähne zusammen.

Bald mach ich die Fliege mit meinem Ersparten, überlegt sie. *Mallorca*, und ein kleines Lächeln, wie ein Flämmchen, erscheint in dem verhärmten Gesicht.

Hoppla, fast wäre sie an dem Haus, der letzten Adresse, vorbeigelaufen.

Der Mond hält sich bedeckt. Eine halbe Mondscheibe versteckt sich hinter dichten Wolken. Plötzlich wird es stockdunkel.

Oh Gott, denkt Frau Angstmann und sucht verzweifelt im Düstern nach der richtigen Zeitung. Die Batterie ihrer Taschenlampe erlischt.

Es knarzt im festgefrorenen Schnee.

Knarzt? Sie steht doch still?

Ein Knacken aus dem Gebüsch. Ein Ast streift sie. Angst?

Ach was, ich bin sie gewohnt, diese Nachtlaute. Ein Fuchs, ein Reh oder altes Totholz. Auch ein Wildschwein ist mir schon mal begegnet. Im Wald ist immer Leben, denkt sie, geht einen Schritt auf die Haustür zu, und bückt sich, um die Zeitung aus der wasserdichten Tasche zu ziehen.

Ist da ein Atmen hinter mir?

Sie erstarrt, verharrt wieder und horcht. Stille. Da ist nur der schwache Schein der Türbeleuchtung.

Ihr Herz klopft. *Zu laut*, denkt sie. Noch einige Schritte. Erneutes Knirschen im harschen Schnee.

„Ist da jemand?", ruft sie, hebt den Kopf, will sich umdrehen.

Ein harter Schlag trifft ihren Nacken. Blut tropft auf die Zeitung, die ihr aus der Hand rutscht. Ihr Hilferuf endet in einem Gurgeln. Hände pressen sich um ihren Hals. Ihr Atem ist nur noch ein Hauch.

Zerren an der Geldtasche der Zeitungsbotin, die im Schnee zusammensinkt.

Das Geräusch flüchtender Schritte.

Der Schnee färbt sich rot. Blut durchtränkt die neuesten Nachrichten.

Blutschnee

Montag, 29. November 2004, 04:40 Uhr

„Notruf Leitstelle Bergisch Gladbach, Polizeikommissar Frohn am Apparat, was kann ich für Sie tun?"

Polizeioberkommissar Fred Frohn vernimmt zunächst nur aufgeregtes Atmen, ein Räuspern und jetzt ein Schluchzen. Er kennt die Panikaktion der Anrufer aus Erfahrung und stellt sich darauf ein.

„Hallo, sind Sie noch da? Wie kann ich Ihnen helfen?

Atmen Sie ruhig und berichten Sie der Reihe nach. Ich bin für Sie da. Ihr Name ist ..."

„Agnes Treuhand ... vor meiner Haustür liegt eine Frau, wie leblos ... alles voller Blut ... Blutschnee! Unsere Zeitungsfrau ..."

„Frau Treuhand, behalten Sie Ruhe. Hilfe ist unterwegs, sobald Sie mir die Adresse sagen."

„Bergpfad 7, Overath."

„Sehr gut. Ein Rettungswagen ist bald da. Ein Kollege der Dienststelle in Overath wird ebenfalls gerade informiert. Was genau haben Sie entdeckt?"

„Ich habe zuerst ein Geräusch gehört, bin immer früh auf den Beinen, wollte die Zeitung aus dem Briefschlitz ziehen, weil das Außenlicht angesprungen ist ...

Ich öffne die Tür ... und da lag sie, zwei Schritte weg von der Haustür, mit dem Gesicht halb im Schnee, die Zeitung unter ihr voll Blut. Sie rührt sich nicht ...", die Stimme der Anruferin versinkt in Tränen.

„Frau Treuhand, behalten Sie Ruhe. Sie haben alles richtig gemacht. Der Notarztwagen ist bereits unterwegs und ein Overather Kollege auch."

Er macht eine Pause.

„Hören Sie genau zu. Es ist sehr kalt und es schneit. Legen Sie eine leichte Decke über den Körper der verletzten Frau. Versuchen Sie, behutsam zu ihr zu sprechen.

Ich bleibe noch einige Minuten in der Leitung, damit Sie mich erreichen können."

„Danke, ich komme klar", flüstert Frau Treuhand mit zitternder Stimme.

Schon ist in der Ferne die Sirene des Notarztwagens zu hören. Kommissar Frohn hat ihn während des Gesprächs mit Frau Treuhand über die Rettungsleitstelle angefordert.

Er legt auf und seufzt: „Schon wieder eine Straftat im Bergischen. Hört sich schlimm an. Eine Frau liegt in einem Stapel Blut getränkter Tageszeitungen ... da müssen wieder einmal die Kölner 'ran."

Aufseufzend wählt er die Nummer des Kommissariats für Mord und Gewaltdelikte in Köln, Leiter ist der EKHK Moritz Marder.

Ausgebrannt

Ein Mensch sagt und ist stolz darauf: Ich geh' in meinen Pflich-
ten auf.
Doch bald darauf, nicht mehr so munter, geht er in seinen Pflich-
ten unter.
Eugen Roth

29. November 2004, 5:30 Uhr

Vor den Fenstern bergischer Idylle rüttelt ein eisiger Wintersturm an der alten Kastanie, die sich am Ende des Jahres von den allerletzten welken Blättern trennt und sie auf die Erde fegt. Jetzt ähneln die Äste des alten Baumes einem Skelett.

Ein dicker Ast stößt bei jedem Windstoß mit seinem knorrigen Ende gegen das Giebelfenster des Hauses am Kastanienweg, pocht direkt an Elisas Schlafzimmerfenster.

Diese Geräusche beunruhigen sie.

Unruhe macht sich in ihrem Magen breit. Da ist auch noch irgendetwas anderes, das mich stört ... Rauch! Es brennt! Züngelnde Flammen greifen nach mir.

Ihr letzter Fall! Sofort ist sie mit ihren Gedanken zurück im Münsterland.

Max rettet mich aus dem brennenden Backhaus, rennt durch die Flammen ... Schweiß überströmt wacht Elisa Fuchs in ihrem Haus aus ihren Alpträumen auf.

Müde, den Kopf voll wirrer Nachtgedanken, trottet sie ins Wohnzimmer, mit dem Wunsch, sich gleich wieder hinzulegen und endlich einmal auszuschlafen.

Nichts brennt hier! Da ist nur der ausgebrannte Kamin mit kalter Asche, die ein Windstoß durch den Kamin gefegt hat, stellt sie fest.

Die unterbrochenen Einsätze der letzten drei Tage haben sie völlig erschöpft.

Nach den Ermittlungen in der Gelsenkirchener Bar 'Sanfter Engel', in der Nacht zum Sonntag, hat Max sie um Mitternacht am Bahnhof Gelsenkirchen abgesetzt, ist in seine Wohnung gehetzt, weil Tochter Andrea folgenden Notruf sandte: „Hab' Liebeskummer, Papa. Kommst du bald? Mama ist weg, wieder nach England geflogen."

Max Teufel lebt seit einem Jahr getrennt. Seine Frau, enttäuscht, weil er völlig in seinem Beruf aufging, baute sich vor einem Jahr in England eine neue Existenz auf.

Das Sorgerecht für die sechzehnjährige Tochter wurde 2003 unter den Eltern geteilt. Das bittere Ende einer Polizistenehe.

Max wird dafür sorgen, dass Andrea bei ihrer besten Freundin untergebracht und versorgt wird und bald zurückkehren, beruhigt sich Elisa.

Übermüdet ist sie nach den Ermittlungen der Samstagnacht mit dem Zug von Gelsenkirchen nach Köln und dann mit der S-Bahn nach Bergisch Gladbach gefahren. Sie war eine Eissäule, als sie endlich ein Taxi fand, das sie nach Lindlar brachte.

Es war schon früher Sonntagmorgen, als sie zu Hause ankam. Ein arbeitsreicher Sonntag folgte.

In einer Videokonferenz der Soko Schneewittchen wurde am Nachmittag der neue Fall der erfrorenen Frau aus dem Rover mit einem Spezialisten, einem Profiler des LKA, durchleuchtet.

Warum?

Um aus kriminalistischer und kriminologischer Sicht die Handlungsweisen des Täters zu verstehen. Gab es gleiche Arbeitsweisen, ähnliche Opfer oder Tatorte in anderen Fällen, oder ist der Fall 'Schneewittchen' ein

Einzelfall? Ergebnis: Ein ähnliches Verbrechen wurde bisher in der Region nicht bekannt oder noch nicht entdeckt. Jetzt kommt es auf die Auswertung der Spuren an.

In diesen Tagen gilt für die gesamte Soko Schneewittchen die These: Allzeit bereit sein. Die Sektion des 'Rover-Opfers' ist an diesem Montagmorgen für 9 Uhr im Rechtsmedizinischen Institut Köln angesetzt.

Was ist das für ein penetrantes Geräusch? Elisa schreckt aus ihren Überlegungen auf und geht noch einmal durch die Wohnung.

Oh je! Mein Handy ist in der Nacht beim Auskleiden in die Sofakissen gerutscht. Fünf neue Nachrichten, und jetzt klingelt es auch noch an der Tür.

Sie blickt aus dem Fenster und erschrickt bis ins Mark.

Ein Streifenwagen, Blaulichtblitze in den Winterhimmel stoßend, steht vor ihrer Einfahrt.

Jetzt weiß ich, was Menschen fühlen, wenn plötzlich ein Streifenwagen vor dem Haus hält.

Ihr erster Gedanke: Einem meiner Kinder oder Max ist etwas passiert.

Mit zitternden Händen schließt sie auf und öffnet die Tür.

„Sonderermittlerin Fuchs? Kommissar Spitznagel, Polizei Overath. Ein neuer Fall, dieses Mal in Overath. Hauptkommissar Marder ist mit der Kölner Spusi am Tatort und bittet, dass jemand aus der Soko Schneewittchen dazukommt."

„Tatort in Overath? Moment mal, ich verstehe nicht."

„Es ist so: Kommissar Marder ist der Meinung, dass es in dem neuen Fall Ähnlichkeiten zum Fall der Erfrorenen Frau in Engelskirchen geben könnte. Wieder ist das Opfer eine Frau. Ihr Chef hat den Kollegen Teufel nicht erreicht, Kommissarin Eck aus Gummersbach wohnt zu weit weg und Sie wohnen ja quasi in der Nähe des neuen Tatortes."

Elisa, völlig überrascht, schluckt. Sie lässt die Info langsam sacken.

„Ein neues Verbrechen?"

„Ja, Frau Fuchs, ich werde Sie zum Tatort, Bergpfad 7, in Overath begleiten. Man hat Sie telefonisch, auch über Handy, nicht erreicht!", wiederholt der Polizeibeamte etwas lauter.

„Gott sei Dank!", ruft sie aus.

„Wieso Gott sei Dank?", fragt Spitznagel, schaut sie fassungslos an.

„Entschuldigung, ein Blaulichtwagen vor der Haustür bringt nie gute Nachrichten. Habe geschlafen wie tot, Telefon und Handy nicht gehört, und mich dann furchtbar erschreckt. Sah nur den Einsatzwagen vor der Tür und dachte, meinem Kollegen oder in der Familie ist etwas passiert ... wollte Ihnen nur meine Erleichterung kundtun, dass meinen Lieben oder Kommissar Teufel nichts geschehen ist. Er fährt zwar oft wie der Teufel, aber ..." Sie atmet, spürbar erleichtert, auf.

„Verstehe", sagt Spitznagel, obwohl er im Moment gar nichts versteht. Diese Kommissarin scheint ein Opfer mangelnden Schlafes oder sogar eines ‚Burnout' zu sein.

„Wir müssen sofort los, Kollegin", drängt er. „Für mich war es keine Mühe, vom Revier in der Hoffnungstaler Straße in Overath den Brombacher Berg hoch bis zu Ihnen zu fahren", erklärt er höflich.

„Danke, Kommissar …"

„Arnold Spitznagel. Ich bin Leiter der Polizeidienststelle Overath."

„Ja, was ist denn eigentlich passiert, Kollege?"

„Der Notruf einer Frau aus Overath hat die Leitstelle Bergisch Gladbach erreicht, die mich informiert hat … Eine leblose Frau im Schnee."

„Bin in fünf Minuten fertig", sagt Elisa.

Auf der Fahrt zum Einsatzort überprüft sie die Nachrichten auf dem Handy.

Fünf neue Nachrichten von Moritz Marder, die ich übersehen habe, denkt sie und seufzt.

***

Es ist 5:55 Uhr, als Elisa und Spitznagel an diesem Montagmorgen, dem 29. November, den Einsatzort in Sichtweite haben.

Ein weißes Zelt im verschneiten Gehölz, oberhalb der Agger. Die nächtliche Szene wirkt surreal.

Ein Rettungswagen kommt ihnen entgegen, ohne eingeschaltetes Blaulicht und Sirenenklang,

„Das sieht nicht gut aus", sagt Elisa. „Der RTW fährt jetzt leer zum Krankenhaus zurück."

„Stimmt, aber der Notarzt-Pkw der Feuerwehr, der den Arzt vom Krankenhaus zum Einsatzort gebracht hat, steht noch vor Haus Nummer 7, höre ich gerade."

Hoffnung keimt auf.

Über Funk erfahren Spitznagel und Elisa, dass es sich bei dem Opfer um die Zeitungsfrau Mia Angstmann handelt. Sie wurde von einer Anwohnerin blutüberströmt und scheinbar leblos im Schnee des Waldwegs aufgefunden.

„Das sind Geschichten am frühen Morgen, und hinter uns werden wir von einem Leichenwagen verfolgt", sagt Spitznagel verhalten und schüttelt den Kopf. „Schlimme Zeichen."

Er macht eine Pause.

„Übrigens, ich kenne das Opfer. Eine fleißige Frau, die Mia Angstmann. Sie bringt auch meiner Familie jeden Morgen die Bergische Zeitung."

Er macht eine bedeutungsvolle Pause.

„Sie wissen doch etwas, Kollege?"

„Ich denke, dass es jetzt mit ihrem Mann, dem Erich, weiter bergab gehen wird."

„Machen Sie es nicht so spannend, erzählen Sie."

„Er ist ein fauler Hund. Hatte alles, was er brauchte; einen Beruf, ein Handwerk, und dann begann er zu trinken. Immer wieder Anzeigen wegen Raufereien und Streitereien."

Das Gespräch wird unterbrochen:

„Leitstelle an Rhena 31/78, wo sind Sie?"

„Rhena 31 an Leitstelle. Der Einsatzort Bergpfad 7 befindet sich in Sichtweite. Sind gleich da. Ende."

„Gegen wen hat sich der Ehemann des Opfers straffällig verhalten?", fragt Elisa.

„Gegen jeden, der ihm dumm kam - wenn er getrunken hatte."

„Sie wollen doch nicht andeuten, dass er ein Mann ist, der sich an seiner Frau vergriffen haben könnte?"

„Nein, so dumm kann er gar nicht sein. Man dreht nicht den Hahn ab, aus dem man trinkt. Jetzt, ohne Frau, hat er jeglichen Halt verloren."

„Interessant", sagt Elisa, steigt aus und geht auf das Tatortzelt zu.

Die letzte Reise der Mia Angstmann

Die tiefste Nacht des Lebens bricht herein.
Der Mond gibt nicht mehr seinen kargen Schein.
Carl Peter Fröhling

„Verdammt nochmal, wer hat denn schon den Leichenwagen angefordert?", sagt ein Ermittler. „Das Opfer wird doch gerade wiederbelebt."

Marder kommt aus dem Schutzzelt: „Vielleicht schafft der Notarzt es doch noch, sie ins Leben zurückzuholen, Kollege."

Er dreht sich um, erblickt Elisa und geht auf sie zu: „Frau Fuchs, schön, dass Sie bereit sind einzuspringen. Der Notarzt ist noch bei dem Opfer, versucht zu reanimieren."

Beide gehen ins Schutzzelt.

„Hören wir doch, was Herr Dr. Auxill, meint."

Der Notarzt, der sich mit gesenktem Haupt über das auf dem Rücken liegende Opfer beugt, schüttelt den Kopf. Er hat den Brustkorb der Frau, die auf einer Plane liegt, freigelegt.

„Schwierig. Moment bitte, bin gleich bei Ihnen …

Ich überlegte vorhin, ob ich einen Rettungshubschrauber ordern sollte, aber …"

Ein Rettungssanitäter entfernt gerade diverse Elektroden, die auf mehrere Wiederbelebungsversuche hinweisen. Eine Infusion wird abgenommen.

Beklommen sieht Elisa auf die Schwerverletzte hinunter, macht sich ein Bild von der Situation.

Eine untersetze Frau in mittleren Jahren. Auffallend sind die kräftigen Hände mit den deutlichen Arbeitsspuren. *Arbeitshände, nun nutzlos und schlaff*, denkt sie

betrübt. An den Füßen derbe Winterschuhe, mit über-
geschlagenen Stricksocken, mit denen sie in der eiskalten Nacht den holprigen Berg hoch gestapft ist, um
etwas Geld dazuzuverdienen ... warm eingepackt, bis
dass der Mörder sie fasste und mit einem harten Schlag
zu Boden warf. Er muss stark gewesen sein. Unter der
bunt gestreiften Mütze der Frau braune Haarsträhnen,
die sich durch die Feuchtigkeit kräuseln. Die Augen fast
schon starr. Rötliche Punkte im Gewebe des äußeren
Augenbereichs. Wurde sie gewürgt? Galt ihr letzter
Blick, bevor sie in die Bewusstlosigkeit sank, dem Mörder, fragt sich Elisa.

Sie entdeckt eine zerrissene Schlaufe am Gürtel:
„Moment, was hängt da am Gürtel?" ruft sie den Kollegen zu.

„Trug das Opfer ein Handy, eine Hand- oder Geldtasche bei sich?"

Fragend blickt sie in die Runde.

„Nein, nichts gefunden bisher", sagt Kommissar Lupe, „nur eine Taschenlampe. Direkt neben dem Opfer,
deren Batterie allerdings leer ist. Wir werden das ganze
Gebiet absuchen und versuchen, das Handy zu orten,
falls es überhaupt eingeschaltet war."

„Sagten Sie Taschenlampe?", mischt sich Spitznagel
ein und ergänzt: „Stimmt, sie war im Winter immer mit
einer Taschenlampe unterwegs."

„Dann ist das ja schon mal geklärt", sagt Hauptkommissar Marder leise, kommt näher und sieht zweifelnd
auf das Opfer, das immer noch vom Rettungsteam verdeckt wird, das sich um die Frau bemüht.

Jetzt richtet sich der Arzt auf, streicht sich über die
Stirn:

„Exitus ... Montag, 29. November 2004, sechs Uhr und vier Minuten", stellt er fest, und unterbricht mit der Todesnachricht die Überlegungen der Ermittler.

Im Moment stehen sie betroffen schweigend da. Es sind Sekunden, in denen sich das Unfassbare der Tat wie graue, nasse Watte erdrückend auf die Schultern der Ermittler und Helfer legt, sie sprachlos zurücklässt. Momente, in denen sie sich klein und machtlos fühlen. Jemand hat ein Schlusszeichen gesetzt.

Von dieser Frau wird nur noch eine Erinnerung bleiben. Es mögen gute Erinnerungen sein, doch ein Mensch muss sie gehasst haben.

„Furchtbar." Elisa Fuchs durchbricht das Schweigen und beugt sich über die Tote. Mit ihrer rechten Hand schließt sie die Augen der Verstorbenen und zieht behutsam die Rettungsdecke über den entblößten Brustkorb.

Knirschen im Schnee. Das Auto des Bestatters kommt den Berg hoch und parkt hinter dem Tatortzelt. Ein Metallsarg wird herausgerollt.

„Würden Sie schon mal den Totenschein ausfüllen, Herr Dr. Auxill?", fragt Marder und hält dem Arzt die Todesbescheinigung hin.

„Ja, mach ich: Kreislaufversagen, Volumenmangelschock wegen Blutungen aus der Nase und dem Ohr."

„Warum wollten Sie einen Rettungshubschrauber ordern?", fragt Elisa nach.

Der Arzt blickt auf. „Spezialklinik, Frau Fuchs. Wegen des Verdachts eines Wirbelbruches, eventuell des 7. Halswirbels. Darunter befinden sich zum Beispiel das Rückenmark, die Luftröhre, große Blutgefäße oder auch die Speiseröhre, die verletzt worden sein könnten. Wir", er zeigt auch auf die Rettungssanitäter, „haben alles versucht. Nada.“

„Was könnte die Ursache der Verletzungen gewesen sein?“

„Vermutlich ein Schlag in den Nacken mit einem nicht ganz glatten Gegenstand, vielleicht einem knorrigen Ast oder Stock.“ Der Arzt dreht den Kopf des Opfers leicht zur Seite und weist auf Rissspuren in der Nackenhaut.

„Darunter sind, wie ich schon sagte, zum Beispiel das Rückenmark, die Luftröhre, große Blutgefäße, auch die Speiseröhre. Außerdem ist die Frau auf hartgefrorenen Boden geknallt. Dann sind da noch Blut-Einsprenkelungen im Bereich der Augen. Sie könnten auf Würgemale im Halsbereich weisen.“

„Schaut mal nach einer Tatwaffe, einem Ast oder Stock im Schnee. Dort wo das Opfer lag“, ruft Marder den Kollegen der Spusi zu.

„Wird gemacht, Chef“, sagt der Frontmann der Spusi, Kommissar Lucas Lupe und erklärt:

„Die Truppe ist gerade dabei, die Abdrücke von den Schuhen des Opfers zu verfolgen, den Berg herunter, und natürlich auch nach neuen, frischen Abdrücken, die der Täter hinterlassen haben könnte, auch Fasern seiner Kleidung, die in diesem stacheligen Gebüsch am Wegesrand hängen geblieben sind. Wir haben sehr tiefe, große Fußspuren, die darauf deuten, dass ein großer Mensch der Zeitungsfrau gefolgt sein muss.“

„Herr Lupe, kennen wir uns nicht aus einem anderen Fall? Mord und eine Kindesentführung?“, fragt Elisa

„Stimmt, Gelsenkirchen, Frau Fuchs. Ich erinnere mich gut.“

„Wie ist denn Ihrer Meinung nach Frau Angstmann den Berg hochgekommen?", fügt sie fragend hinzu.

Kommissar Spitznagel mischt sich ein:

„Entschuldigung, wenn ich mich einmische. Soviel ich weiß, fuhr die Zeitungsfrau stets mit einem alten, blauen VW Polo, der auf den Ehemann Erich zugelassen ist, bis zu einem Platz in der Nähe ihrer Bezirke. Sie parkte frühmorgens im Tal. Wegen der Nummer des Kfz-Kennzeichens höre ich sofort in der Zentrale nach."

„Gut, dann sehen wir doch gleich einmal nach, ob das Auto im Tal steht", meint Marder.

„Ja, und danach müssen wir den Ehemann besuchen und ihm die traurige Nachricht überbringen", fügt Elisa hinzu. „Ein trauriger Job."

Spitznagel kommt aus dem Einsatzwagen.

„Der VW Polo mit dem Kennzeichen GL ET 1030 ist auf Erich Angstmann zugelassen. Der wohnt mit seiner Frau in der Fleischergasse 7, hier in Overath. Er wurde am 11.1.1956 in Wuppertal geboren. 1977 übernahm er die Metzgerei seines Schwiegervaters in Overath."

„Ich schicke den Anwärter Marc Gilles den Berg hinunter", sagt Spusi-Chef Lupe.

„Er soll feststellen, ob sich der VW unten im Tal in der Halteschleife befindet."

„Klar, aber bitte nicht alle Spuren zertrampeln", ruft Marder dem Anwärter nach.

„So typisch", zischt Kommissar-Anwärter Gilles. „Immer sind die Anwärter die Bekloppten."

„Das habe ich gehört, Bursche", sagt Marder, wendet sich grinsend ab und meint: „Lehrjahre sind ..."

„Das sagt mein Vater auch immer", murmelt Gilles gut hörbar und verschwindet im Gehölz.

Aus dem Zelt kommend, unterbricht Bestatter Luctus die Debatte.

„Herr Hauptkommissar, bin eben angekommen, habe mir einen Überblick verschafft. Sie waren beschäftigt. Wollte nicht stören. Ich bereite die Verstorbene zum Transport vor. Ist alles geregelt?"

„Moment, Moment ... Herr Dr. Auxill, ist die Todesbescheinigung fertig?", ruft Marder.

„Natürlich, sofort".

Der Arzt wendet sich überrascht und irritiert an den Leichenbestatter: „Sie sind aber früh dran. Der letzte Atemzug ist gerade" ... er schaut in den Himmel, „auf dem Weg nach oben."

„Ja, Entschuldigung. War zunächst ein Fehlalarm, aber jetzt ..."

„... Passt ja doch", ergänzt der Arzt betrübt. „Die endgültige Todesursache kann nur durch eine Obduktion in der Rechtsmedizin zu Köln geklärt werden."

Nach fünfzehn Minuten setzt sich der Leichenwagen in Bewegung, versinkt mit der traurigen Fracht im Morgennebel des tief liegenden Tals.

„Unser Kommissar-Anwärter hat uns vom Parkplatz eine Sprachnachricht gesendet", sagt Marder und sieht nachdenklich dem Leichenwagen nach.

Das Ermittlerteam hört gespannt die Nachricht ab.

„Auf dem benannten Parkplatz im Ort befindet sich überhaupt kein Fahrzeug, völlige Leere. Wohl aber tiefe Reifenspuren an der beschriebenen Stelle, auf welche die Beschreibung zutrifft. Ich habe sie fotografiert", sagt Gilles. „Ich habe zwei Fußgänger gefragt. Niemand will das Auto oder einen Verdächtigen an der Parkschleife gesehen haben. Nun ja, es ist ja auch noch sehr früh. Kaum jemand unterwegs an diesem Montagmorgen."

Der Erste Hauptkommissar Marder überlegt einen Moment.

„Dann sichert doch die Spuren, falls sie von dem VW sind, Lupe. Zeigen Sie das dem Kleinen."

„Klein", murrt Gilles, der schnaufend ankommt, „das werde ich mir merken."

Marder überhört es. „Wir sollten zunächst zur Wohnung des Ehemanns fahren. Kollege Spitznagel, Sie kennen hier jeden Stein. Fahren Sie hin. Wenn der Ehemann des Opfers zu Hause ist, wird er im Präsidium Köln befragt, denn sein Auto, das seine Frau in der Nacht in der Parkschleife im Tal abstellte, ist, wie Gilles eben sagte, verschwunden...

Das ist seltsam. Sollte Angstmann nicht zu Hause sein, und das Auto auch nicht in der Garage stehen, müssen wir die Fahndung einschalten", bemerkt Marder.

„Das heißt dann: Ringfahndung nach Erich Angstmann und dem VW Polo, auch überregional!" Er zückt sein Handy.

„Verstärkung wäre angebracht. Hauptkommissar Teufel fehlt ..." Er überlegt.

„Ich versuche, Oberkommissar Ansgar Falke von der Kreispolizeibehörde Bergisch Gladbach zu erreichen. Er war schon einige Male in schwierigen Fällen mit dabei."

Marder zeigt auf Elisa, „Wir müssen uns auch noch um den Fall 'Schneewittchen' in Engelskirchen kümmern."

„Kollege Marder, ich habe gerade auch unsere Polizeikommissarin Gotthardt kontaktiert", sagt Polizeikommissar Spitznagel zu Marder.

„Sie wird mit mir zusammen auch in die Sache des verschwundenen Ehemanns einsteigen, ihrem Team sozusagen zuarbeiten."

„Prima", sagt Marder. „Polizeikommissarin Gotthardt kann als Verbindungsglied zu beiden Kommissionen fungieren, zur Soko 'Schneewittchen', geleitet von mir, und der Soko 'Blutschnee', geführt von Kriminaloberkommisar Falke aus Bergisch Gladbach. Er ist schon unterwegs. Sobald er eintrifft, werde ich ihn einweisen. Verbindungen zum Fall der erfrorenen Frau im Rover sehe ich im Moment noch nicht."

Marder ist schon an der Tür seines Wagens, fasst sich an den Kopf und dreht sich noch einmal um.

„Apropos, ehe ich es vergesse. Sollte der Ehemann der Ermordeten im Haus sein und nicht aufmachen: Gefahr im Verzug! Er könnte sich etwas antun, oder ist selbst in den Fall verwickelt. Dann heißt es, das übliche Procedere einleiten: Feuerwehr, Tür aufbrechen. Rein ins Haus. Ich kläre die Formalitäten mit der Staatsanwaltschaft. Erwarte dann aber umgehend Ihre Nachricht mit den neusten Erkenntnissen bezüglich des verschwundenen Wagens und des Ehemanns.

Elisa geht auf die beiden Kollegen zu. „Max Teufel hat sich gemeldet", sagt sie und steckt ihr Handy wieder in ihre Jeanstasche.

Marder nickt, sieht sie fragend an.

„Er fährt jetzt in Gelsenkirchen los, kommt direkt zur Rechtsmedizin Köln, zur Obduktion der ‚Eisprinzessin' und versucht um 9 Uhr da zu sein."

148

„In Ordnung", sagt der Erste Hauptkommissar und schaut auf die Uhr. „Es ist jetzt 7:10 Uhr. Sind Sie fahrbereit, Frau Fuchs? Ich möchte aufbrechen, um die Obduktion nicht zu verpassen. Müssen Sie vorher zu Hause noch etwas regeln?"

„Nein, sehr aufmerksam. Danke. Auf mich wartet niemand. Aber ..."

„Aber was?"

„Eine Frage: Sie haben mich angefordert, weil Sie nicht ausschließen, dass dieser Fall Gemeinsamkeiten mit dem Schneewittchen-Fall hat ..."

„Das stimmt, das konnten und können wir immer noch nicht ausschließen."

„Sie mögen recht haben, aber mein Gefühl sagt, dass hier ein anderer Täter am Werk war. Bei der Zeitungsfrau handelt es sich um ein einfaches, nicht vermögendes Opfer.

Ich habe aus dem Netz ein Bild des Herrn Angstmann gefunden. Ich muss sagen, dass ich mir diesen grobschlächtig aussehende Mann nicht in einem Luxus Reisebus als Verführer vorstellen kann. Er ist auch nicht in der Passagierliste eingetragen."

„Falscher Name, Frau Fuchs? Da wäre er nicht der Einzige, der so durch die Weltgeschichte fährt. Sie mögen ja richtig liegen, doch Menschen sind wandelbar, wenn es um ihren Vorteil geht. Warten wir doch alle Ergebnisse ab und legen uns noch nicht fest."

Moritz Marder sieht sie an. „Frau Fuchs, Sie sehen sehr müde aus. Die Recherchen in Gelsenkirchen am Wochenende, die Konferenz gestern am Sonntagnachmittag und jetzt ein neues Opfer, das ist hart."

„Stimmt."

„Womit kann ich Sie denn jetzt etwas aufmuntern, zufriedener machen, Frau Fuchs?"

„Eine große Tasse Milchkaffee und ein ebenso großes Croissant würden mich glücklich machen und für mangelnden Schlaf entschädigen."

„Ja, wenn das so einfach ist, liebe Kollegin, dann mache ich Sie gerne glücklich. Dienstlich, versteht sich."

Ein Hauch Vergänglichkeit

Warm ist das Leben.
Kalt ist der Tod.
Deutsches Sprichwort

Der Sektionssaal, in dem die Autopsie der Katharina Jankowski stattfindet, wirkt kühl und steril. Kein Ort, an dem Leiden kuriert, sondern Verstorbene, zumeist Opfer, seziert werden.

Ähnlich wie bei Operationen entnehmen Rechtsmediziner den Leichen Gewebeteile und Organe. Verdächtiges Material wird untersucht, Beweisketten werden erstellt, mit dem Ziel, die Todesursache des Menschen, der vor ihnen liegt, und die Hintergründe seines Todes zu entschlüsseln.

Die Kleidung der Rechtsmediziner gleicht der Arbeitskleidung von Operateuren. Klinisch rein. Es dürfen keine neuen Spuren gelegt werden.

Belastende Hinweise, die ein Täter am Tatort oder Opfer hinterließ, werden gesichert, um Täter oder Täterinnen zu entlarven und Unschuldige von einem Verdacht reinzuwaschen.

An diesem Montagvormittag wird Katharina Jankowski obduziert.

Sie wurde am vergangenen Samstagmorgen im Kofferraum ihres Rovers vor einer Autowerkstatt in Engelskirchen tot aufgefunden. Der bereits ermittelte Tatort: ein Parkplatz mit Toilettenraum an der A4.

Anwesend ist neben der Rechtsmedizinerin Professorin Alma Rigens das Team der Soko 'Schneewittchen' mit dem ersten Hauptkommissar Moritz Marder, Sonderermittlerin Elisa Fuchs, Hauptkommissar Max Teufel, der Gummersbacher Hauptkommissarin Maria Eck und der Pathologie-Studentin Laura Schultheis.

Schon während sich Rigens und ihre Assistentin einen frischen Kittel und Handschuhe überstreifen, beginnt die Professorin mit ihrem Bericht:

„Die Obduktion, auch Autopsie oder Sektion genannt, umfasst – wie bei einer großen Operation – eine eingehende äußere und innere Untersuchung der Verstorbenen."

Für die Kommissare Marder und Teufel, Sonderermittlerin Elisa Fuchs und Hauptkommissarin Maria Eck ist es nicht die erste Obduktion, bei der sie anwesend sind, doch für die Anwesenden ist dieser aktuelle Fall besonders rätselhaft.

Die Blicke sind auf die Kühlkammer gerichtet, während Rigens fortfährt: „In der Kühlkammer beträgt die Temperatur etwa fünf Grad Celsius."

Schon öffnet sich die Tür, ein Gerichtsdiener schiebt auf einer Bahre die Leiche der Katharina Jankowskis herein und legt sie auf den blitzenden Aluminium-Seziertisch.

Respektvoll, und mit gewissem Abstand, um Fremdspuren zu vermeiden, versammeln sich die Ermittler um den Seziertisch.

„In diesem OP-Raum herrschen ganz normale Temperaturen von etwa zwanzig Grad Celsius, also kein Grund für Sie zu frösteln", betont Rigens.

Dennoch wirkt die Atmosphäre kalt, denkt Elisa.

„Ich arbeite beim Sezieren von außen nach innen", erklärt Rigens.

„Ich sage meinen Studenten immer: Wie bei einer Zwiebel, Schicht für Schicht wird der Körper genau in Augenschein genommen. Die Untersuchung kann alle oder auch nur einzelne Organe betreffen. Sie dauert in der Regel ein bis zwei Stunden."

Elisas kann ihren Blick nicht von dem Seziertisch wenden. Unter einem schneeweißen Tuch zeichnen sich die zarten Konturen des Opfers ab. Ein schneeweißes, frisches Laken, auf dem noch die scharfen Falten der Heißmangel zu erkennen sind. *Alles blitzsauber, klinisch rein und kalt*, denkt sie.

Das Team verbindet eine Erinnerung an den vergangenen Samstagmorgen. Es ist erst 52 Stunden her.

Das Bild einer mit Raureif bedeckten Frau, in gekrümmter Haltung, gefangen im Kofferraum eines abgeschleppten Rovers. Das werden sie nie vergessen.

Professorin Rigens zieht mit einem Handgriff das Leichentuch weg, das ihre Assistentin sogleich dienstbeflissen entfernt.

Jetzt, im kalten Neonlicht, wird der elfenbeinfarbene, schlanke Körper einer Frau sichtbar.

Wie eine Marmorstatue, denkt Elisa und schluckt.

Die mittelblonden Haare sind zurück gestrichen, die Augen geschlossen. Um den Hals ist eine ringförmige Druckstelle sichtbar. Blass erkennbar sind seitlich am Hals dunklere Stellen.

„Die Leiche kam direkt nach ihrer Ankunft, am Vormittag des 27. November, in den Kühlraum des Instituts. Die Temperatur beträgt dort, wie ich schon erwähnte, 5 Grad Celsius. Die Leiche wurde entkleidet, die Kleidung und das Opfer wurden auf Spuren untersucht. Dann wurde die Totenstarre an einem Gelenk gebrochen, um zu prüfen, ob sie sich wieder bildet. Das kann der Rechtsmedizin Hinweise zur Todeszeitbestimmung geben. Darauf werde ich hier nicht weiter eingehen.

Nach dem Auftauen wurde Katharina Jankowski, geboren am 19.9.1965 in Warendorf, Westfalen, sofort mit Namen und Geburtsdatum versehen. Das ist immer wichtig", fügt Dr. Rigens hinzu, „um Verwechselungen zu vermeiden.

Zu meiner Lehrzeit wurde den Verstorbenen ein Etikett mit den Personalien an den großen Zeh gebunden. Das wirkt makaber, doch Verwechselungen können verhängnisvolle Folgen haben. Das nur beiläufig zur Erklärung.

Im Laufe des gestrigen Sonntags ist das Opfer, natürlich auch auf Veranlassung Ihrer KTU Kollegen, auf besondere, äußerliche Merkmale und Spuren untersucht worden, die Kleidung inbegriffen. Das erwähnte ich schon. Die Kleidung befindet sich noch in der KTU, denn im Hinblick auf die Täter-Opferspuren sind noch nicht alle Fragen durchleuchtet, einige Ergebnisse stehen noch aus. Es ist auch möglich, dass von Ihnen, dem Ermittlerteam, sich noch Fragen ergeben, die weitere Untersuchungen nach sich ziehen."

„Haben Sie Leichenflecken entdeckt?", fragt Elisa.

„Ja, sehr schwache, hellrosa Flecke, an den Auflageflächen, die man bei Erfrierungsopfern manchmal vorfindet ... doch ich ahne, dass Ihre eigentliche Frage lautet: War das Opfer tot, als es erfror?"

Elisa nickt.

„Da muss ich ausholen ... Sie sehen schwache Würgemale und eine ringförmige Verfärbung um den Hals, leichte blutige Einsprenkelungen im Augenbereich, die schon fast nicht mehr sichtbar sind", die Rechtsmedizinerin zeigt auf das Opfer. Elisa kommt näher, schaut hin.

„Der Täter, die Täterin? Wir sprechen immer von Tätern, aber in der heutigen Zeit, das muss ich betonen, werden und sollten wir bei jedem Verbrechen an weibliche Täter denken und das sprachlich auch so formulieren.

Zurück zu den Spuren am Hals: Jemand könnte dem Opfer eine Schnur oder einen Gürtel um den Hals gezogen haben", sie weist auf die ringförmige Verfärbung am Hals.

„Ich denke da auch an eine Handtasche mit schmalen Riemen und an folgendes Szenario: Die Frau will flüchten. Der Täter zieht die Frau an den Riemen der Tasche, die sie wahrscheinlich um den Hals trug, zu sich heran ... Fragen Sie die Angehörigen, ob das Opfer solch eine Handtasche trug."

„Eine Handtasche wurde bisher nicht gefunden", sagt Max.

„Die Mutter des Opfers berichtete, dass ihre Tochter eine Handtasche bei sich trug, in welche sie einen Umschlag mit dem Weihnachtsgeld der Mutter, € 200, einsteckte", weiß Elisa. „Das habe ich zu Protokoll gegeben. Wir gehen davon aus, dass der Täter sie irgendwo ins Gebüsch oder in einen Müllcontainer geworfen hat. Die Suche dauert an.

Vielleicht hat der Täter die Tasche mit allen Papieren, Portemonnaie, Ausweis, Kreditkarten, et cetera mitgenommen und treibt Unfug damit. Im Wagen des Opfers, in der rechten Seitentür, fanden wir nur die Kfz-Papiere. Die zuständigen Behörden wissen Bescheid. Wir werden das klären. Unsere Frage ist ..."

„Ich weiß, Frau Fuchs, der Todeszeitpunkt. Meine Erklärung: Die Totenstarre - Rigor mortis - beginnt im

Normalfall etwa 1-2 Stunden nach dem Tod am Kiefer-gelenk und geht von den oberen Extremitäten langsam in die unteren Gliedmaßen über. Die vollständig ausge-prägte Starre ist nach 6 bis 8 Stunden erreicht. Das alles bei normaler Zimmertemperatur. Sie löst sich dann nach etwa 2 bis 3 Tagen langsam wieder auf."

„Zur nächtlichen Tatzeit herrschten 11 bis 13 Grad minus", sagt Marder. „Unsere Frage nach der Todesur-sache: Wurde Frau Jankowskis erwürgt oder ist sie erfroren?"

„Ich sehe das so", sagt Rigens: „Beide Möglichkeiten sind denkbar. Das Würgen hat ihre Atmung stark be-engt, fast unmöglich gemacht. Die Strangulation mit dem Riemen, das ist jetzt eine Annahme, kam ver-schlechternd hinzu. Das Opfer 'japste', ganz lapidar ausgedrückt, rang verzweifelt nach Luft. Doch noch nicht genug."

Die Rechtsmedizinerin macht eine Pause, schaut in die Runde.

Die Tür des Sektionsraumes geht auf.

Alle sehen auf und die Rechtsmedizinerin unterbricht irritiert ihren Text.

„Kriminaloberkommissar Ansgar Falke", stellt sich der Mann vor und macht doch tatsächlich eine ange-deutete Verbeugung.

„Kommissar Marder hat mich am Morgen ins Team eingeteilt, ich habe es nicht eher geschafft."

Marder nickt ihm zu und flüstert: „Ich hatte Sie ei-gentlich für die Overather Soko 'Blutschnee' vorgesehen, aber es ist gut, wenn sich das ganze Team einen Ein-druck unserer aktuellen Arbeit verschafft."

Rigens ist irritiert, räuspert sich:

„Fertig? Dann hören Sie alle gut zu", sagt sie und fährt unberührt fort:

„Der Täter muss in seine Tasche gegriffen und dem Opfer klebrige Süßigkeiten, wir gehen von Marshmallows aus, mit Gewalt in den Rachen gedrückt haben, ein seltsamer und grausamer Modus operandi. Verhängnisvoll. Ich habe das während meiner Arbeit hier, in den letzten fünf Jahren, noch nicht erlebt. Die süße Masse schmolz und verklebte die ohnehin schon geringe Luftzufuhr des Opfers."

„Am Hang des Toilettengebäudes wurde solch eine Tüte gefunden und untersucht, teilte uns die Spurensicherung mit", sagt Elisa. In der Zwischenzeit hat sie den neu hinzugekommenen Kollegen unauffällig taxiert.

Der sieht ein wenig aus, wie unser Kollege Nachmüller aus Gelsenkirchen. Auch so ein schlanker Typ, grau wie die Metalltüren eines Aktenschrankes. Korrekt und mit wachen, blaugrauen Augen. Ob er auch so ein exzellenter Ermittler mit tiefgründigem Humor wie Kommissar Nachmüller ist, fragt sie sich.

Ein Lächeln trifft Elisa. Sie ist zufrieden. *So steif wie Falke auf den ersten Blick wirkt, ist er also gar nicht*, denkt sie und wendet ihre ganze Aufmerksamkeit wieder den Erläuterungen der Rechtsmedizinerin zu.

„Und der Todeszeitpunkt?", fragt Kommissarin Eck.

„Da muss ich erst einmal auf die Leichenstarre zurückkommen. Wie ich schon erwähnte, setzt bei Zimmertemperaturen die Leichenstarre ein bis zwei Stunden nach dem Tod ein.

Es kann aber auch sein, dass die Starre der Muskeln früher beginnt, zum Beispiel bei großer Kälte. Ich erwähnte schon am Tatort, dass Kälte die Zeit einfriert."

„Ja, ich erinnere mich", sagt Elisa.

„Wenn die Körpertemperatur unter 33 Grad sinkt, schlägt das Herz langsamer bis zum Tod, auch die warme Kleidung konnte das Opfer nicht genug schützen", fügt Rigens hinzu.

„Die Kleidung bestand aus einem Angora Hemd, einem Büstenhalter, Unterhose und Strumpfhose aus dicker Baumwolle. Darüber kamen ein warmer Wollrock, ein Lambswool Pullover und eine roter, breiter Schal aus Mohair.

Ich schätze, dass die Frau, als sie in den Kofferraum gestoßen wurde, durch die Atemdepressionen keine volle Stunde in dem eiskalten Kofferraum überlebt hat. Ein Rettungsteam hätte eventuell durch Intubation der Atemwege die Lage ändern, die Frau retten können. Das ist aber illusorisch, Hilfe wurde nicht geholt. Derjenige, der ihr das angetan hatte, flüchtete. Diese Frau ist in ihrer Hilflosigkeit verlassen worden. Nach einiger Zeit erlosch die Gehirnfunktion. Das Herz setzte aus. Ein schrecklicher, qualvoller Tod im eisigen Frost."

Schweigen.

„Ich kann Ihnen versichern, dass Frau Jankowski im Fahrzeug, im Kofferraum gestorben ist. Vielleicht auch erst während des Abschleppvorgangs."

Kopfschütteln und überraschte Blicke.

„Ich verstehe Ihre Überraschung. Frau Jankowskis Fingernägel sind auf Spuren untersucht worden. Es wurden Fasern der filzartigen Auskleidung des Kofferraums und kleinste Kratzspuren innen in der Auskleidung des Kofferraums gefunden."

Das Team hört mit betroffenen Minen zu und beugt sich mit verstörten Gesichtern über das Opfer.

Die Rechtsmedizinerin erläutert weiter:

„Ein grausamer Tod. Wäre der Rover bei Tag in die Werkstatt gekommen, hätte man den Kofferraum sofort geöffnet und ... das ist vergossene Milch, war nicht vorhersehbar. Der Täter wusste genau, dass niemand in der Tatnacht in den Kofferraum sehen würde. Er ist von gefährlichster, kaltblütigster Natur.

Die Fingernägel: Unter den Nägeln von Zeige- und Ringfinger der rechten Hand wurden geringe Blutspuren gefunden. Wenn sich das Opfer nicht selbst vor Verzweiflung gekratzt hat - das stelle ich hier nicht fest - dann hätten Sie bald die DNA des Täters. Er müsste Kratzspuren davongetragen haben.

Der vorläufige Bericht der KTU wird Sie am Nachmittag erreichen. Meine endgültigen, schriftlichen Ergebnisse haben Sie morgen.

Noch einmal zurück zu den Leichenflecken und deren Verschwinden:

Die hellrosa Leichenflecke sind nach dem Umlagern in der Rechtsmedizin, nach dem Auftauen, verschwunden. Das geschieht häufig, wenn der Körper umgelagert wird. Die Flecken entstanden an den Auflageflächen des Körpers im Auto, am Oberkörper, dem Gesäß, den Ellenbogen und den Unterschenkeln. Sie müssen sich vorstellen: Das Opfer wurde mit angezogenen Gliedern in den Kofferraum gepresst, quasi in einer hockenden Stellung.

Das sind meine bisherigen Feststellungen und ich beginne jetzt mit der eigentlichen Sektion."

Als die Pathologie-Studentin zur Säge greift und die Professorin sich anschickt, eine tiefe V-förmige Linie in den Brustbereich der Toten zu schneiden, verlässt Elisa den Saal.

Es ist nicht die erste Obduktion, der sie beiwohnt, aber was sie gehört hat, verschlägt ihr den Atem, und das durchdringende Geräusch der Säge macht es auch nicht besser.

Ich bin nachts an dem Abschleppauto vorbeigekommen, in dem eine Frau lag, die um ihr Leben kämpfte.

In den letzten Tagen ist Elisa einfach alles, was auf sie einstürmt, zu viel.

Falke tritt mit qualmender Zigarette neben sie.

„Auch eine?", fragt er.

„Nein, danke, ich rauche nur gelegentlich. Jetzt nicht. Mir ist so schon flau genug."

Sie holt sich ein Glas Wasser, stürzt es hinunter, trinkt ein zweites und denkt an die blutigen Schlachtszenen nach dem Krieg im kalten Backhaus ihres Vaters, dem kleinen Mörderhaus, wie sie es als Kinder nannten, in dem man am Schlachttag den Tod roch. Und hier riecht auch alles nach Tod.

Sie streckt sich, schüttelt Erinnerungen ab und nickt Falke zu. Sie atmet tief durch und betritt erhobenen Hauptes erneut den Seziersaal.

Schon vernimmt sie die klare und durchdringende Stimme der Rechtsmedizinerin:

„Das Zungenbein ist nicht gebrochen ... zäher Schleim in der Luft- und Speiseröhre ..." und ein wenig später: „Ein sexuelles Verbrechen scheidet aus."

Rigens nimmt Schleim-Gewebe und Organproben.

„Wenn das Opfer im Kofferraum des Rovers noch lebte – und das zeigen die Kratzspuren, könnte die Spurensicherung noch ein feines Sprühbild vom Röcheln in der Innenseite des Kofferraums finden. Ich habe Kommissar Lupe schon informiert."

Stille.

Die Pathologin setzt ihre Arbeit fort.

„Für besonders zeitaufwändige Untersuchungen müssen noch einzelne Organe entnommen und untersucht werden. Es könnte sein, dass diese Frau krank war, abgesehen von dem Verbrechen. Ich kann jetzt deutlich am Gewebe erkennen, dass nun, auch begünstigt durch die Raumtemperatur, die Autolyse der Zellen, das Vergehen dieses Menschen rasch weiter fortschreitet."

„Der Ehemann der Verstorbenen möchte seine Frau noch einmal sehen und sie identifizieren", sagt Elisa.

Die Professorin runzelt die Stirn:

„Ich habe die Akte eingesehen, nun ja, mit an Sicherheit grenzender Wahrscheinlichkeit hat er mit dem Tod seiner Frau nichts zu tun ... obwohl er seine Frau hätte glücklicher machen können."

Aufhorchen der Ermittler.

„Alte Druckstellen an dem zarten Körper, die nichts mit diesem Verbrechen zu tun haben, deuten darauf hin, dass dieser Herr Jankowski auch schon mal die Hand erhob."

„Schlug er sie?", fragt Elisa.

„Wenn es nicht ein Anderer war ... Ja."

Lähmende Stille, Kopfschütteln.

Die Rechtsmedizinerin verabschiedet sich und dreht sich doch noch einmal um:

„Wie ich eben hörte, haben wir morgen erneut das Vergnügen", sagt sie sibyllinisch und verschwindet mit ihren quietschenden Gummischuhen auf grauem Balatum Boden in den unteren Gängen der Rechtsmedizin.

„Ein unangenehmer Bursche, dieser Herr Lehrer, der Jankowski", raunt Marder.

Elisa setzt den Kollegen Ansgar Falke in kurzen Sätzen über den Charakter des Ehemanns der Ermordeten in Kenntnis.

„Ich brauch' jetzt einen heißen Kaffee", fügt sie hinzu.

„Und ein Croissant dazu", vollendet Max den Satz.

„Und ich einen Schnaps", sagt Marder.

„Ich hätte gerne zwei!", säuselt Kommissarin Eck.

Ist sie eine Schnapsnase?, überlegt Elisa erstaunt. Ich hätte eher auf eine Pfefferminztee-Frau getippt.

„Einen Schnaps bitte nur für jeden, ist das klar?", sagt Marder mit Nachdruck.

„Kollege Falke, möchten Sie auch etwas trinken?"

„Ja gerne. Ich bin dabei."

„Dann jetzt ab in die Kneipe 'Zur alten Instanz'. Dort stoßen wir auf gute Zusammenarbeit an."

Er geht als Erster schwungvoll auf das Lokal zu und öffnet die Tür.

„Danach treffen wir uns gestärkt und nicht angeheitert um 14 Uhr im Präsidium, klar?"

Alle nicken, keiner widerspricht, doch ein angedeutetes Lächeln ist in einigen Gesichtern zu erkennen.

Das Gesicht der Kollegin Eck wird von feiner Röte überzogen. *Sie kennt unseren Chef noch nicht*, denkt Elisa und nickt der Kollegin zu.

„Ach noch was…", sagt Marder. Er kratzt durch sein dichtes, dunkles Stoppelhaar und rückt die dunkle Hornbrille gerade:

„Das habe ich ganz vergessen. Der Kollege Falke wird federführend für die Soko 'Blutschnee' zuständig sein."

„Das hat sich doch längst rumgesprochen", klingt es im Chor.

Falke hebt sein Glas.

„Noch etwas", sagt Marder, „die Presseleute sitzen mir im Nacken, seitdem sie von dem zweiten Todesfall in Overath erfahren haben. Wie Fliegen, die einen Honigtopf wittern. Na ja, wir brauchen die Presse zur Aufklärung und sind dankbar dafür. Pressekonferenz im Morddezernat Heute um 18 Uhr."

Wir jagen einen Schatten

Der Tod ist uns so nahe, dass sein Schatten stets auf uns fällt.
Johann Geiler von Kaysersberg

Aufgeräumt und schwatzend sitzt das Team nach der Mittagspause im Kommissariat.

Hauptkommissar Lucas Lupe, Chef der Spurensucher, kommt hinzu.

„Ich habe Neuigkeiten", erklärt er und richtet seinen Laptop ein.

„Ich erkläre euch alles. Ihr könnt es ausdrucken, als Nachtlektüre, weil ich vernahm, dass ihr nichts anderes zu tun habt", er lächelt verschmitzt.

„Zum Fall Schneewittchen: Auf dem Rastplatz an der A4 fanden wir folgende Spuren des Opfers: Fingerabdrücke, Haare, die darauf deuten, dass der Täter sie an den Haaren gezogen hat und Fußspuren, die mit den Schuhen des Rover-Opfers identisch sind.

Folgende Spuren des Opfers sind auch im Auto gesichert worden: rote Wollfasern von einem Schal und vom schwarzen Rock des Opfers, auf dem Fahrersitz und im Kofferraum des Rovers."

„Wo im Kofferraum?", fragt Eck.

„Aha, Kollegin, Sie wollen mich prüfen? Ich habe den Bericht der Rechtsmedizinerin gesehen. Sie hat doch genau beschrieben, wo im Rover sie Kratzspuren vermutet hat. Daraufhin haben wir nachgeschaut und die Gerichtsmedizinerin hatte tatsächlich recht."

„Ja, stimmt, war mir nicht so klar." Eck errötet.

„Außerdem sind Hautpartikel unter den Fingernägeln des Opfers gesichert worden und Kratzspuren im Filz der Innenverkleidung des Wagens", bestätigt der Spurensucher und fährt fort:

„Diese Haut- und Blutspuren unter den Fingernägeln des rechten Zeige- und Ringfingers der Toten reichen für diverse Auswertungen, zum Beispiel zur Erkennung der Blutgruppe und Feststellung der DNA. Letztere wird etwas dauern.

Da ist noch etwas. Eine winzige Blutspur haben wir an der Außenseite des Fahrersitzes gesichert. Sie stammt auch von der gleichen Person, vom Täter.

Das Opfer muss ihn gekratzt, Gegenwehr geleistet haben.

Der Fahrer des Abschleppwagens sagte, dass der Verdächtige groß und schlank war und eine dunkle Wollmütze trug", fährt Lupe fort. „Sie war tief ins Gesicht gezogen, wahrscheinlich um eine Kratzverletzung zu verbergen. Doch 'wahrscheinlich' gilt nicht in der Ermittlersprache. Entweder oder."

Lupe schlägt eine neue Seite auf.

„Zusammengefasst habe ich dann noch folgende Ergebnisse vom Tatort 'Reisebus': Haare und Fingerabdrücke des Täters und Speichelspuren aus einem Wasserglas, das Polizeikommissarin Gotthardt am Tatabend im Bus sicherte.

Im Führerhaus des Abschleppwagens gibt es jede Menge Wollfasern - angeblich trug der Bursche, der Mann, der den Abschleppdienst rief, eine dunkelblaue Caban-Jacke.

Fingerabdrücke und Haare, die von einem Toupet stammen könnten, fanden wir ebenfalls. Wir müssen sie noch mit den Haarspuren vom Sitz des Verdächtigen im Reisebus vergleichen.

Elisa und Max sind der festen Meinung, dass der Ehemann des Opfers, Jankowski, kein Toupet, sondern dichtes, dunkles Haar hat. Sicherheitshalber wurde eine Haarprobe genommen, die den beiden recht gibt. Keine

Übereinstimmung mit den Proben im Bus." Lupe sammelt sich und fährt fort mit seinem Bericht:

„Der Luxus-Reisebus ist am Sonntag von Hamburger Kollegen auf Spuren untersucht worden...

Moment mal, freut euch: Gerade erreicht mich eine Nachricht unseres Labors. Die Haare des reisenden Charmeurs, des Verdächtigen aus dem Bus, sind identisch mit den Haaren am Vordersitz des Rovers."

Lupe strahlt.

Der freut sich darüber wie über einen Sechser im Lotto, denkt Elisa. Die Haare vom Toupet eines vermeintlichen Mörders machen ihn glücklich.

Elisa wirft ein: „Der charmante Mörder saß im Bus und hat eventuell unter den betagten Damen sein nächstes Opfer avisiert".

„Kollegin Fuchs, ich muss doch sehr bitten, das ist jetzt aber doch sehr weit hergeholt", kritisiert Marder.

„Ich finde, dass sie recht haben könnte", meint Lupe und erklärt. „Der Toupet Träger hat seine Sitznachbarin umgarnt und beklaut. Was wäre passiert, wenn er nicht ertappt worden wäre?"

„Das überlasse ich jetzt den kriminalistischen Fantasien der Kollegin Fuchs. Das Voraussehen von Verbrechen ist jetzt nicht unser Thema."

„Okay, ich behalte es einfach mal so im Kopf."

„Tun Sie das."

Lupe fährt begeistert fort: „Wir wissen jetzt, dass der Täter eine Glatze oder Halbglatze hat und diese mit einem Toupet verdeckt. Das stammt von einem sehr exklusiven Toupet-Hersteller, nämlich der Marke 'Hairtalk'. Die ist durch einen besonderen Klebstoff erkennbar und benutzt niemals Haare asiatischer Herkunft. Diese Klebstoffsubstanz haftet an zwei Haaren, die an seinem Sitz im Bus sichergestellt und untersucht wurden."

„Hairtalk! Sprechende Haare!" Marc Gilles prustet. Er kann ein Lachen nicht unterdrücken.

Marder runzelt die Stirn, mault: „Gilles, reißen Sie sich am Riemen! Was ist denn heute in Sie gefahren?"

Dann muss er selber grinsen.

Er nickt und sagt: „Das wäre ein Ansatzpunkt, bei dieser exklusiven Firma nachzuhören, wer zu ihrem Kundenkreis gehört."

Lupe fährt fort: „Stimmt, Chef. Die Firma hat Ihren Sitz in Düsseldorf und rate mal wo?"

„Auf der Kö!"

„Nicht ganz, aber in der Nähe. Ich werde etwas arrangieren. Doch jetzt muss ich erst einmal meine Liste abarbeiten."

Unberührt von dem immer noch kichernden Anwärter fährt Lupe fort:

„Die Spuren vom Rastplatz sind dem gleichen Mann, unserem Toupet-Träger zuzuordnen. Eine Tüte mit zwei Marshmallows wurde am Hang, hinter dem Toilettenhäuschen gefunden, das noch einmal zur Erklärung der Verklebungen im Rachen des Rover-Opfers."

Marder räuspert sich vehement und hebt die Hand: „Habt ihr eigentlich dem Fahrer des Abschleppwagens und den Passagieren der Single-Reisegruppe Lichtbilder einschlägig vorbestrafter Täter vorgelegt?"

„Natürlich, Chef! Kollegin Gotthardt hat schon am Freitagabend mit unserm Anwärter Marc Befragungen im Bus innerhalb der Reisegruppe vorgenommen und dokumentiert", sagt Elisa.

„Und der Fahrer des Abschleppwagens, Nachtmann, ist am Samstag hier in Köln vernommen und mit der Lichtbildkartei im Erkennungsdienst konfrontiert worden. Leider ohne Erfolg", fügt Kommissarin Eck hinzu, die seit dem Wunsch nach einem zweiten Schnaps geschwiegen hat.

„Stimmt, Kollegin. Meine Gehirnzellen ...“

Sind auch nicht mehr so frisch, denkt der pfiffige Anwärter Gilles, sagt aber nichts und freut sich, dass er nicht der Dumme ist.

Lucas Lupe fährt fort: „Einige Vernehmungen, zum Beispiel von Reisenden aus Wiesbaden und Frankfurt stehen noch aus.

Die Damen und Herren sind gestern Nacht erst wieder von ihrer mörderischen Abenteuerreise nach Hause gekommen. Es handelt sich in der Mehrzahl um ältere Herrschaften, teilweise um jung gebliebene Achtziger.“

Unterdrücktes Kichern ist zu vernehmen.

„Was ist denn nur los. Kichern Sie nicht so albern! Ich werde mich hüten, noch einmal Schnaps zu spendieren. Achtziger können, sollen und dürfen das Leben genießen", sagt Marder und fügt, plötzlich sehr aufgeräumt, hinzu:

„Meine Schwiegermutter geht zum Beispiel zu Tanztees. Jetzt versucht sie sich in der Gymnastik mit einem Hula-Hoop-Reifen und hat sich in einer Gruppe angemeldet. Wir müssen nur aufpassen, dass die Senioren nicht auf Schwindler hereinfallen, die nur auf das Ersparte spitz sind.“

Jetzt hat er die Lacher auf seiner Seite.

Ist das die kleine Runde Jägermeister, fragt sich Elisa, oder warum ist der Chef so aufgeräumt?

„Ich meine das sehr ernst", fährt Marder fort. „Alte Leute leben heutzutage besonders gefährlich. Strickstrümpfe und Häkeln am geschützten Kamin sind out. Oft fallen die Leutchen auf dubiose Bettel- und Hilfeanrufe herein. Aber das nur nebenbei. Helfen Sie solchen Menschen als Freund, als Helfer und Ratgeber, damit sie im Alter nicht auf Gauner hereinfallen.

Bevor wir aufbrechen, nun wieder zur Sache, Kollege Lupe. Ich habe Sie mit meinem Vortrag unterbrochen."

„Klartext, Chef, knapp zusammengefasst: Die Herrschaften aus dem Reisebus werden in ihrer Heimatbehörde noch einmal gründlich befragt, unter Vorlage von Bildern von Männern, die bei uns als Betrüger, Hochstapler, Heiratsschwindler und Erpresser besonders brutal in Erscheinung getreten sind. Die Ergebnisse sollen morgen früh vorliegen, mal ganz optimistisch ausgedrückt."

„Um das abzuschließen und zu verdeutlichen", sagt Marder. „Wir suchen einen Täter, der die Kunst des Verstellens kennt, und zwar mit Bravour. Ein höchst gefährliches Exemplar, ein Chamäleon."

Auf den Spuren des Metzgers

Hinterlist und Heimtücke sind die Stärken der Schwachen.
Werner Mitsch

„Weil Sie gerade wieder greifbar sind, Kollege Lupe", sagt Marder. „Sie waren am frühen Morgen in Overath und fahren gleich wieder hin. Zur Erinnerung: Für 18 Uhr ist ein Pressegespräch angesetzt."

Marder setzt sich, sieht Lupe durchdringend an und fährt fort:

„Bereiten Sie bitte eine Liste über neue Erkenntnisse zu dem Fall der ermordeten Zeitungsfrau und dem verschwundenen Metzger vor."

„Ist doch selbstverständlich."

Marder wendet sich jetzt an Oberkommissar Falke, der gerade hereingekommen ist: „Kollege Falke, tauschen Sie sich mit den Kollegen und Kommissarin Gotthardt aus. Was bis jetzt herausgekommen ist, betrifft Ihre Soko ‚Blutschnee' ganz besonders."

„Willkommen im Team, Ansgar", sagt Lupe, klopft dem neu hinzugekommenen Mitglied auf die Schulter und rückt näher.

„Meistens duzen wir uns hier", er beugt sich vor und sagt verhalten: „Marder ist unser Chef, aber ich glaube, er mag es, als Chef angeredet zu werden."

„Danke für die Info. Das ist in Ordnung, Lucas."

Lupe beginnt mit seinen Erläuterungen: „Chef, Kollegin Barbara Gotthardt ist noch mit einigen Kollegen und Kolleginnen der Spusi vor Ort. Die Spurensicherung in und um den Tatort ist in vollem Gange", erklärt er. „Ich fahre gleich wieder hin und nehme den Anwärter mit.

Am Hang in Overath, dem Tatort, gestaltet sich die Spurensuche schwierig. Wir haben das verschneite Gebüsch durchkämmt. Der Schneefall, der nicht aufhört, behindert die Spurensuche erheblich. Der Wetterbericht ist uns nicht gewogen. Darum erwarte ich weitere Ergebnisse der Spurensuche erst gegen 17 Uhr. Ich fahre los und berichte dann."

„Dann komme ich jetzt mit dir und Marc Gilles zum Tatort und dem Haus des Opfers, Lukas", bemerkt KOK Falke und erhebt sich. „Ich muss mich in den Fall einarbeiten."

Telefonkonferenz

„Hören Sie doch eben noch, was Polizeioberkommissarin Gotthardt zu berichten hat", räumt Marder ein. „Wir haben gleich eine Telefonkonferenz."

„Die werde ich von Overath aus verfolgen, Chef", sagt Falke und eilt mit Lupe davon. „Ich muss zur abendlichen Pressekonferenz gut vorbereitet sein."

„In Ordnung", brummt Marder.

Die Tür des Besprechungsraums schließt sich hinter Lupe, Falke und Gilles.

***

Polizeioberkommissarin Barbara Gotthardt schaltet sich telefonisch ein und wendet sich an Marder:

„Herr Hauptkommissar, ich bin am frühen Morgen mit meinem Chef, dem Overather Dienststellenleiter Arno Spitznagel, und dem Anwärter Marc Gilles um 6:45 Uhr zum Haus der ermordeten Zeitungsfrau, Talstraße 7, Overath, gefahren.

Wir haben vergeblich versucht, in das Einfamilienhaus reinzukommen. Klingeln, Klopfen und Anrufe über das Festnetz blieben erfolglos. Totenstille im Haus. Alle Fenster waren verrammelt", sagt Gotthardt.

„Letztendlich hat die Feuerwehr Overath die Tür aufbrechen müssen. Eindeutig bestand Gefahr im Verzug. Danach war die ganze Nachbarschaft wach. Wie ein Bienenschwarm umzingelten uns die Glotzer. Die Kollegen der Overather Polizeiwache sperrten das Haus weiträumig ab."

„Das ist gut und weiter?"

„Wir konnten weder den Ehemann des Opfers noch sein Fahrzeug finden. Es hätte ja sein können, dass er sich etwas angetan hat. Die Garage, angebaut ans Haus, jedoch ohne Zugang, war nicht abgeschlossen und leer, bis auf ein altes Moped und ein Fahrrad.

Die Ringfahndung nach Angstmann, dem des Mordes verdächtigen Ehemann, läuft schon seit dem frühen Morgen und wurde vom Kollegen Spitznagel überregional erweitert."

Marder kämpft nervös mit seinem neuen Laptop und mischt sich ein: „Weil der Verdächtige und sein Wagen bisher nicht aufgetaucht sind - wir haben jetzt", er schaut auf seine Uhr, „15:45 Uhr - seine Ehefrau ist seit etwa zwölf Stunden tot, unfassbar - wird die Fahndung erweitert."

„Entschuldigung, Chef, das sagte ich doch gerade", meint Polizeioberkommissarin Gotthardt irritiert.

„Ach so ja, stimmt, Entschuldigung, war auf der falschen Berichtseite ... neuer Laptop."

„Verstehe. Ist manchmal schwieriger zu lösen als ein neuer Fall", fügt sie aufmunternd hinzu.

„Stimmt." Marder lacht gequält, steht auf, geht im Raum hin und her und setzt sich dann wieder.

„Tatsache ist nicht nur, dass der Bursche geflüchtet ist. Er hat sich möglicherweise mit dem Wagen ins Ausland abgesetzt. Bitte unsere Erkenntnisse mit allem Pipapo auch ans BKA weiterleiten. Dringender Mordverdacht zum Nachteil seiner Ehefrau Mia Angstmann. Haftbefehl ist bei der Staatsanwaltschaft beantragt."

„In Ordnung, Chef. Die Spusi ist ja noch im Haus und sichert Spuren, und das sind nicht wenige. Die obere Etage des Wohnhauses ist in Ordnung, doch der Keller ist ein Saustall."

„Vielleicht hat der Verdächtige genau das Gegenteil gemacht, ist nicht geflüchtet, sondern hat sich irgendwo versteckt, zum Beispiel in einer Hütte in unseren bergischen Wäldern", überlegt Elisa laut.

„Daran habe ich auch schon gedacht", meint Gotthardt mit ihrer angenehmen Telefonstimme und fährt fort:

„Wir kontaktierten den Bekanntenkreis und haben festgestellt, dass der ehemalige Metzger seit dem Konkurs seines Geschäftes keine Freundschaften mehr zu pflegen scheint. Da ist niemand in der Nachbarschaft, der für ihn die Hand ins Feuer legt. Die Reaktionen sind seltsam verhalten", fährt sie fort. „Man weiß nicht so richtig, was der verdächtige Metzger eigentlich treibt, im Gegensatz zur Umtriebigkeit seiner Frau, die im Ort sehr beliebt ist, Entschuldigung, war." Sie macht eine Pause.

„Dass sie tot ist, brutal ermordet wurde, erschüttert die Nachbarn sehr und bringt sie gegen Angstmann auf", fügt die Kommissarin seufzend hinzu.

„Eine fleißige Hausfrau, die wahrscheinlich nur einen Traum hatte: weg von diesem Mann?", fragt Marder.

„Möglich. Ihr Wunsch auszubrechen hat sich auf makabre Weise erfüllt", sagt Gotthardt und ihre Stimme klingt betrübt.

„Morgen wird sie in der Rechtsmedizin obduziert, aus der Traum", fügt Marder noch hinzu und sieht düster auf seinen PC, der gerade wieder einmal herunterfährt. „Verflixt nochmal ...", der Bildschirm erlischt.

„Mist", faucht er und sieht grimmig auf seinen unerledigten Aktenberg.

Es wird auf einmal ganz still im Raum, bis die freundliche Telefonstimme der Polizeikommissarin das Schweigen durchbricht.

„Leute, zur Sache. Bisher gibt es hier aus Overath keine weiteren Ergebnisse, die Spurensuche ist noch in vollem Gang, wie Kollege Lupe schon sagte.

Wir haben viel recherchiert und in der Nachbarschaft Klinken geputzt ...", sie macht eine Pause, Stimmen im Hintergrund sind zu vernehmen.

„So, da bin ich wieder. Eine Zeugin hat sich gerade hier persönlich bei mir gemeldet. Angeblich haben die Angstmanns völlig unauffällig gelebt. Ihrer Meinung nach führten sie ein bedrückendes Scheinleben in gegenseitiger Abneigung. Das Ehepaar wohnte getrennt im eigenen Haus."

„Interessant, berichten Sie weiter", sagt Marder, der endlich seinen aktuellen Text im PC wiedergefunden hat und erleichtert seufzt.

„Im Erdgeschoss scheint Frau Angstmann den Haushalt geführt und einigermaßen Ordnung gehalten zu haben", erklärt Gotthardt gerade.

„Nebenbei trug sie, wie wir ja wissen, Zeitungen aus und betrieb eine Änderungsschneiderei. Einer Nachbarin vertraute sie an, dass sie für eine Reise spare, um Abstand von ihrem Ehemann zu bekommen, der zu Wutanfällen neigt ... so etwas haben Sie eben auch schon angedeutet, Chef. Klartext: Frau Angstmann muss sich heimlich ein Sümmchen zusammengespart haben.

Das bestätigte mir eine andere Nachbarin, allerdings hinter vorgehaltener Hand. Sie möchte 'keinen Ärger bekommen'. So drückte sie sich jedenfalls aus ... Augenblick, ich sehe nach...

Ihr Name ist Jolanta Pierski. Vielleicht weiß sie mehr. Sie stand heute Morgen regelrecht unter Schock. Wir halten sie im Auge und unterhalten uns mit ihr. Wenn sie sich gefasst hat, könnte eventuell unsere Sonderermittlerin Elisa Fuchs das Zeugengespräch übernehmen. Ich habe das Gefühl, dass diese Frau einiges über das Ehepaar weiß. Sie ist eventuell sogar eine Freundin des Opfers, aber im Moment so erschüttert, dass eine Befragung unmöglich ist. Sie braucht Zeit."

„Klar", sagt Elisa. „Ich fahre morgen früh mit Max bei der Zeugin vorbei."

„Gut, das behalten wir im Auge, Kollegin", sagt Marder.

Gotthardt fährt mit ihrem Bericht fort: „Allem Anschein nach brauchte Angstmann immer wieder dringend Geld. Die Frage ist: wofür?"

„Geldgier, teure Hobbys, eine Sucht oder alles zusammen, das sind doch immer die Motive", fügt Max hinzu.

„Haben Sie denn Geld im Haus gefunden, Kollegin Gotthardt?", fragt Marder.

„Nein. Angeblich trug Frau Angstmann stets ein Geldtäschchen am Gürtel, weil sie befürchtete, dass der Ehemann ihr Geld im Wirtshaus vertrinkt."

„Ist etwas in der Art am Tatort gefunden worden?", fragt der Chef.

„Nein", sagt Lupe, der gerade mit dem Anwärter in Overath angekommen ist und an der Telefonkonferenz teilnimmt.

„Ein Geldtäschchen ist nicht am Tatort gefunden worden. Elisa hat uns auch schon danach gefragt. Sie entdeckte zwar eine abgerissene Schlaufe am Gürtel des

Opfers ... Die Geld- oder Handytasche könnte vom Täter beim Kampf mit dem Opfer abgerissen worden sein."

„Wurde denn Frau Angstmanns Handy geortet?"

„Nein, Chef, eventuell war es gar nicht eingeschaltet. Ganz wichtig ist, dass die Spusi eben gerade am Hang einen Ast sicherte, der eventuell in diesem Fall als Schlagwerkzeug benutzt wurde. Er wird in der KTU auf Haut- oder Blutspuren der Ermordeten untersucht", sagt Lupe.

„Interessant", sagt Marder. „Warte auf das Ergebnis."

Kommissarin Gotthardt fügt hinzu: „Anwärter Marc Gilles und ich waren am frühen Vormittag, nach dem Öffnen der Türen im Keller des Hauses, in der zweiten, der unteren Wohnung, in der der der gesuchte Ehemann hauste.

Die Spusi ist da immer noch eifrig beschäftigt. Der Kellerraum ist, wie ich schon sagte, ein vermülltes Loch. Ungepflegt und schmutzig.

Da liegen eine unappetitliche Matratze, Reste von Nagetieren und überall alte, zerlegte Waffen herum. Viel Interessantes und haufenweise Arbeit für die Spusi und Oberkommissar Falke, die damit im Moment gut beschäftigt sind. Ein Kriminalisten-Wunderland. Die Kollegen nehmen die Waffen in Augenschein und fotografieren wie wild. Der Bewohner des Kellers hat anscheinend mit Vorliebe Waffen zerlegt, repariert und ... da sind auch jede Menge Messer."

„Mackie Messer", summt Anwärter Gilles hörbar im Hintergrund ins Telefon und unterbricht das Malen von Strichmännchen auf seinem Notizzettel.

„Verwarnung, Gilles!", sagt Marder, der die Stimme des Anwärters am Telefon erkannt hat.

„Der Mann war schließlich Metzger", flötet Gilles in den Hörer.

„Ruhe!", entgegnet Marder verärgert, „hier kommt man ja ganz durcheinander!"

„Entschuldigung", sagt Gilles kleinlaut.

„Für Sie ist das alles wohl nur ein großer Spaß? Dann können Sie sich Ihre baldige Beförderung aber abschminken!"

Marc Gilles, schweigt am anderen Ende der Leitung und senkt betroffen den Kopf.

„Was ist mit dem Chef los?" denkt Elisa.

Schweigen.

„Neuer Laptop", flüstert Max Elisa zu.

Barbara Gotthardt meldet sich erneut am Telefon:

„Resümee: Die Hausdurchsuchung ist längst noch nicht abgeschlossen. Ganz nebenbei gesagt: Unseren Anwärter Marc Gilles muss ich in Schutz nehmen, Chef. Er war am Morgen einige Stunden hier und sehr, sehr hilfreich", betont sie, „und Oberkommissar Falke möchte Sie auch noch einmal sprechen."

„Falke hier. Ich melde mich noch einmal vor dem abendlichen Pressegespräch wieder, Chef. Ich denke, ich kann dann mit weiteren, brauchbaren Fakten aufwarten."

„Gut so, unbedingt, Falke!", meint Marder wohlwollend und fährt fort: „Wegen des Durchsuchungsbeschlusses für das Objekt in Overath habe ich der Staatsanwaltschaft Bescheid gegeben und alles geregelt. Haftbefehl für Angstmann ist ausgestellt."

„Okay. Vielleicht hat Angstmann noch andere Leichen im Keller. Wir sind auf Amphetamine in Originalverpackung gestoßen" bemerkt Falke.

„Drogen?", ruft Marder. „Wer weiß, was Sie noch finden? Ich rede gleich mit den Kollegen des Drogenkommissariats und informiere deren Chef. Sie scheinen da in Overath in ein Wespennest gestochen zu haben. Polizeioberkommissar Spannagel wird Sie auf jeden Fall unterstützen. Er kennt sich in dem Milieu bestens aus, ist schon 15 Jahre Dienststellenleiter in Overath."

Pause

„Entschuldigung, ich musste mir gerade etwas notieren…", sagt Marder nervös und fährt fort.

„Falke, schicken Sie bitte Ihren Bericht mit den bisherigen Fakten bis 18 Uhr zur Pressekonferenz. Ganz wichtig: Recherchieren Sie inzwischen, wo sich Erich Angstmann seit gestern, also dem Tag vor dem Mord, aufgehalten hat."

Wie gewohnt räuspert er sich vehement. „Zweitens: Ist sein Fahrzeug mit dem Kfz-Kennzeichen GL ET 1030 geblitzt worden? Wurde Angstmann irgendwo gesehen? Es war Sonntag. Kneipe, Café? Auch ein Fahndungsfoto brauchen wir dringend von dem Mann."

„Ich habe einen Jagdschein mit Foto im Keller gefunden, Chef", mischt sich Gotthardt ein, und wo Angstmann am Sonntagmorgen war, das…"

„Vielleicht war er in der Kirche?", tönt Gilles aus dem Hintergrund ganz arglos und erntet ein vernichtendes Schnaufen des Chefs.

„Warum nicht in der Kirche?", fragt Elisa. „Am Sonntag hatte er noch nicht gesündigt, außerdem kennt ein Pfarrer in einem kleineren Ort oft persönlich seine Schäfchen."

„Und unterliegt dem Beichtgeheimnis. Also Schluss jetzt. Wir sind hier nicht im Kindergarten", sagt Marder streng.

„Kindergarten? Eine Frage noch, Chef: Ziehen Sie immer noch in Betracht, dass Angstmann vielleicht auch in den Mord an Frau Jankowski verwickelt sein kann?", fragt Elisa.

„Nicht wirklich, ich kenne Ihre Einstellung, Frau Fuchs, aber wir müssen trotzdem alles auf dem Schirm haben, in alle Richtungen ermitteln."

„Alles auf dem Schirm haben, ja, dann müssten wir doch auch fragen: Wo war Angstmann in der Nacht von Freitag auf Samstag, als Frau Jankowski in Engelskirchen überfallen und in den Kofferraum ihres Autos gesperrt wurde?

Der Fahrer des Abschleppwagens hat einen ganz anderen Typen geschildert. Angstmann könnte natürlich rein zufällig auf dem Rastplatz gewesen sein, die Frau ermordet, in den Kofferraum ihres eigenen Wagens gesperrt haben, und dann? Und warum?"

„War nur so eine Idee, ist aber unwahrscheinlich", sagt Marder irritiert.

„Der Ansicht bin ich auch. Ich wollte nur darauf hinweisen, dass im Moment kaum etwas hundertprozentig sicher ist, außer der Herkunft des 'Hairtalk' Luxus Toupets, des mörderischen Charmeurs, und den eindeutigen Spuren im Toilettenhäuschen an der A4 und im Reisebus. Ganz, ganz sicher ist nur, dass wir zwei tote Frauen und keinen Mörder haben."

„Ich gebe mich geschlagen, Frau Fuchs. Aber Fantasie gehört zum Geschäft."

„Ja, alles auf dem Schirm. Chef?", unterbricht Kommissarin Gotthardt die Überlegungen von Marder und Elisa mit ihrer warmen, angenehmen Telefonstimme.

180

„Sie wissen aber schon, dass Angstmann wegen kleinerer Gewaltdelikte bei uns aktenkundig ist?"

„Ja, ja, ich habe sein Profil gerade aufgerufen. Ist nicht die allererste Sahne! Aber wir sind in dem speziellen Fall erst am Anfang der Ermittlungen, Kollegin."

„Dann verabschiede ich mich jetzt telefonisch. Wir haben hier in Overath noch eine Weile zu tun und versiegeln danach das Haus in der Talstraße. Der Jagdschein Angstmanns mit einem neueren Foto ist wichtig für die Veröffentlichung, auch für die Presse ... So, das müsste jetzt wirklich reichen. Bericht und Fotos sind schon unterwegs. Auf Wiederhören.", sagt Barbara Gotthardt freundlich und ausgleichend wie immer und legt auf.

Was ist heute nur mit den Frauen los? Haben sich die Damen verbündet, und dann dieser vorlaute Anwärter, denkt Marder, rauft sein dichtes, wirres Haar, rückt die dunkle Hornbrille zurecht und sagt jovial: „Eine gute Ermittlerin, die Overather Kommissarin Gotthardt, und dann diese Stimme ... Ja, und unsere Elisa Fuchs mit ihrer Kreativität ..."

Unser Chef gerät fast ins Schwärmen, denkt Elisa und lächelt in sich hinein. Das macht diesen Mann, der oft Härte zeigt, dann aber wieder einlenkt, sympathisch ... sobald er sich mit seinem neuen PC angefreundet hat.

Die Stimme des Mörders

Stimmen sind hörbare Stimmungen.
Andreas Tänzer

Montagabend, 29.11.2004, 18 Uhr, Pressegespräch im Polizeipräsidium Köln.

Der Raum ist in kaltes Licht getaucht, die Minen ernst und die Leiter der Sonderkommissionen 'Blutschnee' und 'Schneewittchen', KOK Ansgar Falke und der EKHK Moritz Marder, mit ihren Teams sind gesprächsbereit.

Verstörende Nachrichten: Vor drei Tagen gab es einen furchtbaren Mord im Oberbergischen Land. Seit der Entdeckung eines zweiten Gewaltverbrechens sind dreizehn weitere Stunden ins Land gezogen, dieser zweite, brutal verübte Mord in Overath verstört die Bevölkerung erneut.

Der dritte Tag mit umfangreichen Ermittlungen neigt sich dem Ende zu.

Dunkle Wolkenburgen vor den Fenstern kündigen ein Unwetter an. Die Temperaturen steigen, Stürme sind angesagt.

Kommissar Marder greift zum Mikrophon.

„Meine Damen und Herren, zunächst danke ich für Ihr Erscheinen. Zwei Morde sind zu beklagen.

Wir brauchen Ihre Hilfe, um diese verstörenden Fälle, die sehr unterschiedlich sind, zu lösen. Eins haben sie gemeinsam. Sie sind an Kälte und Grausamkeit nicht zu überbieten.

Wir haben den oder die Täter noch nicht gefasst, aber wir haben die Stimme eines dringend Tatverdächtigen. Sie gehört dem Mann, der in der Nacht des 26. Novembers eine furchtbare Tat begangen hat.

Dreist ruft er in der Nacht, gegen 23 Uhr, ein Abschleppunternehmen an, das ihm zur Flucht verhelfen soll, weil, so berichtet er, sein Wagen auf der Strecke geblieben ist, der Motor nicht mehr anspringt. Hören Sie aufmerksam zu, vielleicht ist Ihnen diese Stimme bekannt.

Marder ruft Anwärter Gilles zu: „Ton ab, Marc".

„ARAC Service, Börgel am Telefon. Was kann ich für Sie tun?"

„Ich stehe auf der A4. Mein Wagen, ein Rover 200, racing grün, hat plötzlich gestottert, geruckt und ist stehen geblieben."

„Tank leer?"

„Ich bin doch nicht blöd!".

„Na, na, immer mit der Ruhe. Sind Sie Mitglied, Herr …?"

„Jankowski mein Name. Meine Frau ist Mitglied des Vereins. Ihr gehört das Auto. Ich gebe Ihnen die Kundennummer durch." Er nennt den Zahlencode.

„Wo befinden Sie sich?"

„Ich stehe hier auf dem Haltestreifen der A4, das muss in der Nähe der Abfahrt Engelskirchen sein".

Mit einem ‚Klack' endet die Aufnahme.

Aufgeregtes Stimmengewirr setzt im Besprechungsraum ein. „Wo war das? Was ist passiert? Wer sind die Opfer?"

„Ich kann Ihre Fragen nur nach und nach beantworten. Es ist aber an der Zeit", betont Kriminalhauptkommissar Marder, „Sie und die Bevölkerung in die Suche mit einzubeziehen. Jeder kleinste Hinweis kann dazu beitragen, diesen Täter zu fangen und weitere Straftaten zu verhindern."

Aufmerksame Stille.

„Ich beginne mit dem ersten Verbrechen: Am Samstagmorgen, dem 27.11.2004, wurde vor einer Autowerkstatt in Engelkirchen ein völlig vereister, grüner Rover 200 mit dem Kennzeichen GE KJ 120 aufgefunden, der von einem Abschleppwagen nachts dort abgestellt worden war.

Als der Werkmeister frühmorgens, um 6:45 Uhr, die Kofferraumklappe des Fahrzeugs öffnete, blickte er in das starre, eisbedeckte Gesicht einer Frau. Er brach zusammen, erlitt einen Herzinfarkt und befindet sich seitdem im Krankenhaus."

Überraschte Ausrufe. Blitzlichter, Hände heben sich, Mikrophone werden hochgehalten, Fragen schwirren durch den Raum.

„Ich bitte zunächst um Ruhe. Für Fragen stehen wir Ihnen gleich zur Verfügung. Zunächst fahre ich fort:

Ein Notarzt konnte nur noch den Tod der Frau im Kofferraum feststellen. Professorin Rigens, Rechtsmedizinerin der Universität Köln, wurde hinzugezogen.

Sie veranlasste, dass die Tote, ganz offensichtlich Opfer einer Gewalttat, in die Rechtsmedizin der Stadt Köln überführt wurde."

„Tom Wichterich, von der 'Allgemeinen': Das heißt, wenn ich auf den Tonausschnitt zurückkommen darf; die Frau wurde auf oder irgendwo neben dem Autobahngelände überfallen und bei eisiger Kälte in ihrem eigenen Auto im Kofferraum eingesperrt?"

„So ist es. Überfallen, beraubt und schwer misshandelt.

Es wurden Reste von Marshmallows, einer klebrigen Süßigkeit, im Rachen der Frau gefunden, die zusätzlich die Atmung des Opfers erschwerten. Einzelheiten können wir noch nicht nennen, um die Ermittlungen nicht zu gefährden."

„Das heißt, Herr Hauptkommissar, wir haben eben der Stimme eines vermeintlichen Mörders gelauscht?", fragt eine Journalistin des 'Rheinischen Anzeigers'. „Wann könnte das genau gewesen sein?"

„Der Abschleppdienst bekam den Anruf am 26.11. um 23:00 Uhr und nahm das Gespräch, wie üblich, auf."

„Danke."

„Meine dringende Bitte", betont Marder, „sollte jemand in der Nacht des 27.11. auf einem Parkplatz oder dem Seitenstreifen der A4 verdächtige Personen gesehen oder eine Panne beobachtet haben, bitten wir ihn, mit uns Verbindung aufzunehmen. Der dringend Tatverdächtige ist flüchtig. Noch einmal: das Fahrzeug des Opfers ist ein racing grüner Rover 200 mit dem Kennzeichen GE KJ 120."

„Haben Sie eine Täter-Beschreibung?"

„Der mutmaßliche Täter, den wir im Visier haben, ist Toupet-Träger, trägt auf dem von uns erstelltem Fahndungsbild, das sie jetzt auf der Leinwand sehen, eine sehr tief in die Stirn gezogene, dunkle Mütze. Mit großer Wahrscheinlichkeit wurde er vom Opfer an der Stirn verletzt und wollte die Verletzung verbergen.

Ferner trug er eine dunkelblaue Caban-Jacke. Das ist natürlich keine seltene Art der Bekleidung.

Wenn wir nach diesem Bild eine Festnahme veranlassen würden, müssten wir die Hälfte der Jacken- und Mützenträger auf der Hohen Straße in Köln festnehmen.

Das von uns erstellte Bild ist also leider nicht sehr aussagekräftig. Das nur am Rande."

Erheiterung in einigen Gesichtern.

„Die Abbildung wurde nach der Beschreibung des Mitarbeiters des Abschleppdienstes von unserem Erkennungsdienst angefertigt. Dieser Mitarbeiter des Abschleppdienstes hat den Mann nur nachts gesehen. Allerdings wurde der Verdächtige vorher auch schon von Reisenden eines Busunternehmens beschrieben."

„Wieso jetzt Busunternehmen?"

„Der Tatverdächtige war zuvor Mitglied einer Single-Reisegruppe, die sich, von Frankfurt kommend, auf dem Weg zu einem Musical nach Hamburg befand.

Beim ersten Stopp an der Raststätte Aggertal Süd entdeckte eine Reisende, dass sie von ihrem Sitznachbarn, der sie sehr elegant und überzeugend in Gespräche verwickelte, bestohlen worden war. Die Polizei wurde alarmiert."

„Also ein Hochstapler", ruft ein Journalist.

„Na gut, wenn Sie es so malerisch beschreiben möchten, da denken die Zuhörer immer an Felix Krull ...", sagt Marder in das kurze Auflachen des Publikums und fährt fort:

„Als die Overather Beamten am Freitagabend auf dem Rastplatz Aggertal Süd ankamen, war der Täter bereits mit dem Geld, 500 Euro und einem Brillantring seiner Sitznachbarin verschwunden. Das war der erste, böse Streich."

„Also ist es nicht der Rastplatz Aggertal Süd, der als Mord-Tatort infrage kommt?"

„Nein. Der Tatort, an dem mit an Sicherheit grenzender Wahrscheinlichkeit der Täter mit Mordabsicht zugeschlagen hat, ist ein unscheinbarer, von Bäumen umrandeter Parkplatz, an dem man leicht vorbeifährt. Dieser Platz befindet sich wenige Kilometer vor der Autobahnabfahrt Engelskirchen, wie ich eben betonte. Dort steht auch ein altes Toiletten-Gebäude, das eigentlich schon längst abgerissen werden sollte.

„Jetzt verstehe ich", sagt der Redakteur der 'Bergischen Zeitung': „Der Dieb hat ein Auto oder eine Mitfahrgelegenheit gesucht, um schnell davonzukommen. Auf der Flucht ist er irgendwo oder irgendwie auf die Frau mit dem Rover gestoßen, die wahrscheinlich auch auf dem Parkplatz stand."

„Richtig. Den Spuren nach parkte die Frau dort, weil sie zur Toilette musste. Sie haben gut kombiniert. Sie können bei uns anfangen."

Heiteres Gemurmel.

„Ich werde es mir überlegen", sagt Zeitungsjournalist Rauner und lacht. „Wenn die Bezahlung stimmt."

„Na, ja, eher Taschengeld", flüstert ihm Anwärter Gilles zu. Offenbar hat Marder das überhört.

„Wenn der Täter eine Reise gebucht hatte, müsste der Reiseunternehmer doch die gesamten Daten haben und der Betrüger zu fassen sein. Anne May, von der ‚Aktuellen'."

„Das ist das Mysterium. Wir haben Spurenauswertungen, demnächst auch die DNA, wir haben die Stimme des Mannes, aber nirgendwo hat dieser Mensch ein Datenprofil.

Alles ist gefälscht. Wir finden ihn in keiner Polizeidatei, in keinem Einwohnermeldeamt. Wir haben sogar einen Stimmexperten befragt. Die Sprache dieses Mannes ist gleich einer Computerstimme."

„KI", ruft ein Zuhörer.

„Nein, auch das nicht. Dieser Mann ist real. Mitreisende und der Abschleppfahrer haben ihn gehört, gesehen und beschrieben".

„Ein Schattenmann", sagt eine Redakteurin und schaudert.

„Das stimmt", sagt Marder. „Wer so gerissen und verstörend handelt, muss eine kriminelle Vita haben, ist brandgefährlich. Er wechselt seine Persönlichkeit wie andere ihre Wäsche. Dieser Mann kann kein Ersttäter sein."

„Sie meinen, er hat noch andere Leichen im Keller", sagt Rauner von der ‚Bergischen Zeitung'.

„Das haben Sie jetzt gesagt", meint Marder und fährt fort:

„Wir haben eine Sonderkommission mit dem Namen 'Schneewittchen' gebildet, der auch die Sonderermittlerin Elisa Fuchs und, weil das Opfer aus Gelsenkirchen stammt, ebenso der dortige Chef des Mordkommissariats Max Teufel angehören."

„Was bedeutet ‚Sonderermittlerin', Frau Fuchs?", wendet sich eine junge Redakteurin interessiert an Elisa.

„Ich bin Kriminalbeamtin und ermittle besonders in Fällen, in denen Frauen oder Kinder Opfer, Täter oder Zeugen eines Verbrechens geworden sind."

„Von wo kam die Frau mit dem Rover, das ‚Schneewittchen-Opfer'?"

„Die Frau ist in Overath Süd Auf die A4 gefahren und kam von einem Krankenbesuch bei ihrer Mutter in Overath", sagt Elisa. Betroffenes Schweigen.

„Was ist genau passiert?"

„Wenn wir das wüssten, säßen wir nicht hier. Weitere Einzelheiten zu dem Fall können wir aus ermittlungstechnischen Gründen nicht preisgeben", sagt Marder.

„Sicher ist, dass der Täter einen Fluchtwagen brauchte, äußerst brutal vorging und das Opfer im Kofferraum versteckte", fügt er hinzu.

„Steht die Identität des Opfers fest?"

„Ja. Es handelt sich um eine 48-jährige, verheiratete Frau aus Gelsenkirchen. Sie befindet sich jetzt in der Rechtsmedizin der Universität Köln und wurde heute obduziert. Sie ist gewürgt und stranguliert worden. In der Tatnacht löschte der Frost den letzten Funken ihres Lebens aus."

Bedrücktes Schweigen.

„Würden Sie das Band noch einmal abspielen, damit wir die Stimme in Erinnerung behalten?", fragt eine Journalistin.

Marder nickt. Noch einmal lauscht die Presse der Stimme des Schattenmanns.

„Sie erwähnten zu Beginn einen zweiten Mord, der heute am frühen Morgen entdeckt wurde?"

„Ja. Heute Morgen um 4:40 Uhr ging in der Leitstelle Bergisch Gladbach ein Notruf aus Overath ein.

Eine Bewohnerin der Straße Bergpfad hatte vor ihrem Haus die blutüberströmte Zeitungsfrau Mia A. entdeckt, die offensichtlich überfallen worden war.

Der alarmierte Notarzt konnte nach 10-minütigen Wiederbelebungsversuchen nur noch den Tod der Frau feststellen."

„Hat die Bewohnerin des Hauses, die diese Tat meldete, den Täter gesehen?"

„Nein. Als sie bemerkte, dass das Außenlicht an ihrem Haus anging, öffnete sie die Tür, um die Zeitung, die sie schon erwartete, reinzuholen. Sie sah, gut einen

Meter von ihrer Haustür entfernt, die blutende Zeitungsbotin im Schnee neben einem Zeitungspacken.

Die in der Gegend bekannte und stets zuverlässige Zeitungsbotin ist jahrelang wochentags den Bergpfad hochgegangen. Wenn Schnee lag, hat sie ihren Wagen, einen blauen VW Polo mit dem Kennzeichen GL ET 1030, unten im Tal abgestellt. Der Wagen ist verschwunden."

Der Journalist der ‚Bergischen Zeitung' fragt:

„Haben Sie schon einen oder eine Verdächtige im Visier?"

„Nein, Herr Rauner, nichts Genaues, denn das Verbrechen ist erst vor einigen Stunden begangen worden."

„Todesursache?"

„Vermutlich ein fester Schlag auf den Nacken mit einem harten Gegenstand und dadurch einsetzende innere Blutungen. Noch befindet sich das Opfer in der Rechtsmedizin. Allerdings gibt es uns zu denken, dass der Polo des Opfers von seinem Parkplatz im Tal verschwunden ist. Benutzt wurde er am Tatmorgen von der Ermordeten selbst, die nach unseren Spurenanalysen den VW in einer Parknische im Tal abstellte. Vielleicht wurde das Auto zwischen 4:00 und 4:30 Uhr morgens im Tal gesehen.

Wir gehen auch davon aus, dass die Frau Geld und ein Handy bei sich trug. Beides ist verschwunden."

„Raubmord?"

Marder zögert. „Es handelt sich um eine Summe, für die viele Menschen nicht morden und anderen nach dem Leben trachten würden. Aber wer weiß, wie viel dem Mörder oder der Mörderin das Leben dieser Frau wert war.

Nachdenklich macht, dass der Ehemann des Opfers verschwunden ist und, wie schon gesagt, sein Auto auch."

Erstaunen und Diskussionen.

„Anne May, von der 'Aktuellen': ist der Ehemann auf der Flucht?"

„Das müssen wir jetzt leider annehmen. Allerdings gehörte das Auto dem Ehepaar gemeinsam. Was den Ehemann in die Flucht getrieben hat, eine Kurzschlusshandlung? Das können wir nur mutmaßen. Es war bisher nicht möglich, ihm die Nachricht vom Tod seiner Frau zu überbringen."

„Es könnte doch auch ein Autodieb sein, der in den frühen Morgenstunden ein einsames Auto von einem Parkplatz stiehlt."

„Auch dran haben wir gedacht, Frau May. Sie möchten bestimmt wissen, ob der Ehemann zur Fahndung ausgeschrieben wurde ... Diese Frage kann ich mit einem ‚Ja' beantworten, denn der Ehemann des Opfers muss auf jeden Fall von uns erfahren, dass seine Frau nicht mehr lebt.

Weitere Erkenntnisse können wir jetzt noch nicht mit Ihnen teilen und erörtern."

Marder erhebt sich.

„Ermittlungsdruck, wie Sie sich vorstellen können. Wir melden uns, wenn es für die Öffentlichkeit Neuigkeiten zu beiden Fällen gibt und danken Ihnen für Ihr Interesse und die Berichterstattung."

„Vielleicht erfährt der Mann es ja aus der Presse, dass seine Frau tot ist", ruft jemand aus der Menge, macht Fotos und begibt sich lässig mit Mikro und seinem Equipment zum Ausgang.

Das Pressegespräch ist beendet.

Die Teams atmen auf.

Ausklang eines Wintertages

„Das wäre geschafft", sagt Marder. „Morgen ist auch noch ein Tag."

„Der mit einer Obduktion um 10 Uhr bei Professorin Dr. Rigens einen Höhepunkt hat", ergänzt Ansgar Falke und stöhnt.

„Höhepunkt! Ansgar, 10 Uhr? Wie bist du denn nur drauf? Ich habe stets schon um 8:30 Uhr Frühstück für die Kinder gemacht und sie zur Schule gebracht", ruft Lucas Lupe aus.

„Und außerdem muss ich auch noch meinen Bericht über die heutigen Ermittlungen in Sachen Spurensicherung und die daraus gewonnenen Erkenntnisse für die Ermittlungen in Overath überarbeiten. Das mache ich gleich von zu Hause aus."

„Du machst Frühstück, Lucas? Und was macht deine Frau?"

„Die geht schlafen, weil sie erst um sieben Uhr von der Nachtschicht aus dem Krankenhaus kommt. Sie ist Intensivschwester."

„Klasse", sagt Ansgar. „Meine Kinder sind schon 16 und 14 Jahre alt. Da kann ich morgens meiner Frau vor dem Dienst schon mal einen Kaffee ans Bett bringen."

„Olala", tönt es aus dem Team, als sie gemeinsam plaudernd in der Tiefgarage verschwinden.

„Alles in Ordnung?", fragt Marder, der nicht weiß, worum es geht, worüber die Kollegen so unbeschwert schwatzen. Er fühlt sich ausgeschlossen.

„Lupe wollte doch noch den Spurenbericht schicken", mahnt er, weil ihm nichts anderes einfällt, um sich bemerkbar zu machen.

„Ach so, Chef", Falke dreht sich um, „den Bericht macht er gleich zu Hause, hat er gerade gesagt. Er schickt die Ergebnisse auf jeden Fall noch ab, damit sie zur Obduktion in der Dienststelle und bei der Professorin sind."

„In Ordnung", sagt Marder sichtlich erleichtert und fügt hinzu:

„Ab nach Hause, ich selbst habe schließlich auch noch zu arbeiten." Er sagt es lapidar, und denkt für sich: *Ich muss schließlich für zu Hause die Brötchen verdienen. Mir bringt niemand Kaffee ans Bett … dafür habe ich jedoch stets das Sagen, das Heft fest in der Hand.* Er lächelt in sich hinein.

Es erfüllt ihn mit Zufriedenheit, dass seine Frau eine ausgezeichnete Köchin ist und in der Familie alles regelt.

Was ist, wenn sie mal krank wird. Mein Gott, das Einzige, was ich kann, ist heißes Wasser zum Kochen zu bringen. Na, ja, mit fünfundfünfzig Jahren werfe ich den Löffel noch nicht weg. Wird schon alles gut gehen - ich sollte meiner Anneliese mal Blumen mitbringen. Mach ich, heute noch.

Sein Team steht da, schaut ihm verdutzt nach. Sie müssen lächeln.

„Was ist mit dem Marder los? Der wirkt auf einmal irgendwie rührselig", meint Elisa, „ich hatte das Gefühl, er spricht mit sich selbst."

„Ja, ja, der Marder hat es auch nicht immer leicht mit uns", fügt Max hinzu. „Hat er eigentlich ein Zuhause?"

„Natürlich, Max – aber du hast recht. Vielleicht lebt er allein. Ich werde mal recherchieren. Er ist schon in Ordnung. Wir sollten ihn auch mal loben", fügt sie hinzu und umarmt nicht den Chef, sondern Max.

„Max, du bist doch mit dem Auto da? Ich bin heute Morgen von der Overather Polizei zum Tatort chauffiert worden und dann mit Marder nach Köln zur Obduktion gefahren."

„Ach, du suchst nur eine Mitfahrgelegenheit … Ich überlege und hab da eine Idee. Ich bringe dich nach Hause und du gibst mir dafür eine Unterkunft, jetzt wo mein Familienleben geklärt ist."

„Wie meinst du das?"

„Meine Frau ist in Gelsenkirchen bei Töchterchen Andrea. Sie hat Sonderurlaub genommen und bleibt in Deutschland, bis wir die Ermittlungen hier geschultert haben."

„Wie schön für Andrea."

„Ja, auch für mich, und hoffentlich auch für dich."

„Das Angebot sagt mir zu. Ich spiele die Gastgeberin und bringe dir den Kaffee ans Bett, wenn du im Kinderzimmer übernachtest", sagt Elisa und lacht.

„Nur, wenn du dort eine Lego-Eisenbahn hast."

„Habe ich, und sonst nur noch einen leeren Kühlschrank."

„Müssen wir hungern?"

„Nein, da ist ein guter Supermarkt, gerade um die Ecke."

„Dann wäre das geklärt", sagt Max. „Wie wäre es mit Spaghetti?"

„Abgemacht."

„Weißt du noch, Elisa, als ich dir vor zwei Jahren vor dem Haus deines ermordeten Bruders die Schneeflocken von der Stirne küsste", sagt er leise.

„Wie könnte ich das jemals vergessen … aber jetzt regnet es."

„Küssen geht bei Regen auch."

Traurige Bilanz

Der Mensch ist wirklich tot, wenn niemand mehr an ihn denkt.
Berthold Brecht.

Dienstag, 30. November 2004, 7:15 Uhr.

Elisa steht in der Küche ihres Hauses im Kastanienweg und brüht Kaffee auf. Max kommt mit einer Tüte
Brötchen herein.

„Frühstück, Liebling", ruft er. „Nimmst du Honig oder
Marmelade auf dein Brötchen?"

„Honig. Und der Kaffee ist auch fertig."

Da schrillt das Telefon.

Elisa hebt ab. „Fuchs."

„Hallo Elisa, hier ist Ansgar."

"Ansgar?"

„Ja, dein Kollege, Ansgar Falke ... Ich habe eine Bitte
an dich und Max. Wie du weißt, ist meine Frau Krankenschwester auf der Intensivstation in Bergisch Gladbach. Sie hat eine Kollegin, die etwas über die Familie
Angstmann aus Overath weiß."

„Das heißt, dass ich mit Max gleich mal bei der Frau
vorbeifahre, sie als Zeugin vernehme."

„Woher weißt du das?"

„Ich habe das gestern mitbekommen. Berichte mal,
was du erfahren hast."

„Angstmanns müssen ein Kind gehabt haben, das vor
etwa 10 Jahren auf der Intensivstation verstorben ist.
Die Kollegin meiner Frau kann sich an die Familie und
ihr Schicksal erinnern."

„Angstmanns hatten ein Kind?"

„Ja."

„Weiß die damalige Kollegin auch, woran das Kind
gestorben ist?"

„Ja, aber sie möchte mit einer Beamtin und nicht mit einem Beamten reden. Das hat sie mir gestern mitgeteilt. Die Zeugin ist 1983 aus Polen geflohen und hat seither Angst vor Polizeibeamten.

Wir lernten sie gestern durch Befragungen beim 'Klinken putzen' in Overath kennen. Später kam sie, sehr schüchtern, während der Hausdurchsuchung nochmal bei Angstmanns vorbei. Sie schien geschockt zu sein, wollte jedoch nicht weiter mit mir reden, sagte etwas von Schweigepflicht.

Irgendetwas weiß sie. Wenn du dich gleich mit Max auf den Weg nach Köln machst, könntest du bei ihr vorbeifahren und sie befragen? So ein Gespräch von Frau zu Frau."

„Okay. Die Adresse ist?"

„Jolanta Pierski, Steinhang 33, Overath Untereschbach."

„Wir fahren gleich los, wenn wir unsere Kaffeetassen leer getrunken haben. Max kann sich ja im Hintergrund halten."

„Das ist prima." Hauptkommissar Ansgar Falke legt auf.

Max kommt Elisa aus der Küche entgegen. Er hält ein weißes Blatt in den Händen.

„Elisa, diesen Arztbericht habe ich in der Küchenablage gefunden." Fragend hält er ihr einen Befund von einer Kölner Kardiologie entgegen.

„Ach so, der alte Befund wegen meiner Herzklappe..."

„Alter Befund! Elisa, wir sind zusammen und tragen Sorge füreinander. Das hättest du mir sagen sollen."

Elisa wird blass. „Ich wollte dich nicht belasten. Ich muss nur ein wenig aufpassen, weil meine Herzklappe nicht richtig schließt, und dann kann es sein, dass sie mal ins Leere pumpt ..."

„Und du umkippst."

Elisa ist den Tränen nahe. „So schlimm ist es nicht, ich mache ja eine Therapie. Nur du, ganz besonders du, darfst mir nicht böse sein."

„Komm in meiner Arme. Ich passe auf dich auf, mein Herz."

Elisa und Max stehen da, versunken in einer innigen Umarmung.

Langsam löst Elisa sich. „Auf geht's, wir haben eine neue Aufgabe."

Eine halbe Stunde später halten Elisa und Max vor einem in die Jahre gekommenen Mehrfamilienhaus der sechziger Jahre. Es geht drei Treppen hoch bis zur Wohnung der Zeugin. Eine etwa vierzigjährige, zarte, blasse Frau, die, sich unsicher im Hausflur umschauend, sie höflich hereinbittet.

„Sie schauen ängstlich aus, Frau Pierski. Ich bin Elisa Fuchs und das ist mein Kollege Hauptkommissar Max Teufel. Es handelt sich nur um eine Befragung."

„Kommen Sie doch herein, die Nachbarn ...", sagt die Zeugin verunsichert und winkt sie schnell in den Wohnbereich.

„Haben Sie Angst vor den Nachbarn?"

„Es ist so, es wird viel zu schnell getratscht, vor allem, wenn man alleinstehend ist und dann noch aus dem Ausland kommt."

Das ist ein seltsam scheues Verhalten, denkt Elisa. Sie muss schlechte Erfahrungen mit den Menschen und der Polizei gemacht haben. Vielleicht klärt sich im Gespräch das zurückhaltende Verhalten auf.

„Frau Pierski, Sie haben gestern einem Kollegen erklärt, dass Sie die Familie Angstmann kennen."

Jolanta Pierski nickt und streicht sich ihre glatten, schwarzen Haare, die immer wieder in ihr blasses Gesicht rutschen, hinter die Ohren. Sie wartet ab.

„Ich möchte Sie als Zeugin befragen. Sie müssen nicht antworten, wenn Sie sich mit der Aussage selbst belasten. Ich nehme die Befragung auf, wenn Sie einverstanden sind."

Elisa legt ein Aufnahmegerät auf den Couchtisch.

„Ist schon gut. Ich sage Ihnen, was ich weiß. Frau Angstmann war eine gute Freundin. Sie fehlt mir sehr."

Frau Pierski greift nach einem Taschentuch, schnäuzt sich und legt ihren Personalausweis auf die Spitzendecke des Wohnzimmertisches, dessen Mittelpunkt ein Strauß bunter Kunststoffblumen bildet.

„Von Beruf bin ich Krankenschwester auf einer Intensivstation. Ich lernte die Familie Angstmann auf einem Nachbarschaftsfest kennen."

„Familie Angstmann?", fragt Elisa.

„Ja, Familie. Angstmanns hatten einen Sohn, den kleinen Tobias."

„Ich bin überrascht! Angstmanns hatten einen Sohn?

„Ja, er wäre jetzt 15 Jahre alt ..." Frau Pierskis Stimme bricht.

„Entschuldigung", sagt sie mit erstickter Stimme.

„Alles ist gut, erzählen Sie", sagt Elisa beruhigend.

„Tobias war ein sehr lebhaftes Kerlchen. Ich bin viele Male mit seiner Mutter und ihm auf dem Spielplatz gewesen, der hier um die Ecke ist. Man musste gut auf ihn aufpassen, er war sehr, sehr wild, tobte gerne und ist nicht nur einmal von der Schaukel gefallen." Ein feines Lächeln erscheint kurz auf ihrem Gesicht.

Das Lächeln steht ihr gut, denkt Elisa.

„Manchmal musste Tobias Medikamente nehmen. Methylphenidat oder Ritalin. Als sich sein Verhalten nicht besserte, wurde ihm regelmäßig Ritalin verordnet. Die Diagnose hieß: ADHS."

„Die Wirkung der Medikamente?"

„Es ist ein Mittel zum Eindämmen der Hyperaktivität. Tobias sollte dadurch ruhiger, ausgeglichener werden. Natürlich hat diese Medizin starke Nebenwirkungen."

„Was da sind?"

„Appetitlosigkeit, Übelkeit, eventuell Erbrechen ... manchmal kann nämlich genau das Gegenteil eintreten. Es kann die Erregung steigern, zum Beispiel, wenn es in der Familie nicht harmonisch zugeht. Unruhe reizte das Kind. Tobias hatte oft Schlafstörungen und schrie die halbe Nacht, wenn seine Mama nicht da war. Sie ging doch mit den Zeitungen oft schon um 4 Uhr nachts aus dem Haus."

„Demnach scheint das Familienleben der Angstmanns stressig gewesen zu sein?"

„Ja, sehr. Am besten für solche Kinder sind viel Bewegung, Therapiestunden und, ganz, ganz besonders, ein harmonisches Familienleben."

„Wo war das Problem?"

„Das alles hatte der kleine Tobi nicht. Der Vater wollte die Angelegenheit mit Schimpfen, Schlägen und Strenge lösen. Der Kleine sollte ‚spuren', das hätte er als Kind auch gemusst. Manchmal dachte ich...", sie stockt.

„Also, ich dachte, dass der Vater vielleicht an der gleichen Krankheit leidet. Als es mit seiner Metzgerei nicht mehr gut lief, trank er viel, bekam Wutanfälle, schlug um sich. Das war zu Beginn meiner Bekanntschaft nicht so, wurde aber mit der Zeit schlimmer. Vor einem Jahr hat die Mia ihn aus der oberen Wohnung geworfen. Er war so wütend ...". Die Zeugin stockt wieder.

Elisa und Max warten geduldig.

„Ich dachte manchmal, er bringt sie um, die Mia."

„Was war mit dem Kind?", fragt Elisa.

„Als Mia, wie üblich, am 5. Januar 1994, ein Mittwoch, ich weiß es noch genau, mit den Zeitungen unterwegs war, muss der Junge nachts wieder einmal wach geworden sein und geschrien haben.

Der Vater hat ihm, mit aller Wahrscheinlichkeit, die doppelte Dosis der Medizin gegeben, um endlich Ruhe zu haben."

„Ist das nachgeprüft worden?"

„Ja, durch eine Blutuntersuchung im Krankenhaus, die eine zu hohe Dosis des Medikaments anzeigte.

Tobias verlor das Bewusstsein, kam morgens um 5 Uhr mit dem Notarztwagen an und direkt zu mir auf die Intensivstation des Bensberger Krankenhauses. Ich hatte Dienst."

Jolanta Pierski weint: „Wir haben versucht, ihn zu stabilisieren, umsonst. Der Kleine ist dreißig Minuten später an Herzversagen gestorben." Die Zeugin zieht ein Tempotaschentuch aus ihrem Rock.

„Mia wurde vom Zeitungsaustragen weg geholt und direkt ins Krankenhaus gebracht. Sie schrie, bekam einen Nervenzusammenbruch. Ich sehe die Szene immer noch vor mir: Die weinende Mutter, mit dem Kleinen auf den Armen, der noch Abdrücke der Wiederbelegungsversuche auf der Brust hatte. Ich kann das Bild einfach nicht wegwischen."

Max und Elisa sind erschüttert.

„Ich nehme an, dass sich die Eltern von dem Schicksalsschlag nicht mehr erholt haben?", fragt Elisa.

„Nein. Wie ein Joch lagen Bitterkeit, zorniges Schweigen und Schuldzuweisungen über ihnen und erdrückten sie."

Die Zeugin stockt.

„Nichts war mehr wie vorher. Mia Angstmann hat sich mir oft anvertraut. Wenn sie ihren Mann früher einmal geliebt hat ... ich glaube, jetzt hasste sie ihn, wenn er unberechenbar war.

Um sich abzulenken, arbeitete sie fast Tag und Nacht. Sie hatte Aushilfsjobs: Nähen, Putzen und Zeitungen austragen.

Ich glaube, dass ihr Mann, der Erich, nicht nur trank, sondern auch Tabletten nahm, die gleichen, die man seinem Kind verschrieben hatte, wenn er sich nicht gerade mit seinem Jagdgewehr im Wald abreagierte und herumbollerte. Er sagte manchmal, dass er in der alten Hütte eines Freundes herumbastelt, aber wahrscheinlich zerlegte er Jagdbeute.

Ich habe Angst vor ihm. Er mochte mich nicht. Meinte, als Mia noch lebte, abschätzig: da sitzen die Weiber wieder zusammen und heulen sich aus."

„Können Sie sich vorstellen, wo er jetzt ist? Das Auto, der blaue Polo, ist verschwunden. Wichtig auch: Wissen Sie, wo sich diese Jagdhütte befindet, in der er sich gerne aufhält?", fragt Elisa.

„Früher trieb er sich oft, das erwähnte ich schon, im Wald herum, mit seinem Jagdgewehr. Aber wo, das weiß ich nicht. Fragen Sie doch mal in seinem Jägerverein. Vielleicht hat er auch nur angegeben. Was soll er denn im Wald mit dem Auto anfangen?"

Belastende Stille.

„Erst das Kind, und jetzt habe ich auch noch eine Freundin verloren", flüstert die Zeugin und zupft einen Querfaden aus der Häkeldecke.

„Es tut uns leid, Frau Pierski. Vielen Dank, dass Sie ein wenig Licht in die traurige Angelegenheit gebracht haben."

„Ist schon in Ordnung. Hat mir gutgetan, mal alles auszusprechen."

„Wenn wir wieder in der Nähe sind, legen wir Ihnen die Befragung zur Unterschrift vor", sagt Elisa.

„Und wenn Sie uns noch etwas mitteilen möchten, oder etwas erfahren, zum Beispiel, wo sich Herr Angstmann versteckt haben könnte, geben Sie uns bitte Bescheid", sagt Max und legt seine Visitenkarte auf den Beistelltisch neben dem Sofa mit den vielen bunten Häkelkissen, auf dem sie zu Beginn der Befragung Platz genommen hatten. Er schaut hoch und bemerkt, dass er während der Befragung unter einem goldgerahmten Bild des segnenden polnischen Papstes Johannes Paul II, Karol Wojtyla, gesessen hat.

Den Papst vor Augen wird die Zeugin bestimmt die Wahrheit gesagt haben, denkt er, und kann ein leichtes Schmunzeln nicht verbergen.

Max und Elisa atmen tüchtig durch, als sie wieder vor ihrem Dienstwagen stehen.

Sie sehen sich an. „Ich weiß, Elisa, du möchtest jetzt einen Milchkaffee. Da gegenüber ist ein kleines Café."

„Prima, da gibt es bestimmt auch ein …"

„Klar. Croissants haben die auch."

Sie nehmen Platz und kommen auf die Befragung zurück.

„Eine ängstliche Frau, die Jolanta Pierski. Wer war eigentlich in den Neunzigern Regierungschef in Polen?", fragt Elisa. „Ich komme gerade nicht auf den Namen."

„Ein Tyrann, ein Herr Jaruzelski."

„Aha, ich erinnere mich. Kein Wunder, dass Frau Pierski der Polizei nicht sofort Vertrauen schenkte. Jetzt sind wir einen kleinen Schritt weiter. Und wissen mehr über ADHS, eine Überdosis Ritalin und ..." „Ein totes Kind", ergänzt Max.

„Das könnte die Erklärung für die Medikamente im Keller des Hauses sein. Hat Ansgar Falke den Namen der Medikamente nicht gestern schon während der Dienstbesprechung erwähnt?"

„Stimmt, genau diese Medikamente hat er genannt. Marder wollte schon die Drogenfahndung hinzuziehen."

„Es kann gut sein, dass Angstmann, als die Medikamente des Sohnes verbraucht waren, sie verschrieben bekommen hat, und zwar vom Hausarzt."

„Den Hausarzt zu ermitteln, ist in diesem Fall wohl das kleinste Problem."

„Ja, und Erkenntnisse zum Jagdverein und einer Hütte, seinem angeblichen Unterschlupf zu bekommen, da ist der richtige Ansprechpartner unser Teamkollege Arnold Spitznagel als Overather Dienststellenleiter, der hier angeblich jeden Stein kennt."

Max schaut auf die Uhr

„Ich schlage vor, wir fahren jetzt zum Rechtsmedizinischen Institut. Beginn der Obduktion der Mia Angstmann ist um 10 Uhr, das könnten wir schaffen. Die neuen Erkenntnisse im Fall ‚Blutschnee' besprechen wir auf der nachfolgenden Dienstbesprechung im Präsidium in Köln, um 12 Uhr."

Der wilde Mann im Wald

Nicht alles, was totgeschwiegen wird, lebt.
Karl Kraus

Dienstag, 30. November 2004
Eine Hütte im Bergischen Land.

Es wird dunkel und es stinkt nach Tod. Angstmann ist wie besessen. Immer, wenn er diese innere Aufruhr spürt, muss er zu einem Stock, einem Messer oder einer Schusswaffe greifen. Es ist wie eine Gier. Er muss etwas zerstören.

Jetzt heftet er den Blick auf den Fuchs, den er vor einer Stunde erlegt hat.

Rotbraun glänzt das seidige Fell und rubinrot die blutige Spur, die das Tier hinterlassen hat.

So ein schöner Fuchs, denkt Angstmann. Ich werde ihn präparieren und neben den Dachs, den Falken, und die Amseln hängen.

Das sind meine Schätze. Ich erwecke sie zum Leben, sie sind unsterblich, weil ich sie vollkommen mache, schöner als im Leben. Ich präpariere sie, habe die Macht, sie wieder auferstehen zu lassen. Sie, die toten Tiere, leisten mir hier in dieser miesen Einöde Abend für Abend Gesellschaft. Sie klagen nicht, meckern nicht, sie sind einfach nur schön und still. Sie schauen mit ihren Augen, denen ich wieder Glanz geschenkt habe, auf mich herab. Vielleicht sind sie mir dankbar. Ich spreche mit ihnen.

Ordentlich wie auf einem OP Tisch ordnet er präzise blitzblanke Instrumente an: Skalpelle, Pinzetten, Zangen, um das Gewebe zu spreizen, kleine Sägen für die

Knochen und Feilen, um Vogelschnäbeln oder Fuchszähnen einen leichten, matten Glanz zu geben.

Angstmann versinkt in seine Tätigkeit.

Er wischt es weg aus seinem Gedächtnis, das vergrämte Gesicht seiner Frau und den vernichtenden Ausdruck ihrer eisblauen Augen, als er sie das letzte Mal schlug.

Furcht erweckend wie eine Medusa stand sie vor ihm und hat sich durchgesetzt.

Er ist, durchdrungen von tödlicher Wut, in den Keller gezogen, hat sie gemieden wie die Pest.

Sein Konto war gesperrt. Taschengeld von 100 Euro pro Woche legte sie ihm vor die sperrige Metalltür des Kellers.

Seine Wut steigerte sich, als er sie beobachtete, wie sie sich an diesem Morgen zum Zeitungsaustragen fertigmachte und eine fette Geldbörse an ihren Gürtel band.

Früher, als er noch in der Metzgerei ihres Vaters arbeitete, und wenn ihn diese Wut überkam, schlug er ganz besonders fest mit dem Beil in das Fleisch der Tiere. Das war nicht strafbar. Er liebte es, Knochen zu zersägen, Schweine oder Rinder fachgerecht, präzise zu zerlegen und genoss mit einem Schauder das warme Blut an seinen Händen.

Schon einige Jahre ist es vorbei mit der Metzgerei. Der Schwiegervater hatte sie nicht ihm, sondern seiner Tochter Mia vererbt.

Er, Erich Angstmann war nur noch Angestellter.

Er weiß, dass er nicht gut gewirtschaftet hat, sich immer öfter aus der Kasse bediente. *Aber wer arbeitet, muss auch seinen Anteil an Spaß und Freude haben und Mia wich meinen Annäherungsversuchen stets aus*, denkt er.

Dann kündigte auch noch die einzige Verkäuferin, die fleißige Agnes, weil er sie angeblich unsittlich in den Po gekniffen habe, ihr zu nah gekommen sei. Sie hat ihn doch mit ihrem falschen Lächeln und dem kecken Hüftschwung nahezu dazu aufgefordert.

Genau ab dem Tag war er allein im Geschäft und öffnete den Laden nicht pünktlich. Immer öfter ergriff ihn morgens tödliche Müdigkeit nach durchzechter Nacht.

Und dann dieses Kind, das er zwar liebte, ausgenommen sein furchtbares Plärren und die Schreierei. Das ging ihm auf den Senkel. Er wollte nur, dass Klein - Tobi sich beruhigte, aber der kreischte panisch auf, weinte zum Herzerweichen, oder gab ihm Fußtritte mit seinen kleinen Hasenfüßchen, wenn er sich näherte.

In der unglückseligen Nacht damals hat er es nicht mehr ausgehalten. „Ruhe, Ruhe!", hat er gebrüllt.

Er ging zum Medizinschrank und zerkleinerte zwei Tabletten in süßem Saft und Honig und trichterte diese Mischung dem Schreihals mit Mühe und Not ein. Einige Schluchzer folgten noch.

Dann war es plötzlich still geworden, zu still.

Er rief den Notarzt und was danach kam, daran will er nicht denken. Er ist innerlich gestorben, war nur noch eine Hülle von einem Mann, der im Keller wohnte, wie ein Tier.

Ein Mann, der sich draußen im Wald austobt, Tiere tötet, einige dann sehr sorgfältig wieder auferstehen lässt. Etwas gut und sorgfältig zu machen, das war ihm mit seinem Kind nicht gelungen, und auch nicht mehr möglich.

Vorsichtig, mit einer Behutsamkeit, die man ihm nicht zugetraut hätte, präpariert er die Tierkörper. Er zieht ihnen zunächst die Haut ab und entfernt dann Fleisch- und Fettreste.

Ganz ordentlich säubert er die Knochen. Den Vögeln bleiben Federkleid und Schnabel erhalten.

Nach dem Entfernen des Fleisches und Fettes formt er zum Beispiel die Körper von Fuchs und Dachs aus Stroh haargenau nach, ehe er das Fell wieder darüber streift und zunäht.

Wie ein Schöpfer fühlte er sich, wenn ihm solch ein Kunstwerk gelingt.

Wenn es misslingt, betrinkt er sich und wirft das Objekt an die Wand. Alles im Innern schreit dann nach Betäubung. Alkohol oder Drogen, die er sich in Köln in der Nähe des Bahnhofs besorgt. Ohne Geld? Nein. Das baumelte an Mias Gürtel. Sie würde ihm nichts geben. Das wusste er an diesem frostigen, frühen Wintermorgen.

Gegen vier Uhr ist er aus dem Wald gekommen, hat im Tal den Polo entdeckt, seiner Frau aufgelauert und ist ihr heimlich gefolgt. Sie wusste nichts von der Hütte, seiner Hütte, die sich am anderen Waldrand befand, versteckt auf einem kleinen Grundstück, das ihm seit dem Tod seines Vaters gehörte.

Auf diesem Stück Waldboden hat er über Jahre aus Fertigteilen aus dem Baumarkt eine behagliche, kleine Jägerstube gezimmert. Ein Reich, das er sich selbst geschaffen hat.

Gestern parkte die Mia, wie immer, gegen 4 Uhr morgens im Tal. Sie stapfte durch die Dunkelheit den Bergpfad hinauf in die glitzernde Schneelandschaft. Die Mia, mit ihren kräftigen Waden und den schwungvollen Bewegungen. Ein Bild von einer taffen Frau.

Das Starke, Kräftige hatte er so an ihr geliebt. Doch jetzt war da nur noch, wie eine lodernde Flamme, tödlicher Hass in ihm. Der hatte sich nach Tobis Tod wie ein tödliches Gift in das Einfamilienhaus geschlichen. Er entzog den Wänden alle Geborgenheit und Wärme, die ein Mensch zum Leben braucht.

Ein Eiskeller der Gefühle, durchdrungen vom zornigen Atem der Bewohner und dem kalten Schweigen der Mauern.

Er denkt an Mia. Allein an ihrem letzten Morgen auf dem dunklen, verschneiten Waldweg.

Ein dicker Stock, ein fester Schlag. Fast wäre er dabei selbst gestolpert.

Doch jetzt, als er sich daran erinnert, stolpert sein Herz. Hat er noch ein fühlendes Herz? Er dachte, es wäre verloren gegangen, schon damals, als Tobi starb. Dabei liegt es jetzt, er fühlt es, schwer wie ein Stein in seiner Brust.

Was hat er heute Morgen getan, für mickrige 400 Euro? Wut und Reue flammen erneut in ihm auf. Er nimmt das nächstbeste Tierpräparat, einen kleinen Marder, und schmeißt ihn mit Wucht an die Wand seiner Behausung.

Schlimme Zeichen

Die Obduktion der Zeitungsbotin Mia Angstmann bestätigte den Verdacht, dass der Täter sein Opfer mit einem tödlichen Schlag in den Nacken zu Fall brachte.

Die Vermutungen des Notarztes, dass die Zeitungsbotin einen Bruch des siebten Halswirbels erlitt, waren treffend. Zum Tod führen die nachfolgenden Blutungen der darunter liegenden großen Blutgefäße, Schädigungen des Rückenmarks sowie der Luft- und Speiseröhre.

„Dieses Opfer, diese starke Frau, hätte noch lange leben können. Sie war in einem guten Allgemeinzustand. Hätte sie den brutalen Angriff überlebt, wäre sie zeitlebens gelähmt geblieben und hätte sich nur noch im Rollstuhl fortbewegen können", gab Professorin Rigens zu bedenken.

An dem von der Spusi gesicherten Ast einer Eiche wurden Haut- und Blutspuren des Opfers, aber keine Fingerabdrücke des Täters gefunden.

„Er mag Handschuhe getragen haben", meint Lupe, der Spurensucher, „es war kalt".

Die Ermittler verabschieden sich von den dunklen Gängen der Rechtsmedizin.

Elisa schaut auf ihr Handy.

„Gibt es Neuigkeiten?", fragt Max.

„Ja, Constantin kommt über Weihnachten nach Europa und macht hier Urlaub. Er hat Sehnsucht nach Deutschland und freut sich auch sehr, die Kinder wiederzusehen."

„Und auf dich freut er sich natürlich auch", sagt Max, der ein wenig blass um die Nase geworden ist, spitz.

„Ach, das regeln wir schon. Du bist bestimmt Heiligabend zu Hause in Gelsenkirchen und kommst dann mit Andrea für einen Weihnachtstag zu mir und meiner Familie. Constantin kommt vielleicht auch nicht allein. Doch es sind noch fast vier Wochen bis zum Weihnachtsfest. Erst lösen wir mal unsere verzwickten Fälle."

Kurz treffen sich ihre Blicke, und dann nicken sie sich einvernehmlich zu und tauchen ein in die Diskussion im Besprechungsraum.

„Ah, da seid ihr ja", ruft Marder und eröffnet offiziell die zweite, umfassende Dienstbesprechung.

„Es geht um die Zuordnung der bisher gefundenen Spuren zu den Mordfällen ‚Schneewittchen' und ‚Blutschnee'."

Marder wendet sich an KHK Lupe: „Lucas, ich glaube, dass wir jetzt die gesamten Ergebnisse der Spusi brauchen, um die nächsten Schritte einzuleiten.

Zum Fall ‚Schneewittchen': Welche neuen Erkenntnisse haben die Auswertungen ergeben?"

„Bekannt war bisher, dass wir Fingerabdrücke, Fußspuren, Fasern und Haare am Tatort, dem Toilettenhäuschen, und auch im Rover, gefunden haben. Ferner entdeckten wir eine fast leere Tüte Marshmallows am Hang hinter der Toilette des Parkplatzes.

Dass der Inhalt der Tüte mit dem Tod des Opfers zusammenhängt, bestätigte uns Professorin Dr. Rigens. Ihr alle habt inzwischen den Bericht. Das Opfer wurde gewürgt und/oder stranguliert. Beides hat nicht zum sofortigen Tod geführt. Bei den Strangulationsmarken könnte es sich um den Riemen einer Handtasche handeln, die bisher nicht gefunden wurde. Beweise: Die dunklen Verfärbungen neben dem Kehlkopf weisen darauf hin, dass der Täter noch einmal mit den Händen zugedrückt hat. Bluteinsprenkelungen im Augenbereich waren die Folge. Das erwähnte ich schon im ersten Bericht.

Zur Täterbeschreibung gibt es keine Neuigkeiten.

Das Toupet des Täters: Von der Düsseldorfer Haarboutique 'Hairtalk', bekam ich eine E-Mail und die genaue Zusammensetzung des Klebestoffs, der zur Befestigung des Haarteiles am Kopf dient.

Die Inhaltsstoffe sind auf den Punkt identisch mit der Analyse der KTU zu dem Klebstoff, der sich an den Haarenden unseres vermeintlichen Täters befindet.

Anhand unserer Personenbeschreibung kommen für den Geschäftsinhaber Guiseppe Figaro zwei Kunden infrage. Diese Daten dürfen wir nur persönlich erfahren, sie werden uns nicht übermittelt. Deshalb fahre ich mit unserem Anwärter Marc nach dieser Besprechung in den Laden nach Düsseldorf, um die Adressen der Haarkunden zu erfahren und deren Aussehen auf Ähnlichkeiten mit unserem bisher erstelltem Täterprofil zu vergleichen."

„Das wäre gut, wenn ihr da einen Treffer landet", sagt Marder und blättert in seinen Unterlagen.

„Ganz neu sind die Erkenntnisse zum Fall der ermordeten Zeitungsfrau. Kollege Falke, ihr Bericht ..."

„Ich gebe da zunächst mal weiter an unsere Elisa. Sie war mit Max unterwegs, hat eine Freundin der Familie befragt. Elisa ..."

„Ja, die Familie Angstmann hatte einen Sohn, der an ADHS litt. Der fünfjährige Sohn Tobias ist vor zehn Jahren im Bensberger Krankenhaus auf der Intensivstation an einer Überdosis eines ADHS-Medikamentes gestorben, verabreicht durch den Vater. Die Anfrage nach den Krankenhausunterlagen läuft, wenn sie noch auffindbar sind.

In der Nacht, in der Tobias eingeliefert wurde, hatte die Zeugin Jolanta Pierski, die ich befragen sollte, dort als Intensivschwester Dienst." Elisa nickt Ansgar Falke zu.

„Ihr bekommt noch einen umfassenden Bericht zum Verhältnis der Eheleute Angstmann untereinander, zu der Nacht, in der das Kind starb, und zu anderen offenen Fragen.

Kurz gesagt: Aus Liebe wurde Hass, mit verhängnisvollen Folgen. Jahrelanges, zorniges Schweigen lag wie ein Joch über dem Ehepaar, dem mit großer Wahrscheinlichkeit der Ehemann in mörderischer Wut ein Ende setzte".

Betroffenes Schweigen.

„Das bestätigen auch die Nachfragen beim ‚Klinken putzen' bei den Nachbarn", sagt Falke.

„Was ist mit den Fußabdrücken im Schnee, Lucas?"

„Wie ich schon in meinem Bericht erwähnte: Die Spuren sind groß und tief. Der Täter muss gewichtig, schwer gewesen sein. Allerdings haben wir in Angstmanns Keller kein dazu passendes Schuhwerk gefunden. Das deutliche Profil der Sohlen deutet auf schwere Gummistiefel der Firma 'Conti' hin. Mit diesen Stiefeln ist der Verdächtige wahrscheinlich im Moment unterwegs."

„Wenn wir die Stiefel finden, haben wir den Beweis, dass Angstmann am Tatort war. Es ist möglich, dass er die Stiefel trägt, wo immer er auch ist, und wo immer er sich versteckt", meint Marder.

„Die Spuren am Stock, einem richtigen Prügel, sind mit Blut- und Hautspuren des Opfers verglichen worden und positiv ausgefallen. Es fehlt nur noch das positive Ergebnis des DNA-Abgleiches", fügt Lupe hinzu.

„Warum dauert es immer einige Tage, um ein DNA-Ergebnis zu bekommen?", fragt Anwärter Marc den Spurensucher.

„Wir sind schon froh, dass es seit 1984 diese Untersuchung überhaupt gibt. Das Zufallsergebnis eines Forschungsprojekts des Wissenschaftlers Alec John Jeffreys.

Damals dauerte es noch viele Tage, bis man das Ergebnis endlich ablesen und zuordnen konnte. Heute dauert es wenige Tage. In Zukunft, in den 20-er Jahren, können wir wahrscheinlich nach wenigen Stunden ein Ergebnis auf dem Tisch liegen haben. Es wird immer weiter geforscht und differenziert. In einigen Jahren kann wahrscheinlich auch schon geschlechtsspezifisch geforscht werden."

„Spannend", sagt Marc Gilles.

„Zukunftsvisionen", bemerkt Marder.

„Ich glaube daran, Chef", kontert Lupe.

PHK Spitznagel wendet sich an Elisa: „Du hast mich am Vormittag nach Wanderhütten gefragt, in denen sich Angstmann versteckt haben könnte."

„Bist du fündig geworden?"

„Noch nicht. Ich bin am Nachmittag mit einem Bekannten aus dem Jagd Club verabredet und hoffe, etwas mehr über Angstmanns Jagdleidenschaft zu erfahren. Bei ihm lagen einige auseinandergenommene Waffen im Keller, die wir beschlagnahmen mussten. Sie werden überprüft, weil sie mit aller Wahrscheinlichkeit aus Diebstählen im Polizei- und Bundeswehrbereich stammen können.

Noch etwas, Elisa, du fragtest auch nach dem Hausarzt der Angstmanns. Es ist Dr. med. Elias Homer.

Ich traf ihn vor einem Jahr in Angstmanns Keller. Mia hatte den Arzt damals gerufen, weil sie sich fürchtete. Ihr Mann hatte einen Wutanfall und sich dabei selbst die Hand verletzt.

Dr. Homer hielt es für seine Pflicht als Hausarzt, mich zu rufen und über die häusliche Gewalt bei Angstmanns zu unterrichten. Er verabreichte damals seinem Patienten – nicht zum ersten Mal - ein starkes Beruhigungsmittel, das der Patient regelmäßig einnehmen sollte.

Ich wollte damals eine Anzeige zum Nachteil des Erich Angstmann erstatten. Doch Mia Angstmann war strikt dagegen, wollte keinen Strafantrag gegen ihren Mann stellen, ,der Leute wegen', sagte sie."

„Trautes Heim, Glück allein", summt Anwärter Gilles munter vor sich hin, so leise, dass Marder ihn nicht hören kann.

„Ja, dann an die Arbeit, Leute", sagt Marder und rüstet sich zum Aufbruch.

„Bin gespannt, was wir von den Jägern hören, und welches Ergebnis Sie, Lupe, aus dem Haarsalon in Düsseldorf mitbringen. Ich denke, dass wir in Verbindung bleiben und uns" – er sieht auf die Uhr – „um 18 Uhr wieder unterhalten, entweder hier, live, oder über eine Telefonkonferenz."

Hauptkommissarin Maria Eck erhebt sich zaghaft.

„Ist noch etwas, Kollegin Eck?", fragt Marder, während er seine Unterlagen zusammenpackt.

„Ja, ich war gestern Abend im Supermarkt, bei uns um die Ecke."

„Sie wohnen doch in Gummersbach. Eine lange Strecke, um zu uns zur Dienstbesprechung zu kommen. Schön, dass Sie dabei sein konnten."

„Darum geht es nicht, Chef. Ich hörte von einer Nachbarin, die das Wochenende in einem Ferienhäuschen an der Agger verbracht hat, dass sie auf einen Fremden gestoßen ist."

„Das kommt vor", sagt Marder und grinst.

KHK Eck bleibt beharrlich: „Diese Frau weiß, dass ich in einer Soko der Kripo bin. Sie berichtete, dass sie am frühen Samstagmorgen einen Mann aus einem der alten, unbewohnten Ferienhäuser kommen sah, einen Mann, der ihr völlig fremd war und der sie auch noch beleidigt hätte."

„Wo ist das Problem? Das kann man doch auch in Gummersbach lösen."

„Die Bekannte meinte, dass dort in dem Haus lange Zeit kein Mensch gewohnt hätte. Außerdem stieß der Fremde eine Beleidigung aus, die sie tief getroffen hat."

„Das wäre?"

„Der Fremde sagte zu ihr: ‚Halten Sie gefälligst ihren blöden Köter in Schach', und drohend zu ihrem Hund Humphrey ‚verpiss dich'."

Auch nach diesem anstrengenden Tag können alle im Team das Lachen nicht unterdrücken. Sie prusten und kichern.

„Verpiss dich, der war gut, Frau Eck", Marder stockt, überlegt, und das Lachen vergeht ihm. Bedrohlich zieht er die Stirne kraus.

„Moment! Ein Fremder in der Nähe der Autowerkstatt Engelskirchen? In einer Ferienwohnung an der Agger?

Warum haben Sie das nicht zu Beginn der Besprechung gesagt?"

Maria Eck ist bestürzt.

„Entschuldigung, ich wusste nicht, dass das ..."

„Adresse! Und dann fertig machen zum Einsatz, Leute, mit großem Besteck. Das Gebiet vorsichtshalber absperren, das Ferienhaus durchsuchen, ebenfalls den Campingplatz ... Verflixt, schlechter könnte der Zeitpunkt nicht sein, und ... vergesst eure Schutzwesten nicht!"

Das Versteck

Sich verstecken heißt nicht, sich in Sicherheit zu bringen.
Lateinische Lebensweisheiten

Dienstagnachmittag, der 30.11.2004

Der seit Tagen angekündigte Sturm im Bergischen Land überzieht an diesem Nachmittag den Himmel mit düsteren Wolken. Eine Sturmböe zerfetzt Wolkenberge und lässt Eisregen vom Himmel prasseln.

Kreisförmig rasen Einsatzwagen aus dem Bergischen und Oberbergischen Land mit Blaulicht und Martinshorn auf das winterlich verschlafene Camping- und Freizeitgebiet in Loope zu.

Marder, Falke, Elisa und Max sind inzwischen in ihrem Dienstwagen auf der Overather Straße in Richtung Loope unterwegs.

„Einsatzzentrale an Rhena 31/78, wo befindet ihr euch?"

„31/78 an Einsatzzentrale. Wir sind auf der Overather Straße, Schloss Ehreshoven ist in Sicht. Wir biegen jetzt links in den Uferweg ein und fahren auf das Objekt zu. Ende".

„Einsatzzentrale an die Einsatzwagen Rhena 31/78, Agger 31/54 und Bella 52/57: Bitte einen Ring um das gesamte Feriencamp bilden."

„Verstanden."

Der Polizeifunk knattert ununterbrochen: „Einsatzzentrale an alle Einsatzwagen, Standorte?"

„Rhena 31/78 an Einsatzzentrale: Wir befinden uns jetzt mit Agger 31/54 am Zielobjekt 'Zur Quelle 3', dem angeblichen Aufenthaltsort des Gesuchten.

Das Objekt, ein älteres Holzhaus, liegt direkt an der Agger. Eine offene, im Wind klappernde Fensterlade und zugezogene Gardinen. Wirkt unbewohnt. Ende."

„Einsatzzentrale an Bella 52/57, Standort?"

„Bella 52/57 an Einsatzzentrale: Wir sichern die Zufahrt- und Nebenwege zum Objekt. Ende."

Marder, Max und Elisa steigen aus und sehen kritisch auf ein Ferienhäuschen aus rotem Backstein mit dunkler Alterspatina, Efeubewuchs und Holzverkleidung am Giebel. Verwittert sind die rissigen, von Efeu umrankten Fensterrahmen aus Holz.

Begrenzt wird das kleine, mit Schneeresten bedeckte Domizil mit einem braungrauen Jägerzaun. Ein offenes, im Wind schwingendes Gartentürchen lässt den Blick auf die Agger frei.

„Verlassen und unbewohnt, ein altes Haus mit blinden Fenstern", sagt Elisa.

„Wenn der ‚Schneewittchen-Mörder' jemals hier war, dann ist das biedere Häuschen eine gute Tarnung."

Marder nickt und seziert das Anwesen mit seinem scharfen, sprichwörtlichen Marderblick.

„Sieht harmlos und unbewohnt aus", meint Elisa.

„Trotzdem, die Schutzwesten bleiben am Körper, Kollegin! Ich habe schon Pferde kotzen sehen und einen brutalen Mörder erlebt, der sich in einem Kindergarten als Kinderpfleger ausgab. Also Vorsicht!"

„Seltsamer Vergleich", flüstert Max Elisa zu.

Marder geht auf den Kombi der Spusi-Mannschaft zu, die im Begriff ist, sich die obligatorischen, weißen Schutzoveralls überzuziehen.

„Macht euch fertig. Ich versuche jetzt, da reinzukommen", er zeigt auf das Haus mit den bunten Glasbausteinen der fünfziger Jahre.

An der Seitenwand des Eingangs befindet sich ein englischer Türklopfer aus angelaufenem Messing, in Form eines Löwenkopfes. Er verleiht dem Häuschen den Touch eines englischen Cottages.

„Dazu passen die bunten Glasbausteine der fünfziger Jahre gar nicht", sagt Elisa.

„War vielleicht ein Geschenk", meint Max, „außerdem nahm man damals, nach dem Krieg, alles zum Bauen, was vorhanden war. Hauptsache, dass es urig und gemütlich wirkte."

Marder klopft an die Tür. Stille. Nichts rührt sich. Ein eisiger Windhauch lässt als Antwort die blechernen Dachschindeln und eine unbefestigte Fensterlade rattern.

Elisa versucht, von außen durch die Fenster zu schauen, doch die blickdichten Gardinen sind zugezogen.

Ein weiteres Klopfen bleibt ungehört.

Marder gibt Lupe ein Zeichen. Der weiß sofort Bescheid. Er ist bekannt dafür, dass er mit seinem Multifunktionsschlüssel fast jede Tür aufschließen kann. Und es klappt auch heute wieder.

„Ich hätte mich auch dagegen werfen können, aber dann wär der ganze Laden vielleicht zusammen gefallen."

Er grinst, obwohl alle angespannt sind.

Mit gezogener Waffe gehen sie schrittweise durch das Haus, erklimmen einen niedrigen Speicher, durchsuchen Gerümpel.

„Das ist alles zu easy", meint Max misstrauisch.

Ein Anzeigenblättchen mit Datum des Vortages liegt auf den toskanischen Fliesen im Hauseingang. Seltsamerweise ist hier kein Staub. Wirkt wie frisch gewischt.

Das schwache Flurlicht flackert.

Die Waffe gezückt, tastet das Team sich vorwärts und verteilt sich in die Räume. Im Schlafraum mit abgezogenem Bettzeug gleitet gleißender Schein von LED-Lampen über die Blümchentapete.

Ein Rumpeln im Wohnzimmer.

Erschrecken. „Aua, ich bin über diese alte Stehlampe gestolpert", ruft Elisa und steht dort schimpfend neben einer Lampe mit Samt Rüschen am Stoffschirm.

Neugierig geworden, kommt Anwärter Marc hinein.

„Oh, so eine Lampe hat meine Oma auch. Auch ein altes Vintage Elektroöfchen steht da! Richtig cool hier."

„Was machst du denn hier, willst du hier einziehen?", fragt Max.

„Ich lese ein Buch über Max und Moritz", kichert der Anwärter und deutet auf Max und Moritz Marder.

„Sei nicht albern, leg das Buch weg und fass hier nichts mehr an! Wenigstens hast du einen Overall und Handschuhe übergezogen. Du solltest mit Ansgar Klinken putzen und die Campingbesucher befragen. Ran an die Arbeit!"

„Wir sind schon durch. Kaum ein Urlauber hier. Niemand weiß etwas oder will Verdächtiges gesehen haben."

„Da steht ein Schnapsschränkchen! Auch so ein mega geiles Teil", ruft Marc und streckt die Hand danach aus.

Lupe reißt ihn zurück. „Du rührst hier nichts mehr an, verstanden!"

Teufel sieht sich um: „Alles wirkt wie desinfiziert, wie gewischt und saubergemacht", meint er. „Da war ein guter Spurenvernichter am Werk."

„Sogar die Mülltonne ist leer. Entweder ist der Bursche ganz gerissen, oder wir suchen ein Phantom. Hat sich Kollegin Eck vom Dorftratsch veralbern lassen?", überlegt Marder.

Lupe kommt hinzu. War die Mülltonne leer? „Lass mich mal sehen." Er beugt sich tief in die Tonne. Der grelle Schein der LED-Lampe beleuchtet jedes kleinste Teilchen.

„Was haben wir denn da?"

Er nimmt eine Folie, drück sie auf den Tonnenboden und strahlt. „Wenn das mal nicht Tabakkrümel einer Zigarette sind."

„Ich sehe nichts", sagt Elisa.

„Du heißt ja auch nicht Lupe."

Beide gehen wieder ins Haus.

„Gilles! Verdammt noch mal. Was machst du da auf dem Fußboden?", ruft Lupe.

„Hier unter dem Plüschsofa liegt ein Foto!", ruft der Anwärter. Unter dem Sofa gucken nur noch seine blauen Tatort-Schuhüberzieher hervor.

„Habe es auch nicht angefasst", sagt's, kriecht unter dem Sofa hervor und schüttelt sich Spinnweben aus seinem blonden Wirrkopf.

„Du hast ein Foto gefunden?", freut sich Lupe. „Gut gemacht, Marc", sagt er und klopft dem Finder auf die Schulter. Eine dicke Staubwolke umgibt das strahlende Gesicht des Anwärters wie ein Heiligenschein. „Unter dem Sofa sieht es wie Sau aus. Nur Wollmäuse und dieses Bild. Obwohl sonst hier alles blitzsauber wirkt", sagt der Anwärter. Er gibt das Bild Lupe und klopft sich den Staub vom Overall.

Lupe betrachtet das vergrößerte Foto: „Eine nette Dame, so um die sechzig, würde ich sagen. Grübchen, ein liebes Lächeln und krause, typische ‚Queen Elisabeth Dauerwellfrisur'. Es wäre interessant, zu wissen, wen sie anlächelt?", fragt er sich.

„Vielleicht ihren Mörder?", staunt der Anwärter.

Vorsichtig versinkt das Bild in einem Spurensicherungsbeutel.

„Wir werden Kopien dieses Fotos in den Geschäften hier und in der Presse verbreiten", sagt Marder.

„Geschäften?", meint Elisa, und lächelt. „Siehst du hier welche?"

„Man muss sich umsehen, Kollegin. Nicht weit von hier ist ein Kiosk und im Ort gibt es eine Bäckerei."

„Schaut mal, das ist ein Barschränkchen an der Wand, das hab' ich eben schon bemerkt, aber ihr hört mir ja nie zu, klagt der Anwärter", und zeigt erneut auf das Eckschränkchen.

„Nussbaum furniert, im Stil des Gelsenkirchener Barocks", sagt Elisa.

„Ich muss ja schon sagen, der Kleine ist hin und weg, manchmal im Weg, aber er hat Augen wie ein Luchs", lobt Ansgar Falke.

„Fingerabdrücke auf der Whiskyflasche, und da, auf dem Glas … da werde ich bestimmt fündig", meint Lupe, schnalzt mit der Zunge und macht sich an die Arbeit.

„Vielleicht hat hier eine Rentnerin gewohnt, die eine Schnapsnase war", fügt Marc Gilles lapidar hinzu und reizt damit seinen Chef. Er kann es einfach nicht lassen.

„Ihnen, Herr Gilles, fehlt ein Quäntchen Berufsethos! Immerhin ist das hier eine Mordermittlung. Den lässigen Ton verwahren Sie sich für Ihre diversen Disco-Besuche."

„Berufsethos? Das ist gut", kichert KHK Falke verhalten, blickt zu Marder und kann ein Lächeln nicht verbergen. „Immerhin hat der Junge das Foto entdeckt und den Schnapsschrank auch, Chef."

„Trotzdem, ich kann nicht alles durchgehen lassen", betont Marder und dreht sich um.

„Übrigens", beginnt er moderat: „Ich habe eben mit der Campingverwaltung telefoniert. Eine Melitta Krebs, die das Gelände in- und auswendig zu kennen scheint, wartet auf uns. Ich gehe gleich los und nehme das Foto mit. Vielleicht kennt die Verwalterin die lächelnde Dame auf dem Bild.

Kommen Sie doch einfach mit, Frau Fuchs. Sie können diplomatisch von Frau zu Frau reden und bestimmt mehr als ich erfahren. Ich möchte heute hier niemanden mehr erschrecken".

Was ist schon wieder mit unserem Chef los, denkt Elisa. Wahrscheinlich tut es ihm leid, dass er eben den Anwärter aufs Korn genommen hat.

Sie schließt sich Marder an. In Gedanken versunken, gehen sie nebeneinander her. Kurz vor einer Biegung des Weges dreht Elisa sich noch einmal um und schaut zurück.

Düstere Wolkenberge hüllen jetzt, um 17 Uhr, das Haus ein. Ein letzter, greller Sonnenstrahl bricht sich in den aufgewühlten Wellen der Agger und beleuchtet kurz vernachlässigte Anwesen.

Es sieht so aus, als ob die Aggerwellen nach dem Grundstück greifen. Ist das ein Hinweis? *Was verbirgt der Fluss, und was passiert, wenn das Wasser durch die häufigen Schnee- und Regenfälle steigt, den ganzen Garten überflutet?* überlegt sie und hat ein ungutes Gefühl.

Ihr Bauchgefühl? Jetzt, durch den Einbruch der Dunkelheit kommt Elisa das ganze Anwesen, mit den dichten Efeuranken und dem Gestrüpp in und um den Garten abweisend vor.

Das Foto

„Nein, diese Dame kenne ich nicht", sagt Melitta Krebs, als Elisa und Marder ihr das Foto vorlegen.

„Dann können Sie uns vielleicht sagen, wem das Haus, ‚Zur Quelle 3', eigentlich gehört?", fragt Marder und sitzt mit Elisa in einem gemütlichen Campingwagen im Landhausstil der Luxusklasse. *Fehlt nur noch ein röhrender Hirsch über dem Plüschsofa*, denkt Elisa.

„Ich bin seit zwei Jahren hier und vermiete Campingwagen jeder Art. Über die vereinzelten Ferienhäuschen weiß ich nicht Bescheid. Allerdings", sie zögert, „zeigen Sie mir das Bild bitte noch einmal."

Stille, Melitta Krebs versinkt in Gedanken.

„Als ich im Herbst 2002 hier mein Büro eröffnete, lud ich zu einer Willkommensparty mit Musik, Grillen und Beleuchtung ein, und zwar nicht nur für meine Mieter, sondern die Einladung ging an alle Nutzer des Feriengebietes.

Es kann sein, dass ich diese Dame doch schon einmal gesehen habe, ist aber länger her. Ich meine, dass sie ein hübsches Gesicht hatte, blondierte Haare, etwas pummelig."

Sie zeigt auf das Foto: „Auf diesem Bild wirken die Haare dunkler. Ich hole mal die alten Fotos von der Feier."

Melitta Fest verschwindet im Büro und kommt mit einem Karton wieder, in der Größe einer alten Zigarrenkiste mit Kaiser Wilhelm Porträt.

So eine Kiste hatte mein Vater für Zigarren, überlegt Elisa. Hoffentlich sind die Bilder darin jünger als dieses Porträt und die Kiste.

Melita Krebs legt die Fotos nebeneinander auf den Tisch. „Da, das könnte sie sein, mit viel Fantasie", sagt Elisa und zeigt auf eine Fotografie. „Der Herr daneben hat sich zur Seite gedreht, die Konturen sind verwischt."

Elisa erinnert sich, dass sich der Gesuchte, im Bericht der Kollegin Gotthardt, nicht fotografieren ließ, sich im Bus immer zur Seite drehte, wenn eine Kamera in der Nähe war.

„Wissen Sie, wer diese Frau war?"

„Wenn Sie so fragen und ich mir das Bild noch einmal anschaue ... sie war so um die fünfzig, sechzig Jahre alt, hatte ein liebes Gesicht."

„Befand sich in ihrer Begleitung ein Herr?"

„Herr?" Sie überlegt. „Ja, natürlich. Der war ʼwas Besseres', maritime Kleidung und so. Hab' einen Blick dafür, lerne hier so viele Menschen kennen ... Ich weiß aber nicht, ob beide zusammen in dem besagten Haus wohnten."

„Dann werden wir in der Gemeinde Engelskirchen im Grundstücksamt nachhören."

„Tun Sie das. Ich kann ihnen sogar helfen, weil ich oft mit der Gemeinde zu tun habe. Der Ansprechpartner ist ein Herr Scholle. Er weiß genau, zu wem welches Grundstück gehört."

Melitta Krebs gibt Marder die Telefonnummer. Elisa und Soko Leiter Moritz Marder verabschieden sich von der freundlichen Dame der Campingverwaltung.

Wo ist Frau Immengrün?

„Scholle, Gemeinde Engelskirchen".

„Marder, Mordkommission Köln. Ich hätte gerne eine Auskunft zu einem Grundstück mit Ferienhäuschen an der Agger, Adresse: Zur Quelle 3."

„Dafür müssen Sie vorbeikommen, das darf ich Ihnen am Telefon nicht sagen."

An Marders Kopf schwillt die Zornesader. *Aber der Mann hat ja recht, dass er vorsichtig ist*, denkt er, und fasst sich.

„Ich schicke Ihnen in diesem Moment ein Handyfoto meines Dienstausweises. Es geht um 'Gefahr im Verzug'.

Wir sind nicht aus Langeweile hier in Loope im Einsatz, sondern stecken mitten in einer Mordaufklärung!"

„Mord, damit kenne ich mich nicht aus. Ich muss meinen Chef fragen."

„Gefahr im Verzug bedeutet immer, dass es um Menschenleben geht", sagt Marder messerscharf und atmet tief ein.

„Wenn Sie mir keine Auskunft geben, kann ich auch die Streife, Agger 31/54, mit Blaulicht und Sirene durch das Dorf schicken, die Sie aus Ihrem Büro von Ihrem Schreibtischstuhl weg mit Ihrer Akte hier an den Ort bringt, an dem sich eventuell ein von uns gesuchter Mörder versteckt hielt und ein Verbrechen beging."

Stille am Ende der Leitung. Jemand hüstelt nervös.

„Entschuldigung, Herr Kommissar …"

„Erster Hauptkommissar Moritz Marder, Polizeipräsidium Köln, bitte!", kontert Marder.

„Das wusste ich nicht. Ich suche den Plan sofort. Kleinen Moment bitte."

„Ich warte gerne", sagt Marder, und jetzt klingt seine Stimme wie die eines Wolfes, der gerade Kreide gefressen hat.

Es dauert nur zwei Minuten, bis Herr Scholle flüstert:

„Das Grundstück gehört seit dem Jahr 2000 einer Bertha Immengrün. Sie ist Witwe und hat das Haus, soviel ich weiß, nach dem Tod ihres Mannes gekauft. Ich sehe hier einen Vermerk, dass dringend vom Gemeindediener nachgeprüft werden soll, warum sie sich nicht um das Grundstück kümmert. Die Nachbarschaft ist da immer etwas eigen."

„Herzlichen Dank, Herr Scholle. Geht doch. Sie haben uns weitergeholfen. Ich sehe gerade in unserem System, dass die Frau Immengrün immer noch unter der gleichen Adresse im Einwohnermeldeamt eingetragen ist. Moment - ich hab es, hier steht es: Immengrün, Bertha, geb. Rose, 2. April 1946 in Erfurt, wohnhaft 'Zur Quelle 3' in Engelskirchen Loope. Aber sie ist verschwunden".

„Das ist seltsam", sagt Herr Scholle. „Die Gebühren, Abfall, et cetera, werden immer bezahlt. Die Bewohnerin ist nie ab- oder umgemeldet worden. Dann muss jemand Kontovollmacht haben oder in ihrem Auftrag handeln."

„War noch eine weitere Person für diesen Wohnsitz gemeldet?"

„Nein, sagt Scholle im Brustton der Überzeugung. Das wüsste ich."

„Wird immer von der gleichen Kontonummer überwiesen, Herr Scholle?"

„Ja."

„Das Geldinstitut?"

„Die hiesige Raiffeisenbank."

„Die ist wo?"

„Hier im Ort, in Loope. Filialleiter ist ein Herr Dietrich Münze."

„Herzlichen Dank. Dann fahren wir da mal gleich hin."

Elisa und Moritz Marder kehren zum Team zurück.

„Was ist ihr Eindruck, Frau Fuchs?", fragt Marder.

„Wir sollten sofort versuchen, jemanden in der Bank zu erreichen."

„Richtig, genau meine Ansicht. Während das Team weiterhin Spuren sucht, sichert und ordnet, Fotos macht - es sind eine Menge erforderlich - fahren wir in den Ort und suchen Herrn Münze auf."

Der Erste Kriminalhauptkommissar und seine Sonderermittlerin Elisa Fuchs haben Glück. Dienstags hat die Bank im Ort wegen berufstätiger Kunden länger geöffnet.

Freundlicher Empfang im Geldinstitut. Elisa und Marder legen ihre Ausweise auf den Empfangstisch und sitzen schon fünf Minuten später am Schreibtisch des Filialleiters Münze.

„Worum geht es, wie kann ich helfen?", fragt der Filialleiter freundlich.

Ein schlanker Bankertyp mit durchdringenden, blauen Augen und sympathischem Lächeln, denkt Elisa.

„Ich schätze, dass Sie kein Sparkonto bei uns anlegen möchten?", fragt Münze höflich mit kurzem Blick auf die Dienstausweise und einem kleinen Lächeln.

Elisa und Marder schildern dem jungen Mann den dubiosen, beunruhigenden Fall der verschwundenen Rentnerin Bertha Immengrün.

„Stimmt, die Dame habe ich selbst hier noch nie gesehen. Ich kann natürlich nicht jeden Kunden und jede Kundin kennen."

Er macht eine Pause. „Aber zu dem betreffenden Konto darf ich Ihnen nichts …"

„Doch, Sie dürfen, Herr Münze. Es besteht Mordverdacht! Jemand scheint die Geldgeschäfte Ihrer Kundin übernommen zu haben, und die Auftraggeberin ist wie vom Erdboden verschluckt. Sie wird vermisst. Inzwischen ist ein Mord geschehen!"

Der Filialleiter denkt nach.

„Ach ja", sagt Münze, schaut in seinen PC und stockt. Einen Moment überlegt er, schaut auf die Ermittler.

„Sie ziehen in Betracht, dass unsere Kundin ermordet wurde? Da habe ich doch gerade etwas in der Zeitung gelesen. Eine schreckliche Sache über eine erfrorene Frau im Kofferraum, vor einer Autowerkstatt in Engelskirchen."

„Das stimmt, das ist ein neuer Fall, der eventuell mit der verschwundenen Bankkundin zusammenhängen kann, aber wir legen uns noch nicht fest. Und ja, es gibt sogar Hinweise, dass der Täter hier in der Nähe sein Unwesen trieb und sich in der Nähe versteckt hielt oder hält. Gefahr im Verzug, wie ich schon sagte."

Münze nickt und schaut wieder in seinen PC.

„Das verstehe ich, da muss eingegriffen werden, auch um Schaden von unserem Unternehmen abzuwenden und von unserer Kundin. Ich hoffe, doch, dass sie noch lebt…

Ich sehe gerade in Frau Immengrüns Konto. Ihre Rente, von € 1501,69, die monatlich hereinkommt, wird meistens relativ schnell via PIN abgehoben. Ich entdecke auch, dass aus mehreren Filialen unseres Bankverbundes, damit meine ich Volks- und Raiffeisenbanken in Deutschland, zugegriffen wurde, Moment ... schon seit 16 Monaten, dem Frühsommer 2003!"

„Können Sie sehen, wer das Geld abhebt? Hat jemand Kontovollmacht?"

„Nein. Wenn es nicht Frau Immengrün ist, muss jemand Zugriff auf ihr Konto haben. Aber wer?"

„Gibt es Unterlagen oder Hinweise?"

„Nein."

„Wann und wo wurde denn zuletzt Geld von Frau Immengrüns Konto abgehoben?", fragt Marder.

„Es wurde von Banken, zum Beispiel in Frankfurt, Köln, Bergisch Gladbach, Geld abgehoben...

Warten Sie mal ... zuletzt ist eine Summe von € 1000 am letzten Samstag, den 27. November 2004, um 7:30 Uhr morgens in Engelskirchen abgehoben worden."

Samstag, der Tag, an dem die Leiche im Kofferraum entdeckt wurde, denkt Elisa.

„Das war am Tag unseres ersten Einsatzes in der Rover Werkstatt! Der Tag, an dem die erfrorene Frau im Kofferraum ihres Rovers entdeckt wurde", sagt sie und wird ganz aufgeregt.

Die Nachricht schlägt auch bei Marder wie eine Bombe ein.

„Vielleicht hat sich der Verdächtige nach dem Mord in das Häuschen zurückgezogen und dann, bereits auf der Flucht, am Samstagmorgen noch Geld am Automaten der Raiffeisenbank in Engelskirchen gezogen", vermutet

Elisa, „und ist eventuell im Bahnhof Engelskirchen in den Zug gestiegen."

„Ja", mischt sich Münze ein. „Von dort aus gibt es schon am frühen Morgen Zugverbindungen nach Köln. Samstags ist die Bank geschlossen, und jetzt auch schon. Dafür haben wir hier in Loope dienstags länger auf, für unsere berufstätigen Kunden."

„Danke für die Hinweise", sagt Marder. „In der Hauptstelle Loope gibt es doch bestimmt eine Überwachungsanlage?"

Natürlich. Ich werde morgen früh mit dem Abteilungsleiter in Engelskirchen, Herrn Schein, Kontakt aufnehmen und ihn bitten, den Film der Überwachungskamera zu sichern, damit sie ihn einsehen können."

„Vielen Dank, Herr Münze. Noch eine Frage zur verschollenen Kundin Bertha Immengrün. Wissen Sie, wie die Vermisste aussah? Wir fanden nur ein altes Foto im verlassenen Ferienhaus. Sie sagen allerdings, dass Sie die Kundin noch nie gesehen haben."

„Ich bin erst seit Anfang 2003 hier. Moment mal, ich frage meine ältere Kollegin Frau Ommer. Annegret! "

„Ja, bitte?"

„Annegret, hast du Frau Immengrün jemals kennengelernt? Du bist doch schon seit 1999 hier beschäftigt."

„Ja, habe ich. Als sie ein Ferienhaus an der Agger kaufte und bar bezahlte. Sie erzählte mir damals, dass ihr Mann plötzlich verstorben sei und es sein Lebenswunsch war, ein kleines Ferienhaus an der Agger zu erwerben. Eine freundliche Dame. Sie bezahlte DM 100 000 für Haus und Grundstück." Die Mitarbeiterin überlegt: „Ende 2002 oder Anfang 2003 habe ich Frau Immengrün hier das letzte Mal gesehen. Hoffentlich ist ihr nicht passiert."

Elisa legt die Fotokopie des im Haus gefundenen Bildes auf den Schreibtisch.

„Ja, eindeutig. Das ist Frau Immengrün", bestätigt Frau Ommer.

Elisa und Marder sehen sich an.

„Wir vermuten, dass hinter dem Verschwinden Ihrer Kundin ein Verbrechen steckt. Sperren Sie bitte das Konto noch nicht, bis dass die nächste Rente eingeht. So besteht die Möglichkeit, den Aufenthaltsort und die Spur des Täters zu verfolgen, wenn er Geld abhebt."

„Händigen Sie uns doch bitte für weitere Recherchen Kopien der Überweisungen, beziehungsweise Abbuchungen aus. Das würde uns sehr helfen", sagt Elisa.

„Das mache ich. Hinterlassen Sie mir doch bitte Ihre Kontaktdaten. Bei 'Gefahr im Verzuge' wird das Bankgeheimnis außer Kraft gesetzt, sagt Filialleiter Münze und fährt fort:

„Selbstverständlich helfen wir Ihnen gerne. Wenn Sie in unserer Besucherecke Platz nehmen, kann ich inzwischen die für Sie nötigen Unterlagen zum Konto der Kundin Bertha Immengrün zusammenstellen und auszudrucken. In einer Viertelstunde dürfen Sie den Vorgang mitnehmen."

Filialleiter Münze wendet sich an seine Kollegin: „Annegret, wären Sie so freundlich, den Herrschaften von der Kripo einen Kaffee zu bringen?"

„Sehr gerne."

Fünf Minuten später sitzen Elisa und Marder vor einer dampfenden Tasse Kaffee und Plätzchen. Sie können nicht abschalten.

„Frau Fuchs", räumt Marder ein. „Da gab es doch am ersten Ermittlungstag den verdächtigen Mann mit der glimmenden Zigarette, den der Lehrling Ignatz von der Werkstatt aus beobachtet hat."

„Stimmt. Das könnte unser Mann gewesen sein, der sich danach vom Acker gemacht hat."

„Die DNA der Spuren des Schneewittchen-Falls, auch die des Zigarettenstummels, den der Mann auf dem Geländer hinterließ, sollen heute Abend feststehen."

„Wenn wir die Daten und Zeitpunkte der Geldabhebungen haben, können wir auf die Überwachungskameras der anderen Banken zurückgreifen", sagt Elisa.

„Gute Idee, Kollegin. Dafür werden wir eventuell um Amtshilfe bei den unterschiedlichen Behörden bitten müssen. Wir können ja nicht durch ganz Deutschland reisen."

„Warten wir es ab. Erst einmal fahren wir zur Einsatzzentrale zurück. Sieht nach einem langen Tag aus", sagt Elisa und gähnt herzhaft.

Beide schlürfen genüsslich den starken, belebenden Kaffee, dem ersten warmen Getränk dieses Tages. Sie merken, als sie in die knusprigen Plätzchen beißen, wie hungrig sie sind.

Marder und Elisa nicken sich zu. Sie haben neue Spuren und sind zufrieden, dass sie einen Schritt weiter und dem Täter einen Schritt näher gekommen sind.

Spurenauslese

Du musst schnell leben, der Tod kommt früh.
James Dean

Mittwoch, 1. Dezember 2004, 8:30 Uhr.

Dienstbesprechung im Polizeipräsidium Köln. Es gibt Neuigkeiten in den Fällen Schneewittchen und Blutschnee. Zwei Leinwände sind angeschlossen. Laptops werden geöffnet. Wasserflaschen, Becher und Kaffeekannen stehen auf dem Tisch.

„Ehe ich zu den Ergebnissen der gestrigen Durchsuchung im Ferienhaus der verschwundenen Bertha Immengrün komme, gebe ich dem Kollegen aus Overath, PHK Spitznagel das Wort. Arnold, du hast wichtige Erkenntnisse."

„Ja, Nachrichten, die ein überlegtes, aber auch schnelles Handeln erfordern", erläutert Hauptkommissar Spitznagel.

„In einem Gespräch gestern Nachmittag mit einem Freund aus dem Jagdverband erfuhr ich, dass Erich Angstmann vor Jahren ein kleines, direkt am Wald gelegenes Grundstück von seinem Vater erbte. Nach und nach baute er eine schmucke Hütte auf. Das ist durchaus erlaubt.

Befremdend ist, so ein Kollege, der ihn am Wochenende in der Hütte besuchte, was er in der Hütte vorfand. Er war erstaunt, um nicht zu sagen erschrocken.

Angstmann muss eine Menge von Tieren erlegt haben, sich nicht an das Jagdgesetz, die begrenzten Jagdzeiten und den Tierschutz gehalten haben.

Der Bekannte, der Ärger mit Angstmann und auch dessen Wutanfälle fürchtet, möchte nicht, dass sein eigener Name schriftlich erwähnt wird. Das habe ich ihm zugesagt."

„Verständlich", murmelt Marder.

„Der Freund schilderte, dass Angstmann auch schützenswerte Tiere erlegt und die vier Wände der Hütte über und über mit ausgestopften Tieren dekoriert sind.

Da hängen Marder, Wiesel und seltene Greifvögel, um nur einige Tiere zu nennen. Angstmann ist nicht mehr in seinem Wohnhaus in Overath. Wir haben es bereits versiegelt. Der Gesuchte vegetiert in der Hütte vor sich hin und soll sich mit Schnaps eingedeckt haben. ‚Es stinkt dort, wie in einer Marderhöhle, alles voller Unrat, Fellresten und Blut', beendete mein Freund seine Wahrnehmungen aus der Waldhütte."

„Angstmann verstößt demnach gegen die Jagdbestimmungen und den Tierschutz?", fragt Marder und schüttelt verärgert sein Haupt.

„Und gegen die Hygienevorschriften", kichert Gilles und erntet einen strafenden Blick vom Chef.

„Ja" fährt Spitznagel fort. „Der Jagdverein will Angstmann ausschließen und Anzeige erstatten."

„Aber nicht heute, Kollege", sagt Marder nervös. „Dann treiben wir Angstmann in die Flucht."

„Wir sollten erst einmal ausbaldowern und beobachten, ob Angstmann sich heute in der Hütte aufhält, wenn ja, die Hütte stürmen", gibt Elisa zu bedenken.

„Das ist richtig, ich werde mit Unterstützung der Kollegen Spitznagel und Ansgar Falke einen Einsatzplan ausarbeiten und euch zukommen lassen", fügt Marder hinzu.

„Wusste der Jagdkollege auch, ob das verschwundene Auto am Waldrand steht?", fragt Max.

„Davon hat er nichts gesagt", antwortet Arnold Spitznagel. „Es ist wahrscheinlich mit Gestrüpp verdeckt. Wir werden ja sehen, sollten ihn jetzt nicht in Unruhe und Fluchtgedanken versetzen."

„Der Einsatz wird mit Hilfe der Schutzpolizei über die Bühne gehen und", Marder sieht zu Spitznagel hinüber, „mit Unterstützung des SEK, Kollege."

„Vielleicht kann man doch noch mit dem Burschen verhandeln ... eventuell kommt er freiwillig aus seiner Räuberhöhle", gibt KHK Falke zu bedenken.

„Sie sind Optimist, das ist gut." Marder macht sich Notizen, hebt den Kopf und blickt Lupe an.

„Wir werden uns auf alle Reaktionen vorbereiten", fügt er hinzu „und sofort mit der Staatsanwaltschaft Köln sprechen, einen Durchsuchungsbeschluss nebst Haftbefehl wegen Verdacht auf ein Tötungsdelikt beantragen."

„Chef, der Haftbefehl wegen Mordverdacht liegt doch schon vor!", sagt Lupe und fährt fort: „Ich habe die Ergebnisse der Spurenvergleiche aus dem Wald und dem Keller der Angstmanns losgeschickt. Daraufhin hat die Staatsanwaltschaft sofort reagiert und grünes Licht gegeben".

Marder nickt zufrieden. Danke, das hatte ich nicht mehr auf dem Schirm. „Auf jeden Fall wird es noch weitere Anklagen wegen der anderen Delikte Erich Angstmanns regnen."

„Angstmanns Stiefel, mit denen er zum Tatort stapfte, sind noch nicht aufgetaucht", fügt Lupe hinzu.

„Damit läuft er wahrscheinlich im Wald herum."

„Ja, Lupe, alle Wünsche werden eben nicht erfüllt."

Marder nickt seinem Spurensicherer zu und wendet sich an Spitznagel:

„Arnold, du als Overather Dienststellenleiter sorgst dafür, dass, wenn wir den Übergriff starten, rechtzeitig Rettungswagen bereitstehen und auch genügend Beamte in der Nähe postiert sind. Und dass in dem Bereich keine Zivilpersonen herumspazieren ... und kein Blaulichtgetöse, bitte, das den Gesuchten in die Flucht treibt."

„In Ordnung."

Eine Pause entsteht.

„Mir sind die Notizen durcheinander geraten", sagt Marder nervös. „Moment mal, ich hatte doch alles gespeichert."

Alle grinsen, denn der Chef steht immer noch mit seinem neuen Laptop auf Kriegsfuß.

„Alles klar", sagt er nach kurzer Pause erleichtert und rückt seine Hornbrille zurecht.

„Das war's zum Wutmörder. Nun zu den Erkenntnissen zu unserem bedauernswertem ‚Schneewittchen'.

Lupe, du machst dich am besten gleich auf den Weg nach Düsseldorf, zum High Society-Coiffeur Hairtalk, wegen dem verdächtigen Toupet-Träger."

Alle grinsen.

„Natürlich. Das haben wir gestern nicht mehr geschafft. Durch den aktuellen Einsatz ist viel Zeit für das Auswerten der Spuren im Ferienhaus der Bertha Immengrün verloren gegangen. Aber unser Anwärter Marc Gilles bleibt hier und holt das auf. Er wird heute das Spusi-Team bereichern und noch etwas dazulernen."

Gilles lächelt säuerlich.

„Gut. Wir haben wirklich noch nicht alles geschafft", seufzt Lupe.

„Ich möchte aber betonen, dass die Reste des Zigarettentabaks, die ich aus der Mülltonne an der Agger gesichert habe, von einer Players-Zigarette ohne Filter stammen."

„Wow", klingt es aus der Runde. „So ein Krümelchen Tabak und solch ein Ergebnis, Lupe."

„Ja, es gab einen übereinstimmenden Befund im Vergleich mit dem Zigarettenstummel, der am Samstag am Werkstattzaun in Engelskirchen gesichert wurde. Außerdem habe ich die Stummel vom Werkstattgelände, die Faserspuren des roten Schals des Opfers und die Blutspuren auf dem Vordersitz vergleichen können. Immer dieselbe DNA. Übereinstimmung überall, Leute, eingeschlossen die Hautspuren unter Frau Jankowskis Fingernägeln. Sie muss nicht nur dem Täter ins Gesicht gekratzt haben, sondern auch heftig an der Filzabdeckung des Kofferraums.

Es sind sehr deutliche Kratzspuren, die auf ein verzweifeltes Aufbäumen des Opfers mit letzter Kraft deuten."

„Das ist doch mal ein Ergebnis", sagt Max, „weist aber auf die schreckliche Situation, in der das Opfer sich befand."

Einen Moment schweigen alle betreten.

„Doch wir wissen nun hundertprozentig, dass der große Unbekannte der Mörder von Frau Jankowski ist, und dass er sich nach dem Mord in dem Ferienhäuschen Bertha Immengrüns versteckte, also hat er sie gekannt ..."

„Und eventuell verschwinden lassen, aber wo?", fügt Elisa hinzu.

Schweigen.

„Also, ich brause jetzt sofort los zur Landeshauptstadt Düsseldorf. Hole die gestrige Fahrt nach", sagt Lupe.

„Zum RP?"

„Nein, der Regierungspräsident hatte leider heute für mich keinen Termin mehr frei", er lächelt. „Ich bin in Sachen Toupet unterwegs."

Lupe klappt seinen Laptop zu und nähert sich dem Ausgang.

„Mir ist da eine Idee gekommen", sagt Max. „Wir haben in dem verdächtigen Ferienhaus an der Agger zwar ein Bett, aber kein Bettzeug gefunden.

Bettzeug ist doch immer ein herrliches Spureneldorado. Es könnte sein, dass der Verdächtige die Bezüge in einem Müllcontainer des Campingplatzes verschwinden ließ, und vielleicht auch noch Putzsachen aus dem Haus? Es war alles so verdächtig sauber. Seltsamerweise haben wir auch nirgendwo eine Bürste, Putzmittel oder ein gebrauchtes Putz- oder Handtuch gefunden."

„Das stimmt. Ist eine gute Idee, Max."

„Und wenn der Täter mit dem Auto unterwegs war und alles mitgenommen hat?", fragt Gilles.

„Das war er nicht. Er ist am Freitagabend aus dem Bus geflüchtet, zu Fuß. Hätte er eine Frau ermordet und ihr Auto gestohlen, wenn er selbst einen Wagen in Reserve hatte? Nein, dann wäre seine Übernachtung im Ferienhaus überflüssig gewesen, Kleiner", sagt Falke.

„Kollegin Eck", sagt Marder, „Sie haben uns den Hinweis auf das Campinggebiet gegeben, und der Einsatz dort war ein Erfolg. Würden Sie, bevor Sie heimfahren, in den Containern am Campingplatz in Loope nachsehen, ob unser Täter dort Beweise aus dem Ferienhaus im Müll verschwinden ließ?"

„Das mache ich gerne", sagt Maria Eck und lächelt erstmalig den Chef an.

„So, und jetzt sind Finanzgenies gefragt. Ich habe hier eine Liste von Raiffeisen- oder Volksbanken, an denen der Mörder Schneewittchens und eventuell auch Witwenkiller Geld von Bertha Immengrüns Konto abgehoben hat.

Marder wendet sich um.

„Max und Elisa, schaut euch doch das Bank-Video in der Raiffeisenbank Bergisch Gladbach an, dort hat unser Bursche auch mal Geld abgeholt, nämlich am 30. Oktober 2004 um 19:30 Uhr. € 1000 wurden damals vom Konto Frau Immengrüns abgehoben. Vielleicht könnt ihr Verdächtiges erkennen. Der Filialleiter ist ein Herr Scheck."

Marder rauft sich die dichten, dunklen Haare. „Mir fällt noch etwas ein, Frau Eck."

„Ja bitte, was denn?"

„Ich komme mit Ihnen ins Oberbergische."

Überrascht sieht die Kommissarin auf, eine leichte Röte steigt in ihr Gesicht.

„Ich begleite Sie, Kollegin. Wir fahren mit zwei Wagen. Dann können wir in Engelskirchen bei der Raiffeisenbank nach dem Überwachungsvideo von Samstag, den 27. November 2004, sehen. An dieser Bank wurde am Morgen nach dem Mord an Frau Jankowski doch diese Summe über € 1000 von Bertha Immengrüns Konto abgehoben."

„Das war der Morgen, an dem wir die Leiche im Kofferraum fanden!", fügt Eck hinzu.

„Genau die Reisekosten für einen Mörder", sagt Elisa.

Der Herzbub in Aktion

Du bist namenlos, gesichtslos, formlos. Gehe zurück in das Nichts, aus dem du gestiegen bist.
The Hobbit

Es ist 17.30 Uhr, als Elisa und Max aus der Bank in Bergisch Gladbach auf die Fußgängerzone treten. Ein wenig enttäuscht, denn sie haben den Täter gesehen, der sich einen hauchdünnen Damenstrumpf über den Kopf gezogen hatte, als er das Geld aus dem Bankautomaten in die Tasche seines Blazers steckte.

„Vermummt, gesichtslos. Typisch für den Mann. Vielleicht trug er die Strümpfe einer Frau, die er tötete", sagt Max.

„Einfach geschmacklos", meint Elisa und schürzt verächtlich die Lippen. „Hast du gesehen, wie geschniegelt der Mann, entschuldige, der Schwindler aussah?"

„Nun ja, die Jacke war auch nicht gerade von C & A.

Wir haben wenig, doch die Größe, die schlanke Statur, die Bewegungen ... also, wenn er uns jetzt begegnen würde, könnte es sein, dass ich ihn wiedererkenne", meint Elisa. Sie versinkt in Gedanken, liest ihre Handynachrichten, während sie auf ihr Auto zugeht.

„Ich habe jemanden kennengelernt, Elisa. Ich weiß noch nicht, was daraus wird. In Liebe, Dein Constantin."

Constantin? Sie spürt wieder einen Stich in der Herzgegend. Die Trennung von ihm ist nicht verschmerzt. Er wird immer zu ihrem Leben gehören, aber die alten Verletzungen sind nicht verheilt. Sie liebt Max und freut

243

sich auf einen entspannten Abend mit ihm. Sie wollen einkaufen und gemeinsam kochen...

Seine warme Stimme reißt sie aus ihren Tagträumen.

„Hast du gesehen, Elisa, wie der Verdächtige immer an seinem linken Ohr zupfte?"

„Na ja, Max, vielleicht trägt er ein Hörgerät, oder die Damenstrumpfhose kratzte."

Sie lachen herzhaft, als das Diensthandy klingelt. Marders Nummer ist auf dem Display.

„Arbeit, Leute! Dieses Mal wieder in Overath, im Wald. Angstmann ist dort aufgetaucht.

Ach so, um das Thema bezüglich der Überwachungskamera in der VR-Bank in Engelskirchen abzuschließen: Nada. Es war nur eine verwaschene Gestalt mit vermummtem Kopf zu erkennen ... Ich fahre jetzt sofort los", sagt Marder, „muss noch einmal mit der Staatsanwaltschaft sprechen. Wir treffen uns zum Einsatz in der Polizei-Dienststelle Overath, Hoffnungstaler Straße 13. Alles Weitere vor Ort."

„Geht klar", tönt es im Duett von Elisa und Max, die sich überrascht ansehen und im Sturmschritt auf ihr Auto zugehen.

Das Ende eines Tages

„Am Ende des Tages spüren wir, dass wir viel mehr aushalten,
als wir glaubten.“
Frieda Kahlo

Mittwoch, 1. Dezember 2004, 22:30 Uhr.

Völlige Dunkelheit herrscht an diesem ersten Dezemberabend des Jahres 2004.

Dichte Nebelschwaden steigen aus Wiesen und Wäldern, bilden eine dunstige, undurchdringliche Wand.

Bäume wiegen sich im Wind. Schneereste lösen sich von den Zweigen, ehe sie auf den matschigen Waldboden platschen.

Undefinierbare Geräusche dringen den Ermittlern ins Ohr. Von fern das Gluckern der Agger.

Es ist das Flüstern des Nachtwaldes, das sie aufhorchen lässt. Der Ruf eines Waldkauzes, gefolgt von verdecktem Knacken des Totholzes. Ein aufgeschrecktes Reh macht sich davon. Das Rascheln des flüchtigen Tieres im Gebüsch, gefolgt vom Fauchen eines Marders. Flügelschläge einer flüchtenden Vogelfamilie. Die Glocke einer kleinen Kapelle schlägt elfmal.

Stille.

Autos nähern sich wie aus dem Nichts. Scheinwerfer bilden Lichtkegel, verschwinden in der Senke des moosigen Tals, tauchen Sekunden später wieder auf, gleiten über holperige Schotterwege zu einem kleinen Holzhaus.

Ein Rettungswagen, zwei Streifenwagen und das schwarze Einsatzfahrzeug des Sondereinsatzkommandos warten geschützt in unwegsamem Baumgestrüpp. Vorboten einer unruhigen Nacht. Sie riegeln Zufahrtswege ab.

Warnendes Blaulicht ist abgeschaltet, die Sirenen der Einsatzwagen bleiben stumm. Lichter der einzelnen Häuser am Waldrand verschmelzen mit dem Dunkel der Nacht.

Nächtliche Ruhe im Dämmerschlaf.

Die Idylle trügt. Polizeibeamte in dunkler Schutzkleidung schleichen auf das Objekt zu, eine unscheinbar wirkende, von dunklem Moos bedeckte Holzhütte.

Undurchdringliche Einöde im Niemandsland. Schmale, gelbe Fensteröffnungen erinnern an Schießscharten. Fahles Mondlicht taucht das Objekt in kalten Schimmer.

Stille.

Elisas schusssichere Weste ist zu eng. Sie atmet tief ein. Schritte auf dem Waldboden, immer wieder ein Knacken und Rascheln? Zu laut. *Er wird uns hören*, denkt Elisa.

Der Mann, den sie suchen, ist eingekesselt. Einen Fluchtweg aus dieser Falle, durch die düsteren Schattengewächse des Waldes, gibt es nicht mehr.

Schleichend nähern sich die Ermittler, umzingeln das Objekt im Wald. Das SEK ist im Einsatz. Aus der Hütte dringt der Geruch von Blut und Aas.

Das Areal gleicht einer Kulisse für das Bühnenbild eines nächtlichen Dramas, das auf seine Darsteller wartet.

Anspannung liegt in der Luft, ist zum Greifen nahe.

Plötzliches Aufflammen eines Scheinwerfers taucht die Szene in gleißendes Licht.

„Hier spricht die Polizei. Angstmann, öffnen Sie die Tür und kommen Sie mit erhobenen Händen heraus", schallt es, verstärkt durch ein Mikrofon, wabernd durch den Nachtwald.

Anhaltende Stille.

Die Nerven der Beamten*innen sind bis aufs Äußerste angespannt.

Im Objekt rührt sich nichts.

Ein Gewehrschuss peitscht durch die Nacht. Das Glas eines Fensterschlitzes der Jagdhütte zerspringt und landet prasselnd auf der Erde, gefolgt von irrem Lachen.

Der Schütze, Metzger Erich Angstmann, zielt auf seine Widersacher.

Es braucht zwei Beamte des SEK, um die Hütte zu stürmen, den Gegner auf den Boden zu zwingen und festzunehmen.

Angstmann schafft es trotzdem, sein auf dem Boden liegendes, affenscharfes, japanisches Santokumesser aufzuheben und blitzschnell zuzustechen.

Einsatzleiter PHK Spitznagel schreit auf. Blut schießt aus seinem Unterarm. Er sinkt zusammen. Angstmann versucht zu flüchten.

Da trifft der gezielte Schuss eines SEK-Beamten Angstmanns rechten Unterschenkel.

Minuten später liegt er fluchend und gefesselt auf dem verdreckten Holzboden seiner Behausung, die ihm tagelang als Versteck diente.

Eine furchterregende Kulisse bietet sich dem Einsatzteam, das sich mit dem grauenhaften Ort vertraut macht.

Vierzehn Augenpaare seltener Waldtiere, die Angstmann getötet und ausgestopft hat, scheinen auf sein Dilemma hinunterzuschauen. Sie sind die stummen Opfer des Dramas.

Erschossen und seziert mit dem japanischen Lieblingsmesser des Metzgers, jetzt ausgestopfte, stille Beobachter in der Höhle eines verstörenden Mannes, der sich und seine Leidenschaften vor den Mitmenschen verbarg.

Ein Mann, der irgendwann den Gestank, den Schmutz und das Töten mehr liebte, als seine eigene Familie.

Jetzt ist der Wald hell erleuchtet. Die Sirenen der Polizeifahrzeuge, der Notarzt- und Rettungswagen zerreißen die nächtliche Stille, schrecken Mensch und Tier auf. Die Beamten der Soko Blutschnee gehen zu ihren Einsatzfahrzeugen.

Die Bewegung tut den Agierenden gut. Sie befreit und vertreibt die Anspannung, die drei Tage lang über ihnen lag.

Das Leben hat sie wieder, die Crews der Sonderkommissionen ‚Blutschnee' und ‚Schneewittchen', die in allen Bereichen effektiv zusammengearbeitet haben.

Unterschiedliche Krankenwagen bringen nach ärztlicher Versorgung den mutmaßlichen Mörder Erich Angstmann und den Einsatzleiter Hauptkommissar Arnold Spitznagel in nahe gelegene Kliniken.

„Ich möchte nicht ins gleiche Krankenhaus wie Angstmann", klagt PHK Spitznagel und versucht, ein leichtes Lächeln zustande zu bringen, das makaber und maskenhaft in seinem bleichen Gesicht wirkt.

„Keine Sorge", sagt Marder und legt beinahe väterlich und ganz leicht seine Hand auf den dicken Verband Spitznagels, der sich schon wieder rot färbt.

Während Angstmann, immer noch außer sich und voller Erregung, vom Notarzt sediert wird.

„Köln, Spezialklinik", ordnet Marder an. „Dieser Mann muss Tag und Nacht bewacht werden. Er ist eine Gefahr für sich und andere."

„Und für Sie", sagt Marder und beugt sich über den Einsatzleiter Arnold Spitznagel, „wird ein Bett im Bensberger Vinzenz Pallotti Hospital vorbereitet, mit fürsorglichen Krankenschwestern und Pflegern."

Elisa zeigt auf die offenen Türen des Rettungswagens, in dem Angstmann immer noch tobt.

„Seht mal, unser Kandidat trägt dicke ‚Conti Stiefel'. Da wird Lupe sich freuen, dass er die Vergleichsobjekte zu den Spuren im Schnee bekommt."

„Und sie sofort unter die Lupe nehmen", lästert Marc, der vorlaute Anwärter.

„Du kannst ihm dabei helfen", sagt Soko Leiter Ansgar Falke, und löst sich aus der schusssicheren Weste.

„Stimmt. Die Hütte ist ein Paradies für Spurensucher", sagt Elisa, und Max fügt hinzu: „Sie ist die Hölle! Diese schreckliche Behausung mit den ganzen Tierkadavern wird mich bis in meine Träume verfolgen."

„Ach so", flüstert Elisa. „Ich dachte, du träumst heute Nacht von mir."

„Eine gute Idee", sagt er und küsst leicht ihre Wange.

„Halt, es ist noch nicht Dienstschluss. Wer schreibt den Bericht? Das SEK verschwindet, wie stets, und wir bleiben schon wieder auf dem Schriftkram sitzen", sagt Marder.

„Einsatzleiter Spitznagel kann ihn nicht schreiben, er ist verletzt."

Durchdringend schaut Marder Gilles an. Dem wird ganz heiß.

„Was glaubst du, Junge, sollen wir beide das machen? Dann lernst du mal von der Pike auf, wie man Berichte schreibt", erklärt Marder und knufft Gilles fast freundschaftlich in die Seite.

Alle lächeln. Der Kriminalanwärter schaut ein wenig verschreckt, grinst dann aber gequält.

„Okay Boss, ich verfasse doch gerne Berichte, und das hier war einfach krass, ich meine, dass der Täter endlich gefasst wurde."

Es ist Mittwoch, der 1. Dezember 2004, 23:55 Uhr. Entspannung stellt sich ein im Team.

Ein ereignisreicher Tag nähert sich seinem Ende, weithin hörbar durch den schrillen Klang der Sirenen von Rettungs- und Polizeifahrzeugen.

Nirgendwo ist der Himmel so grau wie im Bergischen, wenn es regnet

Donnerstag, der zweite Dezember 2004. Polizeipräsidium Köln. Max und Elisa sitzen im Büro und hören die Autos draußen am Polizeipräsidium vorbei brausen. Trotz des schlechten Wetters herrscht Betriebsamkeit auf den Straßen und Weihnachtsmärkten, denn der zweite Adventssonntag naht. „Max, meinst du nicht auch, dass bei dem Sauwetter weniger Verbrechen passieren?"

„Rede das Böse nicht herbei, Elisa", mahnt Max, „jetzt sind wir gerade erst einmal dabei, die akuten Fälle aufzuarbeiten."

„Stimmt. Spusi und KTU versinken fast in den Spuren aus der Waldhütte des Metzgers. Lupe hat sich gefreut wie ein Schneekönig, als er im Krankenhaus in der chirurgischen Ambulanz Angstmanns Stiefel in Empfang nehmen konnte. Die Stationsschwester war gerade auf dem Weg in die Spülkammer, um die ‚versauten Gummitreter des Mörders', ihr Originalton, abzuspritzen".

„Lupe konnte sie noch rechtzeitig sichern. Tatsächlich sind die Abdrücke identisch mit den Spuren, die Mia Angstmanns Mörder im tiefen Schnee hinterließ."

„Das Auto, der blaue VW ist immer noch nicht gefunden worden", überlegt Elisa.

„Ein Jagdkumpel hat zu Lupe gesagt, dass Angstmann den Wagen in Köln Porz an einen Polen verkauft hat. Beweisen lässt sich das nicht.

Minutenlanges Schweigen. Nur das Geräusch von PC-Tastaturen und das Trommeln des Regens an den Fenstern.

Max ist vertieft in den Bericht über die Spuren des Bettzeugs aus Bertha Immengrüns Schlafsofa.

Kollegin Eck und Marder haben in einem Müllcontainer auf dem Campingplatz in Loope tatsächlich allerhand Spuren auf dem geblümten Bettbezug entdeckt, Spuren, die identisch sind mit denen, die der Mörder der „Eisprinzessin" an und auf der Kleidung und im Rover hinterließ.

Und auch da ist sie wieder, die DNA an dem Bettzeug aus dem Ferienhaus an der Agger, diese rätselhafte DNA eines Täters, die bisher noch keinem, bisher straffällig gewordenen und registrierten Menschen, zuordnen konnte.

Das ist jemand, der Spuren hinterlässt, aber keine Identität hat, denkt Elisa. Das muss der Teufel selbst sein.

„Hast du eben Teufel gesagt, Elisa?"

„Oh, Entschuldigung, habe ich laut gedacht? Ich wollte, dass du mir Folgendes bestätigtest, du bist länger im Dienst: Unsere Ergebnisse aus diesem Fall werden in der Datei des Bundeskriminalamtes gespeichert und mit allen dort vorhandenen DNA-Analysen verglichen?"

„Ja, auch mit der DNA-Analyse-Datei der Länder. Die sind da auf jeden Fall sicher, uns Ergebnisse zu liefern, die uns, wenn wir Glück und gut gearbeitet haben, direkt zum Täter führen. Wenn nicht sofort, dann vielleicht später. Möglicherweise gibt es bald eine Übereinstimmung. Die Analysen werden immer besser. Ich hoffe, dass man zeitnah aus der DNA zum Beispiel auch das Geschlecht der Täter erkennen kann. Die Forschung läuft und wird uns bestimmt überraschen."

„Dann ist die Frage: Was darf man preisgeben? Nur das Geschlecht, die Hautfarbe oder mehr", überlegt Elisa.

„Das wird noch Diskussionen geben, aber so weit ist die DNA-Forschung jetzt im Jahr 2004 noch nicht", fügt Max hinzu.

„Anderes Thema: Hast du schon den Bericht des Coiffeure-Teams Hairtalk gelesen?", fragt Elisa.

„Du meinst die Zusammensetzung des Toupet-Klebstoffs."

„Wir wussten doch schon, dass er identisch ist mit dem Klebstoff an den drei Haaren aus dem Reisebus und dem Rover.

Leider war Lupe im Hinblick auf ein Foto der Kunden doch nicht erfolgreich. Schweigen des Figaro-Meisters zum Schutz prominenter Kunden. Das einzig Positive, was dabei herausgekommen ist: Unser Mann soll wirklich ein wenig Ähnlichkeit mit Rock Hudson haben."

Max beißt gerade in ein Plätzchen und muss so laut lachen, dass Krümel auf die Tastatur fallen.

„Mist", verärgert dreht er die Tastatur um und schüttelt sie behutsam.

„Rock Hudson mit Glatze! Er würde sich im Grabe umdrehen."

„Lebt der Schauspieler eigentlich noch?", fragt Elisa.

„Nein, er ist 1985 gestorben und kann nicht der Täter sein. Das wäre dann ein Cold Case. 'Hairtalk' wird unseren Pseudo-Hudson oder Hollander, wie immer er sich auch nennt, nie mehr bedienen. Der falsche Fuffziger hat eine Rechnungsadresse angegeben, die falsch ist. Der Edel-Coiffeur hat Anzeige gegen Unbekannt gestellt."

„Dieser Betrüger! Jetzt hat er niemand mehr, der ihm die Haare anklebt", sagt Elisa und muss schon wieder kichern.

„Ich glaube, ich brauche frische Luft, Max."

„Was meinst du: Sonst zieht es dich an Wochenenden immer zu den aktuellen Tatorten, und das kann, wie wir wissen, gefährlich enden."

„Das Risiko muss ich eingehen, wenn dadurch ein Fall aufgeklärt wird."

„Nein, Elisa. Denk an Schlossberg und den Brand."

„Gut, zunächst noch eine Frage: Hast du schon Antworten von den Kreditinstituten, in deren Automaten unser Täter Geld gezogen hat?"

„Ja, Frankfurt kommt noch hinzu. An alle Volks- und Raiffeisenbanken ist eine Warnung geschickt worden.

Den Täter zieht es jetzt in die südliche Richtung.

Und was die Bankautomaten und Kameras angeht: Ich habe immer wieder nur das gleiche Schattenbild zugeschickt bekommen. Unser Mann zeigt sein Gesicht nicht ...",

„oder er ist Mister Gesichtslos", ergänzt Elisa den Satz.

„An seiner Stelle würde ich das auch nicht machen, und außerdem: Bertha Immengrüns Rente reicht bald nicht mehr, wenn nicht bald neue Zahlungen eingehen.

Einhundert Euro ist der Kontostand! Wenig für einen Herrn, der auf großem Fuß lebt."

„Wahrscheinlich hat er schon eine neue Freundin, die ihn aushält."

„Das heißt, er schlägt bald wieder zu, wird ein neues Opfer suchen."

„Eines Tages, Max, das verspreche ich dir, wird er unachtsam sein und in eine Falle tappen."

„Dein Wort in des Polizeipräsidenten Ohr, würde ich mal sagen."

„Gottes Ohr wäre ja wirklich nicht übertrieben."

Pause, Max und Elisa arbeiten intensiv. Zu viele Berichte sind in diesen Tagen zu schreiben oder auszuwerten.

Es ist 16:15 Uhr, als Elisa aufsteht.

„Max, jetzt muss ich wirklich mal raus hier."

„Willst du schon Feierabend machen?"

„Ja und nein, ich möchte etwas früher fahren und noch einmal das Haus der Witwe Bertha Immengrün besuchen."

„Ich wusste es doch! Das Haus ist versiegelt, Elisa!"

„Nichts leichter als das. Ich nehme ein neues Siegel mit.

Es soll nämlich Hochwasser geben, und irgendetwas hat mich dort beim letzten Besuch beunruhigt."

Max kennt Elisa. Er weiß, wenn sie dieses ungute Gefühl hat, ist in der Regel etwas daran. Man muss dann gut auf sie aufpassen.

„Ich komme mit", sagt Max. „Da ich dein Untermieter bin, bleibt mir gar nichts anderes übrig", sagt er, steht auf und greift zu seiner Regenjacke.

Der Berufsverkehr hat eingesetzt. Ab Overath wird es ruhiger.

Elisa sitzt neben Max und denkt an die Nacht vor einer Woche, als sie hier bei Eis und Schnee den Abtransport des Rovers verfolgte, nicht ahnend, in was für eine Geschichte sie geraten würde.

Was ist in dieser Zeit alles geschehen, überlegt sie.

Ich fuhr zu meiner Freundin nach Engelskirchen, nur um Max wiederzusehen, für ein Wochenende. Und dann sind wir in diese traurige Mordgeschichte mit der erfrorenen Frau im Kofferraum geraten, haben den Ehemann verdächtigt und drei Nächte später geschah der zweite Mord, der Tod einer Zeitungsfrau.

Seitdem wohnt Max bei mir. Wohnen? Nein, wir waren fast jeden Tag bis in die Nacht unterwegs, und sind dann todmüde ins Bett gefallen. Aber wir sind ein gutes Team, auch zu Hause. Es ist schön, mit Max zusammenzuarbeiten. Doch an diesem Wochenende wird er zu seiner Tochter Andrea nach Gelsenkirchen fahren, die ihren Vater schon vermisst. Was ist danach? Elisa spürt, dass Max sie von der Seite anschaut.

„Elisa, denkst du über uns nach?"

„Ja, wir hatten wenig Zeit dazu."

„Aber ein Fall ist durchaus geklärt. Ich fahre morgen Abend zu Andrea und in der Woche ist Andrea dann durch meine Mutter gut versorgt."

„Es ist gut, dass du für Andrea da bist. Wichtig für einen siebzehnjährigen Teenager ist der Daddy, das weiß ich aus meiner Kindheit. Mein Vater hatte wenig Zeit, regelte alles, war wenig zu Hause und musste eine Existenz aufbauen, Wirtschaftswunder-Zeit. Er war mehr eine Respektsperson als ein Schmusevater. Wir mussten auch Vater sagen. Papa oder Papi, das war ihm zu weichlich."

„Ja, das waren harte Zeiten für unsere Eltern. Ich hoffe, dass wir es gut oder besser machen."

Max fährt von der Autobahn ab. Der Scheibenwischer steht auf Stufe 3. Das Radio meldet eine Hochwasserwarnung, auch für die Gebiete an der Agger.

„Tagelang meterhoher Schnee, und jetzt schon drei Tage strömender Regen, der den Schneematsch von den Bergen herunterrutschen lässt."

„Ja, Elisa, lass uns wie ein englisches Ehepaar über das Wetter reden."

„Not a very nice day, my darling."

„Always raining cats and dogs, dear Miss Elisa."

Sie muss lachen, doch die Heiterkeit vergeht abrupt, als Max mit seinem altersschwachen Rover in den Weg zum Campinggebiet abbiegt und vor einem Sperrschild ‚Durchfahrt verboten!' stoppt.

Elisa erkennt nur noch große Pfützen und Wasserlachen auf dem Weg zu Bertha Immengrüns Häuschen.

Schlammgrau wälzt sich die Agger durch ihr Bett. Die rotweißen Absperrbänder vom letzten Einsatz flattern warnend im Sturm.

Max dreht schimpfend auf der engen Straße. Der Oldtimer jault laut auf. Es tut Max in der Seele weh. Er hängt sehr an dem alten Rover.

Elisa schaut noch einmal zurück auf das trostlose Fleckchen Erde mit dem düsteren Haus an der Agger, das gerade von einem giftig gelben Blitz getroffen wird und dann wieder in schlammgrauer Dunkelheit versinkt.

Irgendwann hört auch der Regen auf und dann werde ich zurückkommen, und dieses marode Fleckchen auf der Landkarte unter die Lupe nehmen, denkt sie trotzig.

Gusti Küssnachts letzter Krimi

Mord ist der Wollust nah wie Rauch dem Feuer
William Shakespeare

Wiesbaden, Scheuersteiner Hafen, 4. Dezember 2004.
Es ist 21.30 Uhr. Gusti Küssnacht schaltet seufzend
den Fernseher ab. „Nichts für mich, diese seichten Kri-
mis", murmelt sie enttäuscht und räumt die Knabberei-
en weg. Sie liebt Süßes, wenn ihr beim Krimi so richtige
Schauder über den Rücken laufen. Gerne trinkt sie
auch ein oder zwei Glas Champagner dazu. Sie kann es
sich leisten.

Als Gusti Küssnacht beginnt, Fenster und Türen zu
sichern, ist da wieder diese unangenehme Erinnerung,
die sich nicht vertreiben lässt.

Die Worte der jungen Kommissarin Barbara Gotthardt aus Overath Ende November, nachdem sie in
einem Reisebus bestohlen worden war:

„Frau Küssnacht. Es ist gut möglich, dass Sie auf einen Betrüger hereingefallen sind. Sperren Sie Ihre Konten, schaffen Sie sich ein Sicherheitsschloss und eine
Überwachungsanlage für Ihr Haus an. Die Kollegen in
Wiesbaden werden Sie beraten."

Schall und Rauch, denkt Gusti. So schlimm kann dieser Mensch, der mich im Bus bestahl, doch nicht sein,
sonst hätte ich ihn doch in den nahezu hundert Straftä-
terdateien, die ich mir ansehen musste, bis es vor meinen Augen flackerte, wiedererkannt.

Viele grimmige Gesichter musste sie sich ansehen.
Kein Vergleich mit Lou Hollander. Vielleicht ist Hollander in Not geraten, einmal gestrauchelt, der arme Mann.
Nein, der Herr, der sich mir als Lucas Hollander vorstellte, mir mit einem aufrichtigen Blick in die Augen

sah, kann kein Gauner sein. Er setzte sich sofort an meine Seite, fühlte das Gleiche wie ich. Ganz Kavalier alter Schule küsste er mir die Hand, schwärmt sie in Gedanken.

Sie räumt Teller und Gläser in den Schrank, legt schon zwei Frühstücksgedecke auf und schmückt die Tafel mit Adventsgestecken. Aufatmend schaut sie dann noch einmal nach, ob in den zwei Etagen Türen und Fenster geschlossen sind.

Erleichtert kehrt sie ins Erdgeschoss zurück.

Ja, ein gedeckter Tisch, das ist, wenn ich morgens ins Frühstückszimmer komme, dann so ein Gefühl, als ob jemand auf mich wartet, ein schönes Gefühl. Morgen ist Sonntag. Ein zweites Gedeck für meine Freundin Hella. Sie besucht mich jeden Sonntag und ist informativer als eine Wochenzeitung. Wir schwatzen oft bis in den Nachmittag beim sonntäglichen Champagnerfrühstück.

Hauptthema der beiden Damen ist immer noch der geheimnisvolle Lou Hollander.

Hella warnte mich abschätzig, irgendwie gehässig. Sie meint: ‚Die Männer sind doch nur hinter deinem Geld her‘.

Ach, die Hella weiß eben nicht, wie stark meine Gefühle sind. Als Frau eines Postbeamten kennt sie sich zwar mit Briefmarken aus, aber mit Männern ... Gusti muss lächeln.

Ich hatte schon einmal Glück mit meinem ersten Mann, Gott hab ihn selig, den Hugo Wilhelm Küssnacht. Er war Schweizer Trikotagen-Fabrikant und ich sein Lieblingsmodell. Hugo Wilhelm liebte mollige Frauen und mich ganz besonders, wenn ich ihm seine schönsten Modelle vorführte...

Ein undefinierbares Geräusch im Haus? Frau Küssnacht hält inne, lauscht. Sie schiebt die schwere Samtgardine des Wohnzimmerfensters ein wenig beiseite und sieht auf den meterlangen weißen Kiesweg, der an einem weißen Gartentürchen direkt an der Einliegerstraße endet.

Am Tag sieht man von hier aus den Schliersteiner Hafen und bei Sonnenschein das glitzernde Wasser. Im Sommer sogar die weißen Segel der Boote. Ein feines Viertel.

Sie seufzt, und da ist ein Wohlgefühl und tiefe Dankbarkeit, dass sie es im Leben immer so gut getroffen hat. Leider bekam ihr Hugo Wilhelm vor drei Jahren einen Schlaganfall. Sie tupft sich die Augen, als sie auf seinen leeren Rollstuhl blickt. Sie hält dieses Andenken in Ehren und hat ein handbesticktes Samtkissen als Erinnerung hineingelegt.

Wieder sieht sie aus dem Fenster. Sie ist neugierig. Ein Taxi fährt durch den jetzt einsetzenden, strömenden Regen am Haus vorbei, verursacht beim Bremsen eine Wasserfontäne, blinkt und biegt rechts ab.

Vielleicht bekommen die Nachbarn Besuch, oder der Hausherr kommt spät aus seiner Firma zurück. Einmal habe ich ihn abends in einer Bar gesehen, und die Begleiterin war nicht seine Frau. Aber was soll's, denkt sie. *Hier lebt jeder für sich. Da wird nicht in den Kochtopf geguckt.*

Sie gähnt. Schon 22:00 Uhr. Ich gehe schlafen.

Sie steht am Treppenabsatz und sieht, dass sich der dicke dunkelrote Samtvorhang, der zwischen Haustür und Eingang angebracht wurde, um Durchzug zu verhindern, bewegt. Hin und her, hin und her, hin und her …

„Habe ich die Haustüre nicht richtig zugemacht?",
fragt sie sich beklommen.

„Ich werde wohl schon vergesslich."

Sie dreht sich um, steigt vom ersten Treppenabsatz
wieder hinunter, und dann steht er da: Lou Hollander
und lächelt sie entschuldigend an.

„Herr Hollander!", krächzt sie. Das Wiedersehen verschlägt ihr die Stimme.

„Gusti, Gusti Küssnacht", ruft er.

„Ich komme als Schwerenöter, habe mich zu entschuldigen, dass ich Sie im Bus in solch eine unangenehme Situation brachte."

Erschüttert, wie ein Bub, der ungezogen war, blickt
er nach unten. Ein wenig erinnert er sie an ihren Mann,
der genauso betreten schaute, wenn er zu spät, ange-
säuselt nach Hause kam.

„Ich bin", fährt Hollander mit betroffener Stimme fort,
„bevor ich mich der Reisegesellschaft anschloss, selbst
bestohlen worden und wusste nicht mehr ein und aus."

Schon schmilzt Gustis Widerstand, und eine Träne
der Rührung glitzert in ihren blauen, wässrigen Augen,
in die sich ein kleiner, grauer Star geschlichen hat.
Verschmierte Wimperntusche gibt ihrem Anblick einen
dramatischen Touch.

„Ich gehe sofort wieder, Gusti, wenn du mich nicht
magst."

Hollander greift in seine Tasche und holt ein edel
verpacktes, glitzerndes Geschenk hervor. Steckt es ihr
mit rührend, unterwürfiger Geste hin.

„Als Wiedergutmachung", sagt er bittend. „Pack es
aus!"

Das feine, glitzernde Seidenpapier knistert. Glitzernde Pailletten rieseln auf den Boden, während Hollander Gusti beim Auspacken des Geschenkes nicht aus den Augen lässt.

Ein feiner, weicher Seidenschal in warmen Rottönen fällt Gusti geradezu in die Hände, schmiegt sich an ihre Haut.

„So weich", flüstert sie und will sich das Tuch umlegen. Dabei schaut sie in den Garderobenspiegel.

Lou Hollander, oder wie immer er sich auch nennt, tritt leise hinter sie. Er umfasst ihre Taille.

Sie lehnt sich sanft gegen ihn, spürt seinen schnellen, heißen Atem.

„Meine Gusti, ich zeige dir, wie man diesen Couture-Schal wirkungsvoll umlegt."

Er nimmt beide Enden des Schals und zieht sie fest zusammen. Es dauert nur Sekunden, bis Gusti Küssnacht, in einer Wolke von Glitter nach Luft ringend, auf den Boden rutscht und ihrem Mörder direkt vor die Füße fällt.

Glitter-Elemente in unterschiedlichen Größen und Formen erzeugen ein effektvolles Schillern.

Mit kaltem Blick wendet Hollander sich ab und registriert mit Kennerblick den Wohlstand um sich herum.

„Erst die Arbeit, dann das Spiel", sagt er und hat schon eine Idee, was mit dem Opfer geschieht.

Bevor er Gusti Küssnachts Mund schließt, lässt er einige Marshmallows in ihren Rachen fallen.

„Süß ist der Tod, Gusti Küssnacht."

Die verschollene Witwe

Dass es stets nach einem Glücke bangt, das nimmer wieder-
kehrt.
Emanuel Geibel

Montag, 6. Dezember 2004. 13:00 Uhr, Polizeipräsidium Köln. Moritz Marder hat die Soko Schneewittchen
zu einer dringenden Besprechung in den Konferenz-
raum 10 eingeladen.

„Kolleginnen, Kollegen, ich habe gerade den Anruf
des Leiters der Mordkommission Wiesbaden, des ersten
Hauptkommissars Wulf Bärli erhalten.

In Wiesbaden-Schierstein ist in der Nacht von Samstag auf Sonntag in einem Nobelviertel eine Frau aus
ihrer Wohnung, einer Villa, verschwunden. Sie wurde
entführt oder – den bisherigen Spuren nach - ver-
schleppt und wahrscheinlich getötet. Ihr Name ist, ihr
kennt ihn alle, Gusti Küssnacht, Witwe eines Schweizer
Trikotagen-Fabrikanten, die in den Reisegefährten Lou
Hollander verknallt war."

Erstaunte Ausrufe im Raum.

„Die Sache im Bus, an der Raststätte?"

„Ruhig Blut. Ich werde erst einmal erklären, was ich
erfahren habe und dann komme ich gerne auf sachdien-
liche Fragen zu dem neuen Fall zurück."

Augenblicklich tritt Ruhe ein. Angespannt lauscht
das Team den Erläuterungen des Chefs.

„Anzeige erstattet hat die Freundin des Opfers, Hella
Röstli, die jeden Sonntag mit der Verschwundenen
frühstückte.

Als Frau Küssnacht ihr gestern Früh nicht öffnete,
hat Hella Röstli die Kollegen der Wiesbadener Vermiss-

tenstelle angerufen, die nach einem ersten Eindruck die Mordkommission verständigte.

Nach Röstlis Ansicht sind zahlreiche Wertgegenstände aus der Wohnung ihrer Freundin verschwunden.

Das Wochengeld für die Haushilfe, 500 Euro, die Frau Küssnacht immer in einer Kaffeedose aufbewahrte, und einiges mehr. Dinge, die man schnell in die Tasche stecken konnte, um damit möglichst unauffällig zu fliehen.

Die Wiesbadener Spusi war gestern emsig und hat jetzt ein Ergebnis, das euch interessieren wird, nämlich eine ganz spezielle DNA!"

„Na ja, wir müssen uns nicht jetzt bei jedem neuen Anschlag auf Hollander stürzen! Aber wenn die DNA mit der Seinen übereinstimmt, ist ja alles gut", meint Elisa.

„Frau Fuchs, die Untersuchungen laufen zwar noch, doch es gibt jetzt schon den Hinweis, dass die im Haus gesicherte Fremd-DNA schon zweimal in der Wiesbadener BKA Datei als ‚unbekannte DNA' aufgetaucht ist, dass sie aus unserer Dienststelle kommt und erst vor einer Woche ans BKA geschickt wurde.

Da ist einmal die DNA-Spur aus dem Ferienhaus der verschwundenen Bertha Immengrün", betont Marder.

„Und dann die DNA aus dem Reisebus mit den Toupet-Haaren dieses angeblichen Lou Hollander, und von dem Wasserglas, das er benutzt hat", ergänzt Lupe.

„Nicht zu vergessen, die Spuren im grünen Rover und im Ferienhaus Berta Immengrüns und der Bettwäsche, die der Chef und ich aus dem Container am Campingplatz zogen", betont Kommissarin Eck".

„Und die Hautspuren unter den Fingernägeln der Eisprinzessin", fügt Lupe hinzu, und immer die gleiche DNA.

Verhaltener Jubel im Ermittlerkreis. Einige Kollegen klopfen zustimmend auf die Arbeitstische.

„Schön, dass Freude aufkommt. Ihr habt gut gearbeitet.

Ausgezeichnet, dass es diese DNA-Analyse-Datei beim BKA Wiesbaden gibt. Doch meine Ansage ist noch nicht zu Ende.“

Marder räuspert sich, greift zum Wasserglas, nimmt einen großen Schluck und fährt fort.

„Ich habe den Wiesbadener Kollegen die Akte mit unseren Erkenntnissen geschickt.

Der für diesen Bereich zuständige Wiesbadener Chef hat auf dem Dienstweg, das heißt über unseren Chef Kriminaloberrat Luchs, gebeten, dass zwei Beamte aus dem Team ‚Schneewittchen‘, die mit dem Fall vertraut sind, die Soko 'Witwe‘ in Wiesbaden unterstützen.

Ich habe da an Max und Elisa gedacht, die als erste am Ort des Geschehens waren, besonders an Elisa, die in ihrer Freizeit, schon in der ersten Tatnacht, den Abtransport des Rovers mit der tödlichen Fracht beobachtet hatte und uns wichtige Hinweise geben konnte. Die Fahrkarten sind in der Verwaltung abzuholen.“

Zustimmung des Teams durch Klopfen auf die Arbeitstische.

„Was wurde mir zu dem Fall mitgeteilt, was geschah in der Nacht vom Samstag, den 6. auf Sonntag, den 7. Dezember?“, fragt Marder die Runde.

Fragende Blicke. „Chef, wir sind doch keine Hellseher.“

„Ich berichte ja schon. Fakt ist, dass die Freundin des Opfers, die besagte Hella Röstli, wie jeden Sonntag um 9:30 Uhr morgens bei Frau Küssnacht klingelte.

265

Sie wunderte sich über zugezogene Gardinen und völlige Dunkelheit im Haus. Sie sagte aus, dass Freundin Gusti das Licht liebte und die Dämmerung hasste. Schon frühmorgens war ihr Haus hell beleuchtet.

Weil das Haus gestern Morgen im Dunkel lag und auf Klingeln und Klopfen nicht geöffnet wurde, rief Hella Röstli die Polizei.

Die Haustür konnte durch die Feuerwehr geöffnet werden. Das ganze Objekt wurde durchsucht.

Auf den ersten Blick sind keine verdächtigen Spuren entdeckt worden. Die Wohnung machte einen aufgeräumten Eindruck, im Esszimmer war der Frühstückstisch festlich für zwei Personen gedeckt.

Aber in einer Ecke des Eingangs, hinter einem flauschigen Samtvorhang, hatte sich ein Stück buntes Geschenkpapier verfangen. Darauf befanden sich Fingerabdrücke des Opfers und fremde Abdrücke, Schweißspuren mit der gleichen DNA, die unserem Toupet-Mann aus dem Reisebus Täter zugeordnet werden können.

Die Wiesbadener Kollegen gehen auch von einem Mann als Täter aus. Er hinterließ im Hausflur Spuren von Schweizer Herrenschuhen der teuren Marke Bally, Größe 45."

„Der Herr lebt auf großem Fuß", sagt Lupe.

„Ja, Leute, das ist der Ermittlungsstand", sagt Marder.

„Da es in der Tatnacht in Wiesbaden regnete, sind dort bisher auf dem Kiesweg zum Haus des Opfers keine Spuren zu finden".

„Geschenkpapier wurde gefunden?", fragt Elisa, während sie ihren Schreibtisch aufräumt. „Daraus kann man manchmal auf das Geschäft schließen."

„Richtig. An der Sache sind die Kollegen dran."

„Wahrscheinlich hat unser Frauenliebling mit einem teuren Geschenk die treuherzige Frau Küssnacht einwickeln und um Verzeihung bitten wollen."

Kommissarin Gotthardt meldet sich zu Wort.

„Die arme Frau. Ich habe sie am Freitag vor einer Woche gewarnt vor diesem Reise-Casanova im Bus, der 500 Euro aus der Handtasche stahl, während er mit ihr flirtete.

‚Frau Küssnacht', habe ich gesagt, ‚gehen Sie zu Ihrer Hausbank. Sperren Sie Ihre Konten. Schaffen Sie sich ein Sicherheitsschloss und eine Überwachungsanlage für Ihr Haus an. Die Kollegen in Wiesbaden werden Sie beraten'."

„Wer nicht hört, muss fühlen", sagt Gilles grinsend.

„Kommissar Anwärter Gilles, halten Sie den Mund, sonst landen Sie ab sofort im Archiv!"

Max und Elisa fahren ihre Laptops herunter. Sie verabschieden sich und verlassen eilig das Präsidium.

„Für den Rest der Truppe gibt es genug zu tun, sagt Marder."

Doch das Team möchte zunächst einmal die Neuigkeiten erst diskutieren:

„Inzwischen braucht der Bursche Geld", sagt Falke. „Interessant, dass zuletzt Geld in Frankfurt abgehoben wurde und danach in der Nähe des neuen Tatortes Wiesbaden, dem Wohnort Gusti Küssnachts. Jetzt ist das Konto leer."

„Er wird das Diebesgut verhökern und dann auf Opfersuche gehen", bemerkt Kommissarin Eck ein wenig verärgert. „Sind doch alle gleich, die Männer", murmelt sie.

„Verliebte Frauen scheinen manchmal unter Hypnose zu stehen, wenn sie einem attraktiven Mann gegenüberstehen", sagt Barbara Gotthardt, die ihre Kollegin gehört hat.

„Das mit den verliebten Frauen traf aber für die Postbotin Mia Angstmann nicht zu", ruft Falke. „Sie sperrte ihren Mann weg, in den Keller, und jetzt ist sie ebenso mausetot."

„Zur Tagesordnung, vergessen Sie mal das Gesülze um die Liebe", ruft Marder und unterbricht die erregte Debatte der Kollegen.

Zu Falke und Lupe gewandt: „Sie haben recht, aber Sie müssen jetzt mit Ihrer Soko ‚Blutschnee' an die Arbeit. Der ganze Mist aus der Jagdhütte muss unter die Lupe genommen werden, als da sind: die unbekannten Waffen, die Verstöße gegen das Tierschutzgesetz, das Trauerspiel der mörderischen Ehe der Mia Angstmann und des Metzgers Erich Angstmann. Beendet und abgeschlossen ist der Fall noch nicht. Zur Information: Ich erfahre gerade, dass Erich Angstmann jetzt in der Forensik im Hochsicherheitstrakt gelandet ist. Dort wird er eventuell bis zu seinem Lebensende ausharren."

Der verschwundene Rollstuhl

Max und Elisa genießen die einstündige Fahrt im ICE nach Wiesbaden. Sie atmen durch und sprechen nicht nur über den neuen Fall.

Max greift nach Elisa Hand, während ihr vor Müdigkeit die Augen zufallen. Sie denkt an ihre Kinder Viola und Julian, und an ihr zweites Enkelkind, das im neuen Jahr geboren wird. Sie freut sich sehr.

Max und Elisa haben nach Durchsicht der aus Wiesbaden geschickten Erkenntnisse noch Zeit, um im Speisewagen die Kaffeevariationen als Muntermacher zu genießen.

Die Landschaften fliegen nur so vorbei, die Sonne kommt heraus, und der ICE fährt ohne Verspätung in den Hauptbahnhof Wiesbaden ein.

Hauptkommissar Jo Bärli erwartet die beiden am Checkpoint, begrüßt sie freundlich und fährt mit ihnen direkt zum Einsatzort am Schliersteiner Hafen.

Der Erste Kriminalhauptkommissar Jo Bärli macht seinem Namen alle Ehre, denkt Elisa. *Wenn man das kleine i am Namensende streichen würde, könnte man ihn mit dem Kommissar der Kölner Tatort-Serie verwechseln.*

Der Polizei-Einsatzwagen hält vor einer beeindruckenden Wohnanlage mit mehreren zweigeschossigen Häusern. Nach einigen Regenschauern hat sich die Sonne durchgesetzt. In den Wellen des Schliersteiner Hafens spiegeln sich Strahlen der Nachmittagssonne. Hier und da werden weiße Segel gehisst.

Ein leichter Wind kommt auf. Ferienstimmung, wenn da nicht dieser bedrückende Fall wäre, der dem Ermittlerteam im Nacken sitzt.

Zwei Wagen der KTU sind seit dem gestrigen Tag vor Ort.

Max und Elisa streifen sich die obligatorischen Schutzanzüge über und betreten mit dem Einsatzleiter Jo Bärli das Haus des Opfers, der Witwe Gusti Küssnacht.

„Der Täter, wir gehen von einem Mann aus, hat sich nach bisherigen Erkenntnissen nur in der unteren Etage aufgehalten. Er scheint es eilig gehabt zu haben.

Über Fingerabdrücke und Fußspuren haben wir schon berichtet."

„Ja, danke. Wir haben im Zug die Akten gelesen.

Eine Frage: Hat die Untersuchung des Geschenkpapiers, das hinter dem Vorhang im Eingang lag, zu Hinweisen geführt?", fragt Elisa.

„Ja, die Boutique 'Vintage Violet', hier am Hafen, wurde am Samstag, kurz vor Ladenschluss, um 17:55 Uhr, ein roter Seidenschal mit violettem Blumenmuster für fünfundfünfzig Euro verkauft", sagt Bärli.

„Lassen Sie mich raten", sagt Max. „An einen Herrn."

„Richtig, es war ein großer Herr in wetterfester, typisch englisch anmutender, dunkelblauer Wachsjacke und marineblauer, tief in die Stirn gezogener Wollmütze.

Unser Fachmann konnte nach den Angaben der Verkäuferin ein Bild erstellen, das Ihrer Vorgabe ähnelt. Aber ich muss Ihnen sagen, so sehen hier jeden Regentag hunderte von Spaziergängern aus."

Bärli zeigt auf ein Plakat mit einem neu erstellten Phantombild.

„Auffallend sind diese Schuhe, die der Mann trägt. Nicht gerade für den Regen gemacht", sagt Elisa.

„Im Bericht steht, dass es sich nach den, im Hauseingang gesicherten Spuren der Abdrücke, um Schweizer Bally Schuhe handelt", bemerkt Max.

„Na ja, unser Mann ist eitel. Immer nur vom Besten, das wissen wir. Immer in den Honigtopf greifen."

„Bis dass, hoffentlich bald, mal eine Wespe zusticht. Eine Frau, die sich wehrt".

„Der Ansicht war die junge Verkäuferin in der Geschenkboutique auch und hat freundlich zu dem überheblichen Kunden gesagt: ‚Ach Gott, solche eleganten Schuhe, bei dem scheußlichen Wetter!' Ruppig und eilig habe der Mann geantwortet:

„Was hat mein Schuhwerk mit Gott zu tun! Dumme Gans. Beeilen Sie sich lieber!"

„Typisch. Unser Kandidat ist nur höflich, wenn er etwas umsonst von den Damen erwarten kann", sagt Max und vertieft sich wieder in den Spurenbericht eines Wiesbadener Kollegen.

„Die junge Frau war daraufhin erbost und hat aus Rache Geschenk und Geschenkpapier großzügig mit Deko Glitzer bestreut", schmunzelt Bärli.

„Das Zeug liegt in allen Ecken und markiert die Wege des Täters im Erdgeschoss", fügt KTU-Mann, Kommissar Erding, hinzu.

„Wie ist der Täter ins Haus gekommen?", fragt Elisa.

„Das wissen wir nicht genau. Vielleicht hat er geläutet. Wir nehmen jedoch an, dass er unangemeldet kam und passendes Einbruchswerkzeug besitzt."

„Und wie ist er bis zum Haus gelangt?", fragt Elisa.

„Sie wollen auf ein ‚Glitzertaxi' hinaus, Frau Fuchs? Richtig kombiniert", sagt er lachend. „Der Mann hat wegen des Sturzregens vor dem Geschenkladen ein Taxi angehalten. Der Taxibetreiber ist immer noch wütend und bemüht, sein Taxi zu säubern", meint Bärli.

„Der Verdächtige hat das Taxi wegen des Regens ja nur für eine kurze Strecke, vom Laden bis hier um die Ecke gebraucht", fährt er fort. „Keine Fingerabdrücke im Wagen. Der Verdächtige trug Lederhandschuhe und hat mit Banknoten bezahlt", fügt Kommissar Erding hinzu.

„Andere Spuren im Taxi, zum Beispiel Haare? Denn 'unser Mann' ist Toupet Träger."

„Nada, die Spusi hat nichts entdeckt. Wahrscheinlich war die Mütze wasserdicht. Von der nassen Wachsjacke ist auch nichts im Taxi hängen geblieben, eben nur dieses Glitzerzeug".

Elisa sieht sich aufmerksam in Gusti Küssnachts Entree um. Sie registriert eine antike Standuhr mit Porzellanfiguren, dekorierte Kommoden im Rokoko Stil, Prints mit protzigen Goldrahmen, versehen mit urigen Szenen holländischer Maler des 17. Jahrhunderts, und ein Foto.

Es zeigt Gusti Küssnacht mit innigem Lächeln, angelehnt an einen älteren, weißhaarigen, Herrn, der beschützend einen Arm um sie legt.

Aha, der Trikotagen-Fabrikant, denkt Elisa.

Hier, in dieser Umgebung, kann sie sich die etwas überkandidelte Dame Gusti Küssnacht gut vorstellen. Alles hübsch, gepflegt, und ein wenig kitschig.

„Kollege Bärli, die Freundin der Vermissten, Hella Röstli konnte Ihnen bestimmt sagen, was aus der Wohnung verschwunden ist?"

„Geld, versteckt in der Kaffeedose, und eine wertvolle Uhrensammlung hinter Glas. Es waren antike, hochkarätige Taschenuhren aus der Sammlung des Gatten.

Wir haben die gestohlenen Gegenstände schon ins Internet gesetzt. Der Verdächtige wird sich wahrscheinlich mit Hehlern in Verbindung setzen."

Elisa überlegt.

„Ist noch etwas?", fragt Bärli. „Sie schauen so nachdenklich".

„Ja, ich mache mir Sorgen um die enge Freundin der Vermissten, Hella Röstli, die in der Nähe wohnt. Sie saß am Freitag, dem 26. November 2004, im Reisebus, als Lou Hollander sich vorstellte, und direkt neben Gusti Küssnacht Platz nahm. Frau Röstli weiß vielleicht zu viel über unseren Gesuchten. Es könnte sein ...",

„Dass der Täter ihr einen Besuch abstattet, um sie mundtot zu machen? Ja, Kollegin, wir haben auch schon an Polizeischutz gedacht. Danke für den Hinweis. Die Sicherheit der Zeugin hat für uns oberste Priorität."

Elisa erinnert sich an den ausführlichen Polizei-Einsatzbericht der Kollegin Gotthardt, der nach den Vernehmungen im Bus von ihr geschrieben wurde.

Da war doch noch etwas, das für diesen Fall wichtig sein könnte, denkt Elisa. Irgendetwas hat Frau Küssnacht gesagt, etwas im Zusammenhang mit ihrem Ehemann...

Stimmt, ein Rollstuhl wurde erwähnt! Sinngemäß berichtete Kollegin Gotthardt, dass Frau Küssnachts Mann zuletzt im Rollstuhl saß, und dass dieser Stuhl ganz besonders wichtig für Gusti Küssnacht war. Dass die Witwe den Stuhl nach dem plötzlichen Tod des Mannes in Ehren hält und dass er stets im Wohnbereich der Wiesbadener Villa steht.

„Wo ist der Rollstuhl, Kollege Bärli?", platzt es aus Elisa heraus.

„Rollstuhl? Wie kommen Sie darauf, Frau Fuchs?"

„Bei einer ersten Befragung im Reisebus, nach der Flucht des Täters, des angeblichen Lou Hollander, in Overath, hat die aufgeregte Gusti Küssnacht viel geredet. Sie erwähnte auch, dass ihr Mann verstorben sei, und dass sie seinen Rollstuhl in Ehren hält, dass er neben ihr steht, wenn sie abends fernsieht ... demnach muss der Rollstuhl irgendwo hier im Wohnbereich stehen. Und da befinden wir uns gerade".

Hauptkommissar Bärli überlegt nicht lange.

„Sie haben den Verdacht, dass der Täter die Leiche mit dem Rollstuhl weggefahren hat?"

„Liegt nahe."

Er greift zum Diensthandy.

„Bärli hier. Verbinden Sie mich mit der Hundeführerin, der Polizeikommissarin Ruth Wolf. Wir brauchen einen Leichenspürhund. Unser Standort: Schliersteiner Hafen. Es eilt."

Rex, König der Spürhunde

„Die Kollegin Wolf ist mit ihrem Hund Rex prädestiniert zum Auffinden von Leichen. Sie hat den Hund erzogen und angeleitet. Die beiden sind ein starkes Team", erklärt Bärli Max und Elisa und fährt fort:

„Nach Tötungsdelikten oder Unfällen leistet Frau Wolf mit dem Schäferhund Rex wertvolle Hilfe bei der Ermittlungsarbeit. Der Hund ist in der Lage, Leichen- und Blutgeruch sowie mit Blut behaftete Tatwerkzeuge noch Wochen nach der Tat aufzuspüren, auch wenn der Täter versucht hat, Spuren zu beseitigen.

Rex kann sogar im bis zu 30 Meter tiefen Wasser Leichen finden, die unsere Taucher danach, wenn alles gut geht, bergen."

Bärli sieht begeistert in die Runde.

„Das hört sich erfolgversprechend an, Kollege", sagt Elisa.

Sie blickt zum Hafen auf die weit ausgedehnte Wasserfläche. Eben noch im funkelnden Sonnenlicht wirkt das Wasser, als sich dichte Wolken vor die Abendsonne schieben, grau und undurchdringlich.

Vom Haus sind es gerade mal 100 Meter Fußweg bis zum Wasser, überlegt Elisa. Wenn der Täter die Leiche schnell loswerden wollte, wäre das Wasser ideal, um sie verschwinden zu lassen.

Die Sirenen der angeforderten Einsatzwagen sind nicht zu überhören.

Kommissarin Wolf steigt aus. Stark wirkt sie und durchtrainiert. Ihre roten, krausen Haare hat sie zu einem strammen Zopf im Nacken zusammengebunden.

Spürhund Rex, ihr Partner, ein temperamentvoller Schäferhund mit spitzer Schnauze, zieht kräftig und ungeduldig an der Hundeleine.

Die Hundeführerin spricht eindringlich mit ihm. Danach folgt ein: „Rex, los geht's!"

Die Kommissarin geht mit dem Tier zuerst ins Haus. Schon ist der Hund vor ihr, zerrt an der Leine. Die Hundeführerin lässt ihn im Erdgeschoss Fährte aufnehmen, an Plätzen, an denen Frau Küssnacht sich häufig aufgehalten hat, im Wohnbereich, im Schlafraum, in der Küche und dem Bad.

Hundeführerin und Suchhund stehen in enger Verbindung zueinander. Schon stürmt Rex mit einem Satz aus der Tür, läuft über den Kiesweg, strebt dem Hafen zu.

Die Trainerin, die Leine fest an der Hand, starrt gebannt auf das Wasser.

„Möglich, dass der Täter das Opfer in den Rollstuhl gesetzt und zum Fluss geschoben hat, um ..."

„... die tote oder bewusstlose Frau mit dem Stuhl ins Wasser zu schubsen", ergänzt Elisa, die näher gekommen ist.

„Ich rufe die Kollegen der Wasserschutzpolizei. Wir brauchen sofort ein Boot ... mal sehen, was Rex anvisiert hat, er ist kaum an der Leine zu halten", sagt Kommissarin Wolf.

Sie dreht sich um.

„Ich brauche zwei Kollegen, die diesen Einsatzbereich absperren", ruft sie Bärli zu.

„Wir dürfen nicht von Gaffern behindert werden!"

„Wird gemacht!"

Im Nu ist das Gebiet vom Haus bis zum Hafen abgesperrt.

Max und Elisa haben Mühe, Neugierige zu vertreiben und zu verhindern, dass Fotos gemacht werden.

„Hier gibt es nichts zu sehen", sagt Elisa bestimmt. „Es findet nur eine Übung statt."

Und dann geht alles recht schnell. Spürhund Rex strebt mit unbändiger Kraft auf das Wasser zu, verharrt kurz und zerrt erneut an der Leine. Er ist kaum zu halten.

„Ruhig Rex, ich komme ja schon", sagt Kommissarin Wolf, die ihn fest im Griff hat.

Und dann stoppt Rex direkt am Hafenbecken, schaut seine Herrin an und würde am liebsten mit einem Satz ins Wasser springen.

Inzwischen naht ein Polizeiboot mit zwei Polizeitauchern. Überall ist das Knattern der Sprechfunkgeräte zu vernehmen. Aufregung und Spannung greifen um sich.

Elisa sieht, wie Taucher das Wasser anpeilen und dann untertauchen.

Rex hat etwas gefunden, und was da aus dem Wasser gehoben wird, lässt die Anwesenden für einen Moment erstarren. Es ist furchtbar.

Sichtbar wird ein triefender Metallrollstuhl mit schwarzem Bezug. Darin festgebunden mit einem klatschnassen Schal eine zusammengesunkene Frau mit wächsernem Antlitz. Es handelt sich um die Leiche der Frau Gusti Küssnacht.

Gusti, das Trikotagen-Modell. Hübsch und liebenswert. Eine ganz normale, nun ja, eine sehr naive Frau, die noch als Witwe von der Liebe träumte, warum auch nicht? Eine Frau, die nach Zuneigung suchte und leicht entflammte, ohne jegliche Vorbehalte.

Sie traf Lou Hollander zweimal. Einmal im Reisebus, da stahl er nur ihr Geld, einen Brillantring und ihr Herz.

Sie verzieh ihm. Als er zum zweiten Mal kam, stahl er ihr das Leben auf menschenverachtende Art.

Es ist 20 Uhr, als Elisa und Max im ICE Richtung Köln sitzen. Nach einem kurzen Verzehr einer deftigen Bratwurst mit Pommes in der Wiesbadener Polizeikantine haben Elisa und Max sich von den Wiesbadener Kollegen verabschiedet.

„Bis auf weitere, gute Zusammenarbeit!", heißt es.

Das Opfer wurde gefunden, der Täter hält sich irgendwo versteckt, lauert er auf das nächste Opfer?

Schattenreich

Wenn wir in unserer Seele graben, fördern wir oftmals etwas zutage, das dort unbemerkt gelegen wäre.
Leo Tolstoi

Max kann nicht verhindern, dass Elisa am folgenden Abend noch einmal Berthas Häuschen in Loope besuchen möchte.

Das Hochwasser im Aggergebiet ist gesunken, hat aber große Schäden hinterlassen.

Dichte Wolkenwände verdunkeln den Himmel. Zwielicht. Verlassen und heruntergekommen wirkt das Haus, als sie ankommen. *Geradezu unheimlich. Als berge es ein dunkles Geheimnis*, denkt Elisa und öffnet das quietschende Gartentürchen.

„Wenn in dem Haus Gespenster wohnen, liebste Elisa, dann hättest du sie jetzt vertrieben."

„Meckere nicht, mein lieber Freund. Mach lieber die Taschenlampe an. Die Agger hat hier im Vorgarten ganz schön gewütet"

Kaum ausgesprochen, stolpert sie über einen dicken Stein und landet im Matsch.

„Aua!", schreit sie, verzieht das Gesicht und hält eine Hand schützend auf das rechte Knie.

Max hilft ihr auf die Beine und erschrickt. Der Strahl seiner LED Lampe trifft auf etwas Weißes …

Elisa erstarrt. „Max! Das ist kein Stein, auf dem ich ausgerutscht bin. Es ist - ein Totenschädel!"

„Das kann nicht sein", meint er. „Wer treibt denn solch dumme Scherze mit uns? Es ist doch nicht Halloween?"

„Oh, Max, mein Knie ist abgeschürft."

„Keine Angst, ich säubere es mit Alkohol, damit du keine Leichenstarre bekommst", scherzt er.

„Bitte, lass diese Scherze".

Schon wieder hockt sie am Boden, hält etwas in der Hand und lässt es, „das ist doch nicht möglich" flüsternd, augenblicklich fallen wie ein heißes Eisen.

Ein Hundeknochen? Nein, das weiß sie aus der Anatomie: Es ist ein menschlicher Unterarmknochen. Ein Gruselschauer läuft ihr über den Rücken.

Wie erstarrt stehen Max und Elisa einige Minuten im Vorgarten des verfallenden Ferienhäuschens an der Agger. Sie ahnen, dass es ein weiteres, düsteres Geheimnis verbirgt.

Ein Windstoß spielt mit einer leeren Plastikflasche und ein eiskalter Halbmond beleuchtet die Szene, melodisch untermalt von der gluckernden Agger, die dieses Opfer wieder hergeben wollte, ans Ufer gespült hat.

„Ob das die Knochen von Bertha Immengrün sind?", fragt Elisa.

Max nickt nachdenklich.

„Am Schädel ist jetzt deine DNA, Elisa."

„Ach Max, erschrecke mich nicht. Die Spusi muss hier sofort ran", krächzt sie und weiß nicht, wo sie sich die Hand säubern soll, die eben noch den Totenschädel berührte.

Sie spült die Hände in der Agger ab und zieht sich Schutzhandschuhe über.

Max überlegt: „Elisa Fuchs", sagt er, und es klingt pathetisch: „Ich hoffe nicht, dass du einen Vertrag mit den Wesen der Unterwelt hast? Da war mir dein sprichwörtliches Bauchgefühl lieber.

Mit dir erlebt man Dinge, die mir in meinen schlimmsten Träumen noch nie begegnet sind. Ich meine, hier und da eine Tote oder einen Getöteten zu finden, völlig normal in unserem Beruf. Aber das hier, diese Szene, Geisterstunden und Knochen im Vorgarten bei Halbmond ... komm, Elisa, lass uns im Wagen auf die Spusi warten, und rühr hier bitte, bitte gar nichts mehr an! Weck keine Geister mehr auf. Mit denen wird die Spusi schon fertig."

„Ein Leichenspürhund muss her. Das heißt, der Tatort muss gesperrt, überdacht und in der Nacht bewacht werden, ehe Jugendliche hier einen Ort entdecken, um eine irre Party zu feiern.

Wir sichern den Tatort sofort, Max. Vor dem Morgengrauen kann hier sowieso nicht gearbeitet werden. Nach §94 und §163 der Strafprozessordnung müssen wir solche ungeschützten Tatorte schützen, um eine ‚Verdunkelung der Sache' zu verhüten. Mal ganz salopp gesagt."

„Woher weißt du das?"

„Herr Hauptkommissar, wir hatten einen ähnlichen Fall im Münsterland, in Schlossberg, im Sommer. Ein verborgenes Skelett in der Vorratskammer eines alten Bauernhofes. Vergessen?"

„Nein, Elisa, solche aufregenden Stunden auf Gräberfeldern mit dir, meine Liebe, vergesse ich nie."

„Dachte ich mir doch", flüstert Elisa ihrem Max ins Ohr, „dass der Unaussprechliche, der Täter, den wir Hollander nennen, noch mehr Dreck am Stecken hat. Nicht ich, sondern er ist mit dem Teufel im Bunde, mein Lieber."

Eine halbe Stunde später schrecken die Einsatzwagen auch die letzte Maus aus den Kellern der Camper, die den Regen überlebt haben. Das letzte schlafende

Vögelchen und die letzten Bettwanzen in Berthas Häuschen fliehen bei solch einer Unruhe.

Zwölf Minuten nach zwölf. Mitternacht ist vorbei, aber der Spuk noch nicht.

Der Tatort ist abgesperrt. Ein weißes Zelt gibt dem ganzen Bild einen Hauch von Mondscheinromantik – wenn da nicht die Knochen in der Erde des Vorgartens wären.

Bis zum Morgen fährt stündlich eine Polizeistreife am Grundstück vorbei und schickt blaue Blitze in den eisigen Dezemberhimmel.

Am nächsten Tag, kurz nach dem Morgengrauen, fördern die Ermittler alle Teile eines menschlichen Skeletts ans Tageslicht. Die Untersuchungen werden Elisas Verdacht untermauern.

Das Haus an der Agger

„Hier wurde wieder einmal eine liebeshungrige Witwe von einem Taugenichts getötet und dann, das hatten wir noch nicht, den Fluten des Aggerufers überlassen", formuliert der EKHK Moritz Marder die Abschiedsworte für die Witwe Bertha Immengrün.

Die Kollegen der Soko ‚Schneewittchen' lauschen Elisas und Max Teufels Berichten über die folgenschwere Entdeckung der vergangenen Nacht.

Mit höchster Vorsicht, als berge man antike Schätze, wird von Spezialisten Erdschicht für Erdschicht des Vorgartens abgetragen, die Knochen werden mit weichen Pinseln vom Erdreich befreit. Rechtsmedizinerin und Forensikerin Professorin Alma Rigens ist in ihrem Element:

„Das Hochwasser hat uns diese Beweise in den Garten gespült."

Oh, Lyrik pur, denkt Elisa.

„Der Täter hat sein Opfer nicht ins Wasser geworfen, sondern es am Rande des Grundstücks vergraben", doziert Rigens. „Es geschah eventuell im Sommer oder Herbst letzten Jahres, als der Wasserstand des Flusses niedrig war."

„Wie ist das in dem Grab mit der Feuchtigkeit?", fragt Elisa.

„Wenn das Erdgrab zeitweise von Feuchtigkeit durchtränkt war, durch die Nähe zum Fluss, bildete sich ein weißes Wachs, der die Leiche eine Zeitlang bedeckte. Die Hautfette des Körpers verwandeln sich durch Feuchtigkeit in Wachs."

„Ja, Leichenwachs verhindert eine schnelle Verwesung. In dem Zustand sieht eine Leiche grauenhaft aus", sagt Elisa.

„Es ist ein Anblick, der Jahre andauern kann, wenn die Feuchtigkeit anhält", erklärt Rigens.

„Und dann kam das Hochwasser", ergänzt Elisa, „das der Täter nicht in seine Überlegungen einbezog."

„Richtig. Die Flut beförderte den Leichnam vom Ufer ans Land, oder das, was übrig geblieben war von dem großen Fressen der Wasserratten, Saugwürmer und Zerkarien, die sich in die Haut und das Fleisch der Leichen bohren, ihre Eier dort ablegen und sich geschwind vermehren."

Rigens bückt sich tief hinunter:

„Hier, am Hüftgelenk, befindet sich noch ein wachsartiger Hautbereich."

„Wie lange ist das Opfer schon tot?"

„Ich schätze mal, etwa ein bis anderthalb Jahre. Ich kann das durch forensische Untersuchungen im Labor genauer eingrenzen."

„Und die Todesursache, Frau Dr. Rigens?", fragt Elisa.

„Der Tod könnte durch Erwürgen eingetreten sein. Sehen Sie mal", sie dreht den Schädel ein wenig, „das Zungenbein ist gebrochen. Da ist brachiale Gewalt angewandt worden. Vielleicht entdecke ich auch noch Stofffasern. Ich denke mal, dass die Frau angezogen war, als sie starb."

„Wahrscheinlich hat ihr Lover noch ein feines Mahl gekocht, sie dann erwürgt und ihr Marshmallows in den Hals geschoben", formuliert Anwärter Gilles mit Grabesstimme.

„Geschmacklos!"

Marder will schon auffahren, doch Rigens hebt beschwichtigend die Hand.

„Der junge Mann kann durchaus recht haben. Er hat gerade den Vorgang geschildert, den wir im Fall Schneewittchen, der erfrorenen Frau, nachvollziehen konnten."

„Erst wenn die DNA feststeht, können wir davon ausgehen, dass es sich hier um die Überreste Bertha Immengrüns handelt", fügt Max hinzu.

In dem Moment kommt Anwärter Gilles aus dem Haus und will sich einen alten Damenhut, den er gefunden hat, aufsetzen.

„Wo hast du ihn gefunden, Marc?", fragt Elisa scharf.

„Ganz hinten, unter der Garderobe. Es ist doch nur der Kapotthut einer alten Dame, Elisa", meint er, beschwichtigend grinsend.

„Das ist kein Spaß, Marc" erregt sich Elisa. „Gib den Hut sofort an Lupe weiter, und ich hoffe sehr für dich, Bürschchen, dass du Handschuhe trägst", grollt sie.

„An dem Hut, und einem alten Fotoalbum, das wir vor einigen Tagen hier gesichert haben, könnten wir die DNA der Berta Immengrün finden und dann mit der DNA des Skeletts vergleichen", fügt Max hinzu.

Elisas Zorn kühlt ab. Sie atmet durch.

„Ein Vorschlag. Wir stehen hier seit Stunden unter Stress. Ich habe am Ende des Campingplatzes einen kleinen Kiosk gesehen ... Marc, holst du uns bitte eine Tüte mit belegten Brötchen?"

„Klar, Elisa, mach ich", sagt Gilles aufgeräumt und strebt im Joggertempo davon.

„Max, dein Handy brummt!"

„Oh, entschuldige, Elisa." Max geht ins Haus und kommt nach einigen Minuten wieder heraus.

„Das war eine Nachricht von Bärli aus Wiesbaden. In der Rechtsmedizin wurden am Morgen in Gusti Küssnachts Rachen Substanzen entdeckt, die auf die Gabe von Marshmallow deuten."

„Der alte Modus Operandi", sagt Elisa. „Auch Täter sind faul. Haben sie einmal eine clevere Methode entdeckt, nachhaltig zu morden, verfallen sie immer wieder in die gleiche Methode. Das ist oft unsere einzige Chance, sie zu entlarven".

„Wieso sagst du auch?", fragt Max.

„Ach, das ist mir nur so herausgerutscht…"

Das Team rückt zusammen. Sie sind einen großen Schritt weiter gekommen. Ein gutes Gefühl.

„Hat jemand eine Zigarette?", fragt Elisa.

„Sie wollen rauchen?", rügt Rigens. „Sie haben mir doch beim ersten Zusammentreffen, an dem Rover-Tatort mit dem frostigen Opfer, anvertraut, dass sie herzkrank sind."

„Herzkrank, Elisa? Dr. Rigens hast du es schon am letzten Samstag anvertraut und ich musste vorgestern ganz zufällig den Befund finden."

Es klingt vorwurfsvoll.

„Du musst doch nicht alles wissen. Ich rauche auch nur zu Ostern, Weihnachten, und wenn ein Fall fast gelöst ist."

„Dann dürfen wir keine Fälle mehr lösen", sagt Max und schüttelt den Kopf.

„Doch, Frau Fuchs, wenn das so ist, dann rauche ich mit Ihnen, aber ich greife zu einer Zigarre", sagt Rigens.

Beide stehen sie da, schauen auf die Agger und blasen Rauchwölkchen in die Luft. Marder gesellt sich zu

Ihnen und pafft eine dicke Zigarre, die Rigens ihm anbietet.

Es riecht gut und irgendwie nach Zufriedenheit.

Lupe kommt näher. „Habe ich gerade etwas von einem Kapotthut und einem Fotoalbum gehört? Her damit! Beweissachen kommen sofort in die KTU."

Elisa und Rigens und Marder wenden sich wieder dem Team zu.

„Hier sollte noch ein Leichenspürhund eingesetzt werden. Es wäre peinlich, wenn herauskommt, dass hier mehrere Damen ein kühles Ende fanden", fügt die Professorin hinzu.

„Ich erledige das sofort mit dem Kölner Hundeführer", sagt Marder. „Sein Hund Nasus wird die Wahrheit an den Tag bringen", fügt er hinzu.

„Und ich spendiere nach meinem Anruf mit dem Hundeführer einen Kaffee", ruft er im Weggehen.

Er geht zum Dienstwagen und kehrt nach 5 Minuten mit einer Thermoskanne zurück.

„Pause, Leute. Ihr habt es verdient."

„Kaffee? Wo haben Sie den denn gefunden, doch wohl nicht am Tatort?", fragt Lupe misstrauisch.

„Lupe, Tote trinken keinen Kaffee. Meine liebe Frau, die Anneliese, versorgt mich jeden Morgen mit einer Kanne voll, und mit Porzellanbechern. Alles steht hinten in meinem Wagen in einem Picknickkorb. Anneliese hasst Plastikzeug ... Wir wollen doch den Tatort nicht vermüllen."

„Ich wusste gar nicht, dass sie verheiratet sind", sagt Elisa.

„Ich bin ein Familienmensch. Das hätten Sie nicht gedacht, Frau Fuchs? Hab' mal gehört, dass man mich als Mann mit dem Marderblick bezeichnet."

Elisa wird rot. Hat er mitbekommen, dass wir ihn so nennen?

Alle im Team sehen wie ertappt drein.

„Ich finde, dass ein Marderblick für Ihren Beruf eine sehr gute Voraussetzung ist", kontert Elisa lächelnd.

„Danke für die Blumen ... da kommt Gilles schon mit der Pausennahrung", sagt Marder und zeigt auf den Anwärter.

„So einen Sohn habe ich mir auch mal gewünscht", meint er versonnen und sorgt für fragende Blicke. Was ist mit Marder los? Eine Lebensbeichte?

Da platzt Marc Gilles außer Atem in die Stille hinein. Er weiß nicht, dass er gerade seinen sonst so strengen Chef in einer wichtigen, persönlichen Aussage unterbrochen hat.

Kioskgeschichten

„Was ist los, Herr Anwärter?", fragt Marder. „Sie müssen sich nicht gleich verausgaben, wenn es ums Essen geht", stichelt er, mit einem Zwinkern in den Augen.

„Das ist es nicht, Chef. Ich habe Neuigkeiten."

„Die da wären?"

„Der Mann aus der kleinen Bäckerei, dem Kiosk, sagte mir, dass er im vorigen Herbst, also im Jahr 2003, oft Besuch von einem Paar bekommen hat."

„Was ist daran so aufregend?"

„Er bekam Besuch von Bertha Immengrün, unserer Bertha!"

Er holt tief Luft, sieht Beifall heischend in die Runde: „In trauter Zweisamkeit mit einem Unbekannten."

„Das musst du uns genauer berichten", sagt Elisa, neugierig geworden.

Gilles fährt fort: „Dem Kioskpächter tut es leid, dass Frau Immengrün irgendwann nicht mehr aufgetaucht ist. Zuletzt war sie im vergangenen Jahr, im Herbst 2003, einige Male mit einem Herrn dort."

„Das ist ja interessant", sagt Elisa. „Erzähl bitte weiter:"

„Ich habe den Mann ausgefragt und erfahren, dass das Paar bei schönem Wetter draußen auf Klappstühlen gesessen, Kaffee und seinen leckeren Bienenstich aus der Tiefkühltruhe genossen hat.

Als Frau Immengrün nach einiger Zeit frühmorgens keine Brötchen mehr holte, hat der Pächter angenommen, dass sie weggezogen ist."

„Sehr gut. Gilles", sagt Marder und wendet sich an Max und Elisa:

„Macht euch bitte auf den Weg, um Näheres zu erfahren."

Es wird schon dämmerig, als die beiden an dem urigen Stehcafé angekommen sind.

Der Pächter, Rentner Hans Backhaus, kann den Ermittlern nicht die große, erhoffte Lösung präsentieren, doch sein Bericht ist interessant. Umständlich schildert er:

„Ganz verliebt hat der Kavalier getan, und Bertha Immengrün ist ihm quasi um den Hals gefallen. Mich hat der Begleiter hochnäsig behandelt, so richtig nach Chefmanier.

So präsentierte er sich auch. Stets geschniegelt und gespornt."

Vom Aussehen her passte er nach seiner Meinung nicht so recht zu Bertha Immengrün.

„Sie war eine liebenswerte, mütterliche Frau, den Menschen, denen sie begegnete, immer zugewandt. Die Rechnungen bezahlte sie, hat ihren Begleiter stets eingeladen."

„Warum haben Sie sich, als wir Ende November die Ermittlungen hier in Loope aufnahmen, die Presse in großen Artikeln von einem Verbrechen sprach, nicht gemeldet?", fragt Elisa vorwurfsvoll.

„Konnte ich nicht. Ich habe schon Mitte November den Laden dichtgemacht und erst gerade wieder neu eröffnet.

Das mache ich in jedem Jahr so. Um die Weihnachtszeit kehren einige Kunden in ihre Campingwagen oder Ferienhäuser zurück. Dann ist hier manchmal richtig was los. Und ...", er stockt. „Diese Mordgeschichte wird natürlich auch einige Neugierige anlocken."

Elisa rollt mit den Augen.

„Verstehe", sagt sie kurz und schüttelt den Kopf.

„Dann wünschen wir Ihnen gutes Wetter und nette Gäste für die Weihnachtssaison", fügt sie mit sarkastischem Unterton hinzu und macht eine Pause.

„Wegen der Mordgeschichte werden Sie bestimmt eine Menge neugieriger Kunden bedienen können."

„Möglich", meint Hans Backhaus, und kann ein zufriedenes Leuchten in seinen Augen nicht verbergen.

„Grusel unter dem Weihnachtsbaum, bei Plätzchen und Glühwein", sagt Elisa. „Wie findest du das, Max?"

„Furchtbar."

Als beide zum Ferienhäuschen an der Agger zurückkehren, sehen sie den Leichenspürhund Nasus aus Köln in Aktion.

Er findet lediglich den Mittelfingerknochen der rechten Hand, den Frau Dr. Rigens im Vorgarten der Witwe Immengrün vergeblich gesucht hatte und glücklich in eine spezielle Asservatentüte gleiten lässt.

Dass so ein kleines Knöchelchen Glück verbreiten kann..., denkt sie versonnen.

„Und jetzt fehlen nur noch die Ergebnisse der heutigen Spurensuche und der forensische Bericht der Rechtsmedizinerin", sagt Elisa zufrieden.

Die Falle

Du kannst so rasch sinken, dass du zu fliegen meinst.
Marie von Ebner Eschenbach

23. Dezember 2004. Ein Tag vor Heiligabend. Es ist ein kalter und ungemütlicher Donnerstag, dem auch die üppige Kölner Weihnachtsbeleuchtung keine Wärme einhauchen kann.

Ein Mann schlendert ziellos durch die Straßen der Vorstadt.

Ich muss dringend eine Unterkunft für die Nacht finden, warm und in guter Begleitung.

Wer ist der Mann? Er nennt sich Lou Hollander und wird europaweit von der Polizei gesucht.

Wie komme ich aus meiner finanziellen Falle heraus, überlegt er gerade.

Den letzten Hunderter muss ich erfolgversprechend anlegen. Was ist nur mit den Frauen los? Die letzte Freundin hat mich in der vorigen Nacht hinausgeworfen. Sie war nur aufs Geld scharf, das ich gar nicht besitze ... eine eingebildete Ziege.

Geblieben sind mir jetzt die kalbsledere Reisetasche und ein Siegelring mit Wappen, den ich einer Gräfin entwendete. Alles andere hat dieses raffinierte Weib, das ich gestern in einem noblen Café aufgegabelt habe, behalten. Als sie nach dem Hörer griff, um die Polizei zu rufen, und eine Waffe zückte, war ich so überrascht, dass ich die Fliege gemacht habe.

Er lässt die Blicke schweifen. Eine schrille Werbung fällt ihm auf: „Dreaming of a white Christmas. Tanz in die Heilige Nacht."

Seine Augen bleiben an diesem Aufmacher hängen. Er denkt an einsame Frauen, die Weihnachten so hassen wie er, wenn sie allein bleiben.

Er gibt sich einen Ruck und betritt die Bar.

Als er den Windschutz, einen schweren roten Samtvorhang, zur Seite schiebt, umhüllt ihn sofort wohlige Wärme, und eine Geräuschkulisse, die er so sehr liebt. Sanfte Musik, das Klirren von Gläsern und ein monotoner wabernder Stimmenklang von Gästen, die an kleinen Tischchen sitzen. Die Geräusche lullen ihn ein. Er fühlt sich zu Hause. Seine Laune bessert sich.

Zunächst geht er an die Bar. Ihm ist immer noch kalt.

„Einen Manhattan, bitte."

„Sehr wohl, der Herr." Der Barmann taxiert ihn. Die Überprüfung scheint zur Zufriedenheit auszufallen. Der Maßanzug des Kunden sitzt immer noch perfekt, ein wenig verknittert ist er allerdings. Das Oberhemd ist nicht mehr ganz frisch, aber die edle Seidenkrawatte, der Siegelring und das Schummerlicht täuschen darüber hinweg.

„Ich hätte gerne einen Brandy", haucht eine Stimme neben ihm.

Hollander schaut sie an, seine Nachbarin. Er ist sofort begeistert. Wallende Blondfrisur mit einem Goldschimmer, blutrote Fingernägel und ein einladendes Lächeln.

Generös hebt er die Hand und bedeutet dem Ober, dass er den Brandy der Dame übernimmt.

Ein schmuckes Weib, denkt er, in einen Glitzerfummel gehüllt, wie ein Geschenk, das man gerne auspackt. Wenn das kein Christkind ist? Fehlt nur noch Schleifchen zum Öffnen.

Der zweite Blick sagt ihm, dass die blinkenden Ohrgehänge keine Brillanten, sondern aus Strass sein können, aber das ist ihm jetzt auch egal.

„Noch einen", sagt seine Begleiterin und deutet auf ihr leeres Glas.

Das kann teuer werden, denkt Hollander, beginnt zu schwitzen und überlegt scharf.

Er stellt Ausgaben und eventuelle Einnahmen gegenüber. Wie weit komme ich mit meinen hundert Euro?

„Gut, abgemacht", sagt er und gibt sich einen Ruck. „Sie bekommen Ihren Brandy, aber dann mache ich ein Tänzchen mit Ihnen, meine Dame."

„Okay", haucht sie mit rauchiger Stimme, rutscht vom Barhocker hinunter und schmiegt sich in seine Arme.

Unter den Klängen Whitney Houstons: „I will always love you", führt er die Unbekannte gekonnt über die angestrahlte Tanzfläche. Etwas kitzelt an seinem Hals, als sie sich anschmiegt.

Sieh mal an, ein Seidenschal ... und er erinnert sich an den Schal, den er für ... wie hieß sie nochmal? Ah, die brave Gusti Küssnacht, gekauft hatte. Er stand ihr so gut. Arme Gusti. Wie lang ist das her? Schade um den Schal der Tanzpartnerin, wenn ich ...

„Zu mir, oder zu dir?", fragt er, angeregt durch den Manhattan auf leeren Magen und den Tanz. Er pokert, denn er ist wohnungslos. Er weiß, wenn die Dame noch einen Brandy bestellt, ist er pleite und sie jagt ihn zum Teufel.

„Zu mir. Ich wohne gleich um die Ecke und habe ein kleines Nest für uns", gurrt sie.

Nur wenige Schritte sind es bis zu dem Miniappartement. Es geht drei Treppen hoch, durch einen ungelüfteten Bau mit Hochhausmief in langen, öden, anonymen Fluren.

Herzbub drückt seine neue Flamme fest an sich.

„Wie heißt du?"

„Charlene. Meine Mutter hat mir den Namen einer Prinzessin gegeben, und wie heißt du?"

„Lou, einfach Lou für dich."

Beide zwängen sich in ein ganz in Altrosa dekoriertes Appartement.

Madame Charlene verschwindet eilig mit einem verführerischen Zwinkern im Bad.

Er, der Frauenkenner, nutzt die Chance und öffnet eine kleine Tür im Wandschrank, die seiner langen Erfahrung nach einer Tresortür doch sehr ähnelt.

„Richtig!"

Vorsichtig probiert er Zahlenvariationen aus, als ihn ein plötzlicher Schlag von hinten auf den Schädel niederstreckt. Ein schwerer Bronzeleuchter knallt auf den Boden.

Und Hollanders sorgsam gepflegtes Toupet fällt direkt daneben.

„Sowas, ein Freier mit einem Pudel auf dem Kopf. Das hat mir gerade noch gefehlt!", kreischt die Dame, die sich in eine Furie verwandelt hat.

Sie erweist sich zudem als sehr kräftig, als sie den Kunden fast mühelos und sehr gekonnt vor die Tür ihres Appartements befördert.

***

Als Hollander, der Schwindler, wach wird, auf dem kalten Betonboden eines ungeputzten Flurs, graut ein trister Morgen.

Am liebsten möchte er die Augen wieder schließen. Hausbewohner umgehen ihn vorsichtig, doch niemand kümmert sich um ihn. Hier lebt jeder für sich allein. Es ist nicht das erste Mal, dass jemand im kalten Flur dieses Hochhauses liegt. Mindestens einmal wöchentlich fährt hier der Rettungswagen vor. Wenn am Abend immer noch ein Mensch in einer Ecke liegt, wird die Polizei gerufen und für kurze Zeit ist der Flur wieder frei.

„Da hat die Charlene mal wieder einen falschen Fuffziger erwischt", ist nicht der einzige Kommentar.

„Na ja, als Kampfsportmeisterin ist für sie dieses haarlose Häufchen Elend da auf dem Boden keine große Sache", bemerkt ein Anderer abschätzig.

Mühsam rappelt sich der verletzte Charmeur auf und macht Bilanz: Geld weg, Reisetasche weg, und das kostspielige Toupet ist auch verschwunden. Eine streunende Katze verschwindet damit spielend im Treppenhaus.

Keine Freunde weit und breit. Seine Männerehre ist auf den Nullpunkt gesunken.

Hundeelend schleicht er hinaus, drückt sich in Ecken, die Süchtigen und Dealern als Versteck dienen. Er könnte heulen.

Wohnungslos, das Geld verjubelt, keine Freunde.

Da hört er eine Stimme, die ihm vertraut vorkommt. Er befindet sich gerade unter einer Brücke am Rheinufer, eine unbehagliche Bleibe, und sieht sich suchend um.

„Felix, was machst du denn hier? Mann, hab' dich lange nicht gesehen, alter Freund. Siehst gar nicht gut aus!"

Wer nennt mich noch Felix? Das muss ein Freund aus sehr alten Zeiten sein.

Er sieht ein zweites Mal hin, betrachtet mit großer Vorsicht den Mann, der mit einem Lächeln auf den Lippen vertrauensvoll näher kommt.

„Tom! Tom Tumbler, du? Wir waren doch vor Jahrzehnten in einem Jugend-Besserungscamp. War eine neue Masche damals, statt Knast."

Er erinnert sich.

Tom Tumbler, schizophren, litt unter zerstörerischen Wutanfällen, die meistens nachts auftraten. Dann hämmerte er auf Holz, auf Türen, alles, was ihm in die Quere kam, und schrie bestialisch.

Wenn Tom diese Wahnvorstellungen einholten, zertrümmerte er in seinem Zimmer alles, was nicht niet- und nagelfest war.

Nie aber richtete sich seine Wut gegen Menschen, daran erinnert sich unser Hochstapler, der Herzbub, Männi oder Marshmallow-Man, noch ganz genau. Der Tom war herzensgut.

„Kannst bei mir, in meiner Bude wohnen", alter Freund, sagt Tumbler.

Unser Mann in Bedrängnis zieht in seiner Not bei Tom Tumbler ein. Von den Frauen hat er genug – zunächst einmal.

Vorgestern bekam er von einer Flamme, einer Bekanntschaft aus einer Bar, statt Geld eine rüde Abfuhr, und an die vergangene Nacht, den Schlag auf den Schädel, daran will er gar nicht denken.

Obdachlos und ohne Toupet. Dem Modefrisör darf ich nicht mehr zu nahe treten. Was für eine Welt? Was für ein Schicksal?

Schlimmer hätte es mich nicht treffen können. Ich war so nah dran.

Er denkt an die Dame mit dem Seidenschal, die sich eng an ihn schmiegte. Er hatte es sich so schön vorgestellt. Sie passte so gut zu mir, wie sie sich an mich schmiegte ...

Wie eine Seifenblase ist sein Mordplan geplatzt. Eine neue Idee hat er nicht. Sein Schädel brummt zum Gott erbarmen. Er hungert und friert.

Kommt Zeit, kommt Rat, denkt er und wird schon wieder etwas optimistischer. Er folgt Tom Tumbler, der eifrig aus der Vergangenheit plappert. Was bleibt ihm anderes übrig.

Reich mir die Hand, mein Leben

Das Leben ist keine Operette.
Barbara Stewen

Schon in dieser ersten Nacht, nach dem Einzug bei Tumbler, bereut Herzbub hier untergekommen zu sein.

Tom bekommt solch einen heftigen Anfall, dass der Wohnungsnachbar wegen nächtlicher Ruhestörung die Polizei anruft und Putzstückchen aus der Wand fallen.

Die Beamten der nächsten Wache raten dem verärgerten Nachbarn, es erst einmal mit einem persönlichen Gespräch zu versuchen, es sei noch nicht einmal 22 Uhr.

„Der Idiot macht mich total verrückt! Eingesperrt gehört so einer. Wegen dem Typ ruf ich Sie inzwischen jede Woche an!", brüllt der Genervte, mit Namen Matschke, in den Hörer. Er ist drahtiger, durchtrainierter Koch eines benachbarten Drive In.

„Wenn Sie nicht sofort anrücken, knall ich ihn ab!", schreit der bullige Koch in sein Handy und schleudert es danach wutentbrannt durch die Wohnung.

Die Beamten lassen sich Zeit. Sie sind die ewigen Beschimpfungen Matschkes leid.

Der rastet völlig aus, trommelt mit den Fäusten gegen die Tumblers Wohnungstür und schreit: „Ruhe, du Idiot!"

Als der Lärm nicht aufhört, tritt Matschke die Tür ein, zielt mit seinem Revolver direkt auf Tumblers Brust und drückt ab.

Entsetzt flieht Herzbub, rennt durch ein Meer von Blut, hastet die Treppe hinunter, bis hin zur Haustür.

Dort stehen zwei bis an die Zähne bewaffnete Polizisten mit dem Einsatzwagen der nahe gelegenen Wache.

Herzbub, der Schwindler und Frauenmörder, läuft einem der Polizisten direkt in die Arme, während der Kollege, sein Streifenführer, mit gezogener Waffe die Treppe hinaufgeht, zum Tatort.

„Reich mir die Hand", sagt unten im Hausflur der dort verbliebene Polizeibeamte zum Frauenmörder und Heiratsschwindler.

Das harte Klacken von Handschellen ist zu vernehmen.

Verzweifelt ruft Herzbub: „Ich war es doch gar nicht, Herr Kommissar, ich bin doch nur ..."

„Das sagen doch alle. Keiner will es je gewesen sein!"

Epilog

Die Identität des Schwindlers und Frauenmörders steht bald fest. Endlich kann Marder mit seinem Team alle gesicherten Spuren auswerten und noch einige zusätzliche Verbrechen, davon allein vier weitere Frauenmorde, aufklären.

Herzbub hat nicht nur Katharina Jankowski und Bertha Immengrün auf dem Gewissen, sondern auch Gusti Küssnacht. Die anderen Opfer, ebenfalls alleinstehende, einsame Damen ohne Anhang, hat er sogleich ertränkt oder vergraben, und somit zunächst keine sichtbaren Spuren hinterlassen.

Jetzt möchten wir den wahren Namen des Täters erfahren und das richtige Geburtsdatum: Es handelt sich bei unserem Romanhelden, nein, sagen wir lieber Bösewicht, um Felix Hochhut. Er wurde am 6.4.1966 in einer Sozialwohnung in Köln Zollstock geboren.

Elisa Fuchs und Max Teufel sehen ihn im Gerichtssaal während der Verhandlung wieder. Felix Hochhut wird zu lebenslangem Zuchthaus verurteilt.

Seine Opfer werden ausgegraben und danach bestattet.

Darunter auch die von Hochhut an der Agger verscharrte Bertha Immengrün.

Sie ist bereits nach ihrer Befreiung aus ihrem feuchten Grab, begleitet von Marders Team, Sonderermittlerin Elisa Fuchs, Hauptkommissar Max Teufel, Hauptkommissar Lucas Lupe und dem Polizeianwärter Marc Gilles, einem Bestatter übergeben worden. Nach ihrer Obduktion wurde sie auf einem nahe gelegenen Friedhof würdig beigesetzt.

Am Tag der Beerdigung legt jedes Mitglied des Ermittlerteams eine weiße Rose auf Bertha Immengrüns Grab.

Kurz vor dem Ende der Trauerfeier tritt der Kiosk-Pächter des Campingplatzes, mit einer Blume in der Hand, ein wenig verschämt ans Grab.

Er konnte sich eine Weile nach der Entdeckung des Mordes nicht vor neugierigen Kunden retten und war dadurch in der Lage, seinen Kiosk zu renovieren.